KB271766

1950년대
우리 소설의 세 시야

1950년대 우리 소설의 세 시야

장용학 · 손창섭 · 김성한의 서사적 모형

나은진 著

한국학술정보㈜

"글을 쓰는 것은 출산과 맞먹는다"

앞서 걸어간 선배들로부터 숱하게 들어왔으되, 그저 그러려니 하다가 진실은 멀지 않은 곳에 있음을 호되게 배우게 된 금언이다. 이미 두 아이의 어머니로서 출산이 뭔지 대강이라도 안다 자부하고, 평생 공부하고 책 읽고 책 쓰는 것이 내 업이라고 주억거려 온 평상시의 자세에도 불구하고, 역시 스스로 써낸 글을 책이라는 모양새로 남 앞에 펼쳐 보이는 것은 쌍둥이를 동시에 세상에 내 보내는 것보다 쉽지 않은 일이다.

그러다 보니 스스로 망설이기를 약 5년. 가제본을 들었다 놓았다, 가방 속에 찔러 넣은 디스켓본이 망가져서 복사본 만들기를 수없이 한 끝에 마침내 큰 결심을 하고 부끄러워도 이 글을 세상에 내보내기로 결심하였다.

생각해 보면 강산이 세 번 변할 세월을 우리 문학과 함께 걸어왔다. 글자 배우고 학교에 들어가면 선생님을 우습게 알고 공경할 줄 모르기 때문에 평생 제대로 공부할 수 없게 될 것이라는 부모님의 독특한 학습관에 따라 나는 유치원 내내 신나게 놀고 입학 전날에 겨우 이름 석 자 쓰는 법이나 배웠다. 이렇게 아무것도 모르는 채 초등학교에 혼자 뚝 떨어졌었다. 당연히 국어시간과 받아쓰기는 공포의 대상이었고, 이 세계는 이해할 수 없는 것들로 가득 찬 두려운 세계였다. 그러나 가능성을 믿고 인내해 주신 초등학교 1, 2학년 선생님들과 부모님들, 그리고 내 방 한구석을 차지한 세계문학전집이 내 삶을 바꾸었다. 두툼한 누런 종이에 도드라진 작은 활자로 펼쳐진 책 속의 그 세계가 내 세계를 변화시켰다. 문학이 보여준 세계는 눈으로 볼 수 있는 세계가 아니었고, 나 자신이 만들어내는 제3의 세계였다. 나는 책에 빠져 처음으로 '즐거움'을 알았고, 나와 책의 상호작용이 만들어내는 우주의 광대함으로 이 세계를 다시 읽는 법을 배웠다. 그리고 그 대가로 시력을 상납하고 두터운 안경을 덤으로 얻었다.

이 책은 그동안 혼자서 즐거워하던 문학의 세계를 다른 사람들에게 보여주기 위해 보다 객관적인 방식으로 다시 풀어서 쓴 결과물이다. 석사논문으로 썼던 1930년대 작가 박태원론의 후속타 격인 박사논문으로서 1950년대의 대표적인 세 작가를 각각 서술구조, 상징구조, 서사구조라는 점에서 변별적으로 살펴본 글이라 할 수 있다. 내가 문학을 통해 내 세계를 구축하고 이 세계를 이해해 왔듯이, 이 글은 우리의 1950년대 대표 작가들이 자신이 이해한 세계를 어떤 방식으로 재구축하여 문학화하는가에 초점을 맞추어 구체화시킨 것이다. 그러니 이 글을 읽는 독자들께서는 작가가 소설 텍스트를 구축해 내는 방식과 그것을 읽어 내는 나의 방식을 토대로 하여, 독자 자신의 방식에 따라 스스로 소설을 이해하게 되기를 바란다.

　부족한 사람을 늘 뒤에서 밀고 앞에서 손잡아 끌어당겨 주고 옆에서 같이 걸어준 나의 반쪽, 그가 없었으면 이 글은 여전히 하드한 구석에서 디스켓 복사를 위한 용도로만 사용되었을 것이다. 그리고 엄마가 공부하고 일하는 동안 잘 참아준 우리 두 아이들, 엄마의 빈자리를 채워주신 양가의 할아버지, 할머니께도 이 자리를 빌려 충심으로 감사를 드린다. 지금까지 저를 만들어 주신 은사님들, 출판을 위해 애써 주신 한국학술정보(주) 출판팀 여러분, 도와주셔서 감사합니다.

　아아, 그리고 무엇보다도 초등학교 때 선생님들께 드리고 싶은 말씀……

　"선생님, 저 받아쓰기 빵점에서 문학박사, 대학교에서 문학을 가르치는 교수가 되었어요. 참아 주신 것, 잘 가르쳐 주신 것, 정말 감사해요."

　역시, 교육의 힘은 크고 문학의 세계는 아름다웠다.

2008. 5. 25.

신촌에서　저자 나은진 드림.

I. 서론

A. 연구사 및 문제 제기

　세계와 자아와의 관계 맺기에 관심을 두는 것이 소설이라면, 세계 속에 처한 인간의 문제를 탐구하는 것 역시 궁극적으로 소설의 본령이 될 것이다. 소설문학에 대해 그런 입장을 견지한다면, 한국전쟁이 끝난 후 1950년대는 문학과 인간 모두에게 괄목할 만한 시기였음이 분명하다. 특히 전쟁이 빚어낸 한계 상황을 체험한 인간들에게는 현실 사회의 비극성에 대한 인식과 아울러 그것과 유리될 수 없는 개인에 대한 탐구가 전후소설에서 중요한 과제로 떠오를 수밖에 없었을 것이다. 그것은 바로 세계와 자아와의 관계에 대한 새로운 인식이요, 기존의 것에 대한 의혹의 눈초리에 다름 아니다. 인간과 세계의 관계에 대한 기존 세계관을 큰 폭으로 급격하게 붕괴시켰다는 점에서 한국전쟁은 그 이전의 어떤 전쟁보다도 강력한 파괴력으로 다가왔기 때문이다. 문학, 특히 소설이라는 장르는 현실에 대한 관심에서 기초하기 때문에 당대 전쟁의 중압감을 진지하게 받아들였고, 작품 속에 다양하게 수용하였다.

우리의 소설사에서 1900년대에서 1920년대까지를 근대문학의 태동기라고 본다면, 1930년대는 리얼리즘 소설과 모더니즘 소설의 등장으로 소설의 폭을 넓힌 시기라고 할 수 있을 것이다. 30년대의 역사적 상황 역시 일제 식민지 치하라는 정치적 상황 아래서 경제적으로, 정치적으로 압박을 받던 시기였기 때문에, 30년대의 작가들 역시 현실과의 부딪침이나 좌절을 작품을 통해 많이 표출하였다.

그러나 50년대의 소설들에 비한다면 30년대의 소설들은 현실의 모방으로서 기법의 리얼리즘이나 세계관으로서의 리얼리즘, 다소 작위적인 주제의식과 기법의 실험에 의존하는 모더니즘이 그 주류를 이룬 것이었다. 따라서 창작에서의 실천보다는 우선 이론의 수용이 승한 편일 수밖에 없었다. 더구나 그 이론마저도 서구 세계와의 직접 교류를 통해 들여온 것이 아니라 일본을 통한 간접 흡수였기에 이론과 실천 사이에 다소 겉도는 듯한 부작용도 있었다.[1]

여기에 비한다면 한국전쟁 이후 50년대 전후소설은 소설 작품의 양과 질, 양쪽 면에서 30년대 소설보다 훨씬 다양해진 폭을 구사하였다. 또 작품의 주제의식과 기법 간에 보다 체득화된 상동성을 구현했다는 점에서 더 높은 평가를 받을 수 있을 것이다. 이 시기는 한국의 현대사에서도 40년대 암흑기를 지나 해방기를 맞으면서 정부 수립, 38선의 설치, 그리고 한국전쟁에 이르기까지 30년대 이후부터 50년대까지는 국내외적으로 정치적으로, 경제적으로 격변의 와중에 있었던 시기였다.

50년대에 소설을 발표했던 소설가들은 자신의 체험을 바탕으로

---

1) 서준섭, 「한국 모더니즘 문학 연구」, (서울: 일지사, 1988).

인간조건을 탐구했으며, 폐허가 된 현실을 소설 속으로 변환시키는 주제화와 형식화를 추구했다. 따라서 자신들이 겪었던 역사적, 사회적 체험을 형상화할 때 30년대처럼 시간이 걸릴 필요가 없었을지도 모른다. 그러다 보니 그들은 삶과 예술이 별개가 아니라는 것을 쉽게 터득하게 되었을 것이다. 50년대야말로 그 이전의 어떤 시대에도 없었던 절박한 기회를 얻었다고 할 수 있다. 삶과 형식, 내용과 형식, 주제와 형식이 현실의 절박감을 매개로 해서 소설 속으로 일원화될 수 있는 환경을 기회로 얻었던 시기인 것이다.

이 시대에서는 서구의 이데올로기와 문화가 국제전의 양상을 통해 기존에 존재하던 이 땅의 이데올로기, 문화와 충돌하고 뒤엉킨 시대였다고 할 수 있다. 본의 아니게 서구 세계와 직접적으로 접촉하게 된 역사적 상황과 함께, 절박할 수밖에 없었던 현실의 비극성이 육화된 기법의식을 끊임없는 자문자답의 형태를 빌려 소설의 껍질을 쓰고 표출하게 된 요인이 되었을 것이다. 이것이 전후에 새로 등장한 작가군을 이전의 구세대 작가들과 구분시켜 주는 갈림길이며, 우리 소설사에서 50년대 작가와 작품의 세계에 대한 새로운 시야가 탄생하게 되는 출발점이라 할 수 있다.

전후에 새로 등장한 작가군은 이미 당대부터 "신세대 작가" 혹은 "전후 세대 작가" 등의 명칭으로 불렸다.[2] 이런 특징에 주목한 당시의 대표적인 평론가가 바로 백철이었다. 그는 『사상계』, 『현대문학』 등 여러 잡지에 구세대와 신세대를 구분하는 글을 발표하였으며,[3]

---

2) 김상선, 『신세대 작가론』 (서울: 일신사, 1964).
3) 백　철, "상반기 신구의 창작계 - 월간지의 작품을 중심", 『사상계』, 1957. 7.
　　　　, "한국문단 10년 - 하나의 서론적인 글", 『사상계』, 1958. 10.

다른 작가들 또한 점차 그런 구분을 받아들이기 시작하는 모습을 보여준다.4) 당시에 신진 비평가의 한 사람이었던 이어령은 이미 당대의 다양한 소설들에 대한 유형화를 시도하여 전후소설 성향에 대한 목록을 작성하고자 하기도 하였다.5)

동시대에 전통적 세계를 고수한 다른 작가들이 다양한 진폭으로 공존6)하고 있었음에도 불구하고, 특히 이들은 동질적인 의식에 의해 따로 테두리 지어진다. 삶과 소설, 소설의 내용과 형식, 소설의 주제와 형식이 서로 별개일 수가 없었던 이들은 전쟁의 폐허 속에서 인간조건에 대한 질문을 소설 형태를 빌려 표출하였다. 이렇게 기존 질서로 편성된 세계에 대한 회의를 전제조건으로 깔고 있었던 시대의식이야말로 그들의 공통분모였다.7) 덕택에 이 소설가들은 당대부

---

4) 김동리, "1959년의 소설", 『사상계』, 1960. 1.
　　김동리, 백철, 안수길, 유종호, 장용학, "좌담회 – 소설 50년의 반성과 전
　　　　망 – 한국현대소설 50년이 남긴 제 문제", 『사상계』, 1962. 9.
5) 이어령, "문제성을 찾아서", 『전후 문제 작품집』, 신구문화사, 1964,
　　pp.386-392.
　　이 글에 따르면, 전후소설은 첫째, 형이상학적인 현대인의 속성을
　　가진 내면적 상황을 그려내는 소설, 둘째, 한국적 메트로폴리탄으로
　　풍속비평의 방식을 사용하는 소설, 셋째로, 하이틴의 문제를 다룬 소
　　설, 넷째로 부정의 문학, 니힐리스틱한 문학이라고 불리는 소설로서
　　이 땅의 풍토에서 현실을 현실대로 인정하면서도 어떤 긍정적인 인
　　생의 밝은 빛을 끄집어내고자 하는 소설이라고 분류된다.
6) 위에 제시한 이어령의 분류 외에도 당대로부터 지금에 이르기까지 수많
　　은 비평가들이, 50년대 소설 창작의 다양성에 주목하고, 내용상 아니면
　　형식상으로 각자 상호 다른 기준을 세워 분류하고자 애써 왔다.
　　송하춘, 이남호(편), 『1950년대의 소설가들』 (서울: 도서출판 나남,
　　　　1994). 자세한 것은 Ⅱ. 전후문학의 개념과 의미를 참조할 것.
7) 김팔봉, 백철, "대담 – 1955년의 한국문단", 『사상계』, 1956. 1.
　　백　철, "상반기 신구의 창작계 – 월간지의 작품을 중심", 『사상계』,
　　　　1957. 7.

터 구세대 작가들과 변별되어 신세대 작가군이라는 이름을 얻었다.[8]

시대적으로, 문학적으로 특이한 현상을 보여준 50년대 전후소설이 지니고 있는 특성을 밝히려는 차원에서, 기존의 연구는 여러 방향으로 진행되어 왔다. 특히 일차적으로는 구세대와 신세대 작가를 세대별로 나누고,[9] 양상을 분류하며,[10] 각자의 세대의식에 의해 작품세계를 규명하려는 연구가 많이 시도되었다. 특히 세대론의 시각에서 신세대 작가를 당대의 주류로 본 대표적인 연구로는 김상선,[11] 신경득[12], 엄해영,[13] 송하춘과 이남호[14] 등의 연구가 있다.

_____, "한국문단 10년 – 하나의 서론적인 글", 『사상계』, 1960. 2.
　　김동리, 백철, 안수길, 유종호, 장용학, 여석기, "좌담회 – 소설 50년의 반성과 전망 – 한국 현대소설 50년이 남긴 제 문제", 『사상계』, 1962. 9.
8) 김동리, "1959년의 소설", 『사상계』, 1960. 1.
　　김동리, 백철, 안수길, 유종호, 장용학, "좌담회 – 소설 50년의 반성과 전망 – 한국 현대소설 50년이 남긴 제 문제", 『사상계』, 1962. 9.
　　백　철, "상반기 신구의 창작계 – 월간지의 작품을 중심", 『사상계』, 1957. 7.
　　_____, "한국문단 10년 – 하나의 서론적인 글", 『사상계』, 1958. 10.
9) 유학영, "1950년대 한국소설연구", 성균관대 박사학위논문, 1987.
　　박신헌, 『한국전쟁 전후기 소설연구』, (서울: 형설출판사, 1993).
10) 김　현, 『사회와 윤리 – 김현 소설론집』(서울: 일지사, 1974).
　　정한숙, 『현대한국소설론』, (서울: 고대출판부, 1977).
　　박동규, 『현대한국소설의 성격 연구』, (서울: 문학세계사, 1981).
　　김우종, 『현대소설의 이해』, (서울: 이우출판사, 1975).
　　_____, 『한국현대소설사』, (서울: 성문각, 1982).
　　윤병로, 『한국현대소설의 탐구』(서울: 범우사, 1985).
　　이태동, 『한국현대소설의 위상』, (서울: 문예출판사, 1985).
　　구인환, 『한국근대소설 연구』, (서울: 삼영사, 1977).
　　문학사와 비평연구회(편), 『1950년대 문학연구』, (서울: 예하, 1991).
　　구인환 외 공저, 『한국 전후문학연구』, (서울: 삼지원, 1995).
　　조건상(편저), 『1950년대 문학의 이해』, (서울: 성균관대 출판부, 1996).
11) 김상선(1964), 위의 책.

또한 당대에 유행한 철학 사조였던 실존주의의 도입[15]과 작품 속에 드러나는 실존주의적 성향에 대해서도 지속적으로 주목하였다.[16] 그러나 50년대 문학을 연구하는 데 있어서 당시의 시대성을 읽는 방법[17]으로써 도입된 것은 실존주의뿐만이 아니었다. 휴머니즘[18]과 허무주의[19] 또한 비인간적인 전쟁에 대한 반작용으로서 자주 언급되기도 했다.

이런 연구들 중에서 어떤 것은 현실을 부정적인 대상으로 간주[20]하고, 소설 내용상 그런 현실을 어떻게 극복하고 있는가의 방향성 제시에 주의를 기울였다.[21] 일부는 이데올로기 전쟁 와중에서 파괴

---

12) 신경득, 『한국 전후소설연구』, (서울: 일지사, 1983).
13) 엄해영, 『한국 전후 세대소설 연구』, (서울: 국학자료원, 1994).
14) 송하춘, 이남호(편), 『1950년대의 소설가들』, (서울: 도서출판 나남, 1994).
15) 고 은, 『1950년대』, 고은전집 10, (서울: 청하, 1989).
    오현우, "전후 불란서문학 사조의 주류", 『사상계』, 1956. 2.
    안병욱, "실존주의", 『사상계』, 1956. 3.
    안병욱, "실존주의의 사상적 계보", 『사상계』, 1958. 8.
16) 엄해영(1994), 위의 책.
    최혜실(1995), "실존주의문학론".
17) 김건우, "한국 전후 세대 텍스트에 대한 서론적 고찰 — 해석 공동체, 지식, 권력의 문제를 중심으로", 『외국문학』 49, 1996, 겨울. pp.202-218.
18) 윤병로, 『소설의 이해』, (서울: 성균관대 출판부, 1982).
19) 박동규, 『전후한국소설의 연구』, (서울: 서울대 출판부, 1996).
    박동규는 이 책에서 50년대 소설의 특징으로 전통소설보다 다원화된 양상, '인간'에 대한 실증적, 직접적 질문을 던지는 주제의식, 허무주의와 휴머니즘에 따른 부조리 인식과 현실 고발성, 한국어로 채워진 가장 화려한 문장들, 서구문학의 수용과 소설미학적 실험 등을 꼽았다.
20) 박신헌, "한국 전시소설의 현실의식 연구", 『문학과 언어』 13집, 문학과 언어 연구회, 1992, pp.163-186.
21) 김치수, 『한국소설의 공간』, (서울: 열화당, 1986).

되는 인간성의 상황이 소설에 반영되는 방식에 눈을 돌리기도 했다.[22] 그러나 기법으로서의 사실주의적인 시각을 제외한다면, 기법과 의식의 상관관계에 대한 연구[23]는 전반적인 분포도로 볼 때 그리 풍족한 편은 아니었다. 과거에 비해 직접 접할 수 있었던 서구문학의 영향이 막대해짐에 따라서 서구문학을 수용하고 소설 미학적인 실험을 시도하는 작품들도 나타났지만, 그런 작품들에 대한 연구는 대부분 비교문학적 차원에서 수용의 성공 여부를 따져보는 차원[24]에 그치기도 했다.

현재의 시각에서 50년대 소설론 연구에 대한 성과들을 압축해 보자면 다음과 같다. 먼저 50년대의 시대적 특수성에 주목하여 시대에 대한 반응으로서의 문학작품이나 작가들의 다양한 작품세계의 상관관계를 연구하는 것, 또한 세대론적 시각에서 50년대 작가의 새로움을 강조하는 시각이 보편적인 연구의 방향이라고 할 수 있을 것이다.

한승옥, 『한국현대장편소설 연구』, (서울: 민음사, 1989).
송현호, 『한국현대소설의 이해』, (서울: 민지사, 1992).
22) 장백일, "3 · 8선 시대의 인간파괴와 이데올로기", 『국어국문학 연구』 13집, 원광대 국어국문과, 1990.10. pp.41-63.
조동숙, "분단소설문학에 나타난 한국전쟁의 이데올로기 체험 연구 —1950년대 소설을 중심으로", 『한국문학논총』 13집, 부산대 국문과 한국문학회, 1992. 10. pp.419-448.
23) 구인환, 『한국근대소설 연구』, (서울: 삼영사, 1977).
조남현, 『우리 소설의 판과 틀』, (서울: 서울대 출판부, 1991).
강태근, 『한국현대소설의 풍자』, (서울: 삼지원, 1992).
방민호, "전후 알레고리 소설에 관한 연구—장용학, 김성한, 유주현. 소설을 중심으로", 『외국문학』 39, 1994, 여름. pp.158-176.
정영곤, 『현대소설의 인물 정체성』, (서울: 세종출판사, 1995).
24) 이준재, "존재의 고뇌와 자유의 의미", 『세대』, 1963. 12.
서수생, "사르트르와 장용학의 비교 연구", 『경북대 논문집』, 제16집, 1972.

그러나 50년대 소설을 언급할 때 항상 문제가 되는 것은 그 시대 구분의 모호함이다. 그것은 우리의 소설사에서 소설 작품들이 30년 대 후반에서 40년대 중반까지, 그리고 해방 직후와 한국전쟁 이전 (1945-1950), 한국전쟁기(1950-53), 한국전쟁이후(1953)부터 60년 대 중반까지 연속성을 가지고 이어지고 있기 때문이다. 따라서 50년 대라고 말하면, 전쟁 동안과 전쟁 직후, 60년대 초반의 시기까지를 함께 포괄하게 된다.[25] 이런 시대적 연속성은 이 시기에 소설 창작 을 담당한 작가들의 연속성과도 연결이 된다.

본고는 특히 50년대 소설가들의 자아와 세계인식이 소설세계에 드러나는 다양한 방식에 주목했다. 기존의 세계인식과 거기서 나온 자아의 자리매김이 더 이상 받아들여지지 않는다는 상황인식에서 문 제의식을 가지고 출발하여, 기존의 인식이 어떻게 붕괴해 가는지를 지켜보고 있었던 것이 이 시대 작가들의 시야이기 때문이다. 그리고 대안으로서의 새로운 세계와 자아의 자리매김을 가장 가열차게 추구 했던 작가들이 우리의 50년대에 존재했었기 때문이다. 그들은 1950 년대의 역사적 현실을 살면서 그 문제의식에 비추어 당대를 평가하 고 자신들의 소설 속에 시대와 인간의 문제를 형상화하여 대안을 제 기하려고 노력했다. 그럼으로써 그들은 문학과 인간 본질의 문제, 역 사의 문제에 접근할 수 있었다. 50년대 신세대 작가들의 의의는 바 로 그 시대의식에서 배태된 문학으로서, 1950년대의 시공간성과 문 학적 형상화 과정이 기법이란 한 부분을 중심으로 했을 때 더욱 도 드라진다는 것이다.

---

25) 연구자들에 따라서는 이런 시대 구분의 모호성을 해결하기 위해 4·
19의 시대정신과 최인훈 소설 「광장」의 문학적 정리를 구분 준거로
삼아 1960년을 시대 구분의 기준으로 삼기도 한다.

　그러나 이런 연속성에도 불구하고 50년대는, 단일한 속성이 아니라 다양한 창작의 폭을 가능하게 했던 작가들이 각자 서로 다른 시대를 대변하고 있었다는 점에서, 다양함을 그 연속성 안에 함축하고 있었다. 기존에 구세대 작가라고 불리던 작가들은 20년대, 30년대에 창작을 시작한 세대들이고, 50년대 초기의 대표적 작가로 꼽히던 장용학, 손창섭, 김성한 등은 일제 말기에 일본어로 교육을 받아 해방을 전후한 시기에 창작을 시작한 세대이다. 그리고 하근찬, 선우휘, 서기원 등의 작가들은 해방기 이후 전쟁의 격변기를 전후하여 교육을 받고 창작에 뛰어들어 70년대 이후까지 지속적으로 창작한 세대였다. 50년대와 60년대 소설의 시대 구분에서 연속성이 항상 문제가 되는 것은 특히 이 세 번째 그룹에서이다.

　본고는 기존 연구들이 구세대 작가와 신세대 작가를 구분한 것에는 동의하되, 신세대 작가들도 두 그룹으로 나누어질 수 있다는 입장을 견지한다. 일제시대 교육을 받아 일제 말기의 체험을 해방 후나 전쟁 중에 처음으로 드러낼 수밖에 없었던 50년대 초기 세대와, 일제시대 경험과 무관하게 전쟁에 대한 체험을 위주로 형상화시킨 소설작품을 50년대 후반부터 60년대 중반까지 창작한 후기 세대의 변별이 그것이다. 일본처럼 '전전파(戰前派)', '전중파(戰中派)', '전후파(戰後派)'로 세분하지는 않더라도, 50년대의 대표 작가 세 사람과 60년대 작가들 사이에는 변별이 필요할 것이다.

　그러나 대부분의 50년대 소설에 대한 기존 연구들은 이런 구분을 명확하게 시도하지 않았다. 초기 작가면서 '전중파'로 불리기도 한 장용학, 손창섭, 김성한 등이 실제 작품 발표를 50년대 후반, 60년대 초까지 지속했기 때문이다. 그러나 작품세계가 다루는 시야와 세계관의 영역에서 이들은 50년대 후기 작가들과는 분명히 차이가 있다고 할 수 있다. 그러므로 일단 이 세 작가들의 특성이 먼저 정리가 되고, 그 시야에 기반을 둔 특유의 서사적 형식으로서 소설의 서사적 모형이 규명되어야만 이후 후기 작가들과의 연계성을 해명할 단서를 얻게 될 것이다.

일제 시대에 교육을 받아 해방 직후 창작을 시작한 50년대 초기 세대 중에서 전쟁 직후에 누구보다도 치열한 문제의식을 가지고 있었고, 또 그 문제의식을 개성적인 방식으로 표출한 세 작가가 있다. 전후 세대로 들어서는 입구에서 이 세 작가를 깊이 있게 살펴보는 것은 그래서 전후소설의 문을 여는 단계가 될 것이다. 흔히 50년대의 삼대 작가라 불린 장용학과 손창섭, 김성한이 바로 그들이다.

이 세 작가가 보여주는 현실에 대한 문제의식의 절박함, 변화에 대한 욕구, 대안 제시가 소설 속에서 기법을 통해 어떤 형태로 변형되어 나타나는지, 그것이 바로 이 연구에서 세 작가의 소설세계가 보여주는 특징을 통해 먼저 짚어 나가야 할 대상으로 떠오른다. 이렇게 1950년대 초반을 주도했던 세 작가의 서사적 모형을 살펴본다면, 60년대, 70년대로 이어지는 다른 작가들과의 연관성에 대한 단서도 잡힐 것이다. 세 작가는 각각 1950년대의 현실을 소설 작품 속에 각각 개성적인 서사적 모형을 수립함으로써 구현하고 있으며, 서로 다른 관점에서 접근하여 작가 개인에 따른 개별적 모델을 수립하고 있기 때문이다. 그러므로 이런 차원에서 이 세 작가의 작품을 대비하여 살펴보는 것은 1950년대의 소설의 서사적 모형을 살펴보는 것인 동시에 문학을 통해 그 시대를 바라볼 수 있는 시야로 인도하는 첩경이 될 것이다.

B. 연구 방법과 방향

1950년대에 배출된 세 작가의 소설을 이해하기 위해서는 우선 1950년대의 현실에 주목해야 한다. 그들은 모두 일제시대에 태어나 성장기에 모국어를 빼앗긴 채 생활한 사람들이며, 해방과 동시에 모국어로 문학 창작을 시도한 사람들이기도 하다.[26] 그런 면에서 그들은 창작할 때 모국어의 구사에 한계를 느낀다고 고백하기도 했다. 그들의 언어를 지배한 일본어와 일본식 교육으로 인해 한계도 가지고 있었지만, 이들은 세계관이나 언어적인 면에서도 신세대의 특성을 가지고 출발한 사람들이다. 그것이 바로 1950년대라는 현실 안에서 그들의 소설이 지니고 있는 특성이 더 잘 밝혀질 수 있는 이유이다.

이 세 작가의 특성은 1950년대 소설 중에서 서로 다른 서사적 모형에서 비롯된다고 생각된다. 서사적 모형은 작품의 분석을 통해 도출될 수 있는 개념으로써, 분석과 종합을 통해 변별되는 특징의 유형화라고 할 수 있다. 한 작가가 쓴 소설 전반의 특징을 추출하기 위해 각 작품들의 분석 기준을 동일한 수위로 잡아 비교하는 방법을 택한다. 분석을 위해 서사적 모형의 분석 기준은 각각 네 가지로 나눈다. 서술구조와 알레고리의 구성, 그리고 서사구조의 특징적인 면모, 세 작가가 각각 추구했던 새로움이라는 관념의 대상, 이렇게 네 가지가 서사적 모형의 기준이 된다.

먼저 서술구조의 차원에서는 소설의 문체 층위에서 화자가 누

---

26) 장용학(1956), "나의 작가 수업", 『현대문학』, 1956. 1. pp.154-7.
　　손창섭(1965), "아마추어 작가의 변(辯)", (서울: 삼성출판사, 1978).

구인가, 그리고 화자의 태도와 말투를 기준으로 해서 각각 세 작가의 서사적 모형을 변별하고자 한다. 그러기 위해서 화자를 먼저 분석할 것이다. 작품에 드러난 화자가 인물 화자인지 작가 화자인지 판별하게 될 것이다. 이렇게 화자의 정체성을 파악한 후에 화자의 교체나 변형 여부, 그리고 언술 차원에서 화자에 따른 특징적인 말투와 태도를 살펴본다. 그럼으로써 작가가 특징적으로 원용하고 있는 서술전략의 문체 특징이 드러나게 될 것이다.

두 번째로 50년대 세 작가의 소설은 서사적 모형에 알레고리적 성격을 지니고 있다는 점에서 구성상 서로 공유하는 점이 있다. 그러나 알레고리의 형식과 정도는 작가별로 특색이 있다. 알레고리의 다양한 면모를 감안하여, 먼저 공통적인 알레고리성으로 등장인물의 이름과 소설 제목이 지니고 있는 고도의 상징성을 알레고리의 차원에서 주목하기로 한다. 그리고 세 작가의 특성으로 발현되는, 각각 서로 다른 알레고리의 운용법을 변별하는 순서를 밟게 될 것이다. 알레고리는 때로는 소설과 명확히 구분 지어지는 하나의 삽화적 구성을 통해 드러나기도 하며, 공간성을 구성하는 형태를 통해 포괄적인 상징화로, 또 좁은 의미의 알레고리인 동물우화의 채택을 통해 노골적인 형태로 드러나기도 한다. 그러나 알레고리라는 형태를 차용함으로써 작가가 말하고 싶은 내용을 명확히 드러내려고 함은 50년대 초기 세 작가들의 서사적 모형에서 공통성을 구축하고 있다.

세 번째는 서사구조의 차원에서 세 작가의 서사적 모형을 추출해보고자 한다. 서사구조라는 포괄적인 개념을 통해 세 작가는 자신의 서사적 모형에 두드러진 특성을 노출시킨다. 특히 등장인물과 서사구조의 성향이나 지향점, 서사적 전개 방식 사이의 상호관계가 어떤 특징을 가진 서사구조로 드러나는가에 주목한다.

마지막으로 세 작가가 소설 속에서 각자 목소리 높여 주장했던 '변화'의 관점을 타자성에 의거해 살펴볼 것이다. 세 작가의 내면은 강력하고 낯선 타자와 조우했을 때, 자신을 타자화시키면서 자기 안의 타자를 응시하게 된다. 그 결과 자신의 정체성을 이루는 자기 안의 타자에 대한 일차적 반응이 바로 변화하고자 하는 욕망이 된다. 앞에서 이야기한 서술구조와 알레고리적 구성, 그리고 서사구조의 이질성이나 동질성들은 이 부분이 동력이 되어 출발하는 것이기 때문이다. 이른바 창작의 동기가 될 만한 강력한 변화에의 욕구가 세 작가의 특색으로 드러난다. 때로는 타자화의 틀이자 조건으로서, 인간과 언어와 세계에 대한 새로운 인식이 그 출발점이 되며, 때로는 행동한다는 것의 의미 자체나 만들어진 의식의 허위성에 대한 고발이 내 안의 타자를 응시하는 근원이 되기도 한다. 장용학의 경우는 언어에, 손창섭의 경우는 시각과 행위 속에, 김성한의 경우는 의식이라는 차원 안에 서사적 모형의 단서를 풀어 줄 타자 인식의 열쇠가 들어 있다. 이 세 가지를 축으로 해서, 개개의 작품에서 추출된 특성들이 세 작가의 개성을 구성한다.

50년대 세 소설가의 서사적 모형을 찾아내는 과정에서 인간과 그 주변의 상호관계에 대한 인식에 주목하는 것은 항상 인간 개인 주체의 갈등을 중요한 화두로 삼고 있는 문학의 영역에 접근한다는 점에서 의미가 있다. 특히 전쟁을 겪는 과정에서 전통적인 세계관이 파괴되고, 도덕적 윤리성이라는 기존의 절대성을 가진 잣대가 허무하게 무너지는 것을 경험하고 목격한 50년대 전후소설의 작가들에게는 세계 속의 개인의 의미나 세계와 개인의 상호 연결 통로에 대해 심각하게 회의가 일었을 것이기 때문이다. '인간'에 대한 기존 인식의 뒤집힘이나 뒤집기, 새로운 '인간'과 '세계'의 관계에 대한 설정이야말로 이들에게 새 관심사로 떠오르지 않을 수 없었을 것이다.

이렇게 50년대 초반에 소설을 쓴 세 작가의 서사적 모형에서 출발하여 장용학, 손창섭, 김성한의 소설들을 읽어 보면 확실히 새롭게 보이고 평가되는 부분들이 있다. 라캉이 소쉬르의 언어관과 야콥슨의 언어관, 프로이트의 무의식론을 결부시켜 언어와 주체의 세계인식 사이에 상관관계를 만들어냈다면, 언어와 주체의 관계에 주목하고 언어가 빚어낸 세계관의 문제점에 대해 목소리를 높이는 것이 장용학의 소설이다. 그럼에도 불구하고 그의 소설에 대한 기존 평가는 실존주의[27] 휴머니즘의 수용 상태와 구현의 성공 여부를 언급하든지[28] 관념소설의 계보에 속한다는 평가가 주종이었다.[29] 또 서구 문화의 유입에 따른 이식 수준이라거나 지나친 관념성으로 소설의 미학을 파괴시켰다는 주장들도 상당히 신빙성 있게 받아들여져 왔다. 또 손창섭의 경우는 자폐적인 세계를 그렸다고 평가받거나, 그의 소설에 등장하는 병적이고 불구인 등장인물들이 주로 눈길을 끌었다.[30] 김성한은 알레고리나 풍자의 기법으로 현실을 비판하고 있지만 역사인식이 부족하고 깊이가 없다는 평가를 받기도 했다.[31]

진후 신세대 소설가의 대표 주자로 꼽혀온 이 세 작가에 대한 기존의 평가들은 그런 면에서 큰 차이가 없는 셈이다. 그러나 이 시기야말로 한국의 소설사를 통해 유래 없이, 주제와 기법의 상동성을

---

27) 김상선, 「신세대 작가론」 (서울: 일신사, 1964).
　　김치수, "인간의 실존적 탐구", 「원형의 전설」, (서울: 삼중당, 1977).
28) 엄해영, 「한국 전후 세대소설연구」, (서울: 국학자료원, 1994).
29) 김교선(1964), "심리적 지적 사색과 소설적 형성 - 「원형의 전설」의
　　현대적 의미와 표현 상의 맹점", 『현대문학』, 1964, pp.275-84.
30) 조연현, "병자의 노래", 『현대문학』, 1955. 4.
31) 김상일, "손창섭 또는 비정의 문학", 『현대』, 1961. 7.

가장 밀착시켜 구현할 수 있었던 역사적 상황을 배경으로 깔고 있다는 것을 유념해야 한다. 또 이 작가들이야말로 이 시대의 세계가 변화해야 한다는 사회적, 문학 내적 욕구를 문학으로 가장 강하게 목소리 높인 작가들이었으며, 후대의 작가들에게 많은 영향을 미쳤다는 것 역시 간과해서는 안 될 것이다. 작품의 기법적 특징을 통해 형성된 서사적 모형의 추출은 그런 면에서 기존의 연구가 들여다볼 수 없었던 세 작가의 세계인식과 문학적 본질과의 관계를 세 작가의 문화적 시야와 서사적 형상화 방식을 통해 보다 자세하게 드러내 줄 수 있을 것이다.

그런 측면에서 본고는 이제 새로운 접근을 시도하려고 한다. 먼저 제2장에서 1950년대와 한국소설의 특수성을 밝히기 위해 각국의 전후문학이 어떤 전통 위에서 어떤 상태로 전개되었는지 간단하게 검토할 것이다. 그럼으로써 그동안 여러 나라를 통해 일반명사처럼 쓰여 온 '전후소설'이라는 개념이 과연 보편적인 것인지 아니면 각국의 시대적 공간적으로 특수한 범주 안에서 더욱 정확하게 쓰일 수 있는 개념인지 확인하려고 한다. 그것이 확인된다면 1950년대 한국이라는 특수한 상황에서 우리의 전후문학이 어떤 양태로 시작되었는지 더 명확한 의미를 파악할 수 있을 것이다. 또한 1930년대와 1940년대, 1950년대의 소설은 어떤 점에서 변화가 있거나 지속적인 연속성을 가지고 있는지 살펴볼 것이다. 그리하여 50년대 문학이 배출된 흐름을 시대 간 단절이 아니라 이어짐으로써 규명하고자 한다. 그래야만 1960년대에서 1970년대, 1980년대로 이어지는 한국문학의 연속성의 저변을 확인할 수 있을 것이기 때문이다.

이런 관점에서 출발하여 각각 세 작가의 서사적 모형의 특수성을 파악하고, 그들의 특수성이 소설 작품 속에 어떻게 형상화되어 기법적인 형태를 갖추고 있는지 고찰할 것이다. 소설 속 세계가 드러내주는 양상을 확인하기 위해 여러 가지로 서사적 모형의 층위를 나누어 접근하고자 한다. 우선 서술구조의 차원에서 특징적인 말투나 서술구조, 그리고 작가와 화자와 거리, 초점화의 문제 등을 집중적으로 살필 것이다. 두 번째로는 알레고리의 동질적인 형태와 다양한 이 형태가 활용되는 방식을 살펴봄으로써 알레고리 사용의 의미를 찾아낼 것이다. 세 번째로는 서사적 전개나 인물의 유형화, 이중적 풍자의 지향점을 찾아 서사구조 차원에서 각 작가에게 두드러진 특징이 되는 점을 집중적으로 탐구할 것이며, 마지막으로는 작가의 핵심적인 인식의 전환점이 앞에서 살펴본 서사적 모형의 구축에 어떤 영향을 미쳤는지를 종합적으로 살펴보고자 한다.

제3장은 장용학 소설의 서사적 모형을 보다 구체적으로 탐색하는 데 바쳐진다. 교체되는 서술구조를 통해 화자와 말투의 교체를 살펴보고, 알레고리의 공통적 기반으로서 제목과 이름을, 그리고 장용학 특유의 알레고리적 사용법으로 삽화적 구성 방식과 관념의 전개 방식의 상호관계에 주목할 것이다. 그럼으로써 근친상간이나 죽음을 통해 기존 세계를 파괴하고 새 차원을 추구하는 서사구조의 지향점을 찾아낼 수 있을 것이다. 장용학은 인간과 세계, 언어와 주체의 상호관계에 대해 획기적인 새 개념을 제시함으로써 이런 서사적 모형을 적극적으로 추구한 작가가 되었다.

제4장은 손창섭 소설의 서사적 모형을 찾는 데 할애되었다. 화자의 이중적 태도와 극단적인 양극적 태도는 이중적인 서술구조를 만들어내었으며, 제목과 이름의 알레고리는 공통적이지만 공간성의 상징화로 약화된 알레고리의 형태는 그에게 특징적이다. 또한 작가의 가치판단이 내포된 인물의 유형화와, 인물의 행위 형태는 그의 소설

에서 중요한 서사구조를 형성한다. 그는 세계와 인간의 관계에서 '행위'의 문제에 주목했는데, 특히 보기와 말하기가 그의 세계인식에서 아주 중요한 관건이 되고 있다.

제5장은 김성한 소설의 서사적 모형에 대한 연구이다. 서술구조에서 김성한은 작가와 화자, 인물 사이의 거리 조절에 크게 의존하고 있으며, 동물우화의 노골적인 채택이 그가 사용하는 알레고리의 특색이다. 그러면서 그는 인물과 현실에 대한 풍자를 시도하는데, 그 풍자 역시 이중적 가치관을 내포하고 있다. 김성한은 인간과 세계의 관계에서 '의식'의 만들어짐과 허위성에 주목하였으며, 그것을 드러내는 방식으로 소설의 형상화에서 알레고리와 풍자, 이중적 태도를 차용한 것으로 보인다.

이렇게 1950년대 소설의 서사적 모형을 구성하는 제 요소들을 서술구조, 알레고리적 구성, 서사구조, 새로운 개념의 제시를 통해 다각적으로 살펴본다. 그리고 그들이 주장하는 세계 변혁의 동기와 그 최종 목적지를 소설 속에서 검토해 볼 것이다. 그것은 그들의 소설 세계에 대한 해명의 열쇠를 건네줄 것이고, 소설의 문을 열고 통과해 나갔을 때 우리는 그들이 도착하려 애썼던 피안의 세계와 함께 지나온 과거의 현실 세계를 보다 명확히 인지하게 될 것이다. 이런 작업은 그들 이후에도 오늘날까지 계속되고 있는 소설이라는 갈래의 존재 이유와 그 흐름을 이해하는 데 단서가 되어줄 것이며, 궁극적으로는 인간이라는 존재에 대한 사유로 안내해 줄 것이다.

Ⅱ. 1950년대 소설의 서사적 모형

　1950년대를 전후한 이 시대는 전 세계적으로도 전쟁의 와중에 있던 시기였다. 유럽에서는 제1차세계대전과 제2차세계대전을 치른 직후였고, 미국도 2차대전과 태평양전쟁에 참전하면서 아시아와 유럽, 북미가 모두 전쟁의 상흔을 얻었다. 그러나 참전 국가들의 국내 정치적, 역사적 상황에 따라 피해의 정도와 양상도 모두 달랐으며, 참전국 모두에게 다 '전후문학'이 동일한 형태로 존재했던 것도 아니었다. 그럼에도 불구하고 '전후문학'이라는 용어는 세계에서 보편적으로 받아들여지는 것으로만 생각되는 경향이 있다.

　한국전쟁을 앞뒤로 해서 한국의 '전후문학'이 어떤 것이었는지를 이해하기 위해서는 그것이 과연 한국만의 특수한 현상이었는지, 아니면 범세계적인 현상이었는지 전반적인 분포를 점검해 보면서 자리매김을 시도할 필요가 있을 것이다.

A. 1950년대와 한국소설

1. 1950년대와 세계 각국의 소설

이 시기는 급격하게 변동하는 역사적 사건들로 인해 사회 속에 존재하는 한 개인의 삶이 파괴되는 사건이 빈번하였다. 거의 전 세계가 전쟁에 휘말렸으며 모든 나라들이 그 영향을 받았다. 이런 시대 상황으로 인해 사회와 거기에 속한 개인의 의미, 인간의 본질에 대한 사유나 자리매김에 대해 문학적으로 해석을 가하려는 욕구는 그 어느 때보다도 줄기찬 흐름이 될 가능성을 가지고 있었다. 나치 독일에서 체계적이고 과학적인 대량 학살이 정치적 이유로 이루어졌으며, 전쟁을 단번에 종결시킨 미국의 원자탄 사용은 인류의 철학, 사상, 예술, 문학 등 제 분야를 뒤흔든 동시에 인간의 본질에 대한 개념조차 뒤바꿔야 할 필연성을 제공하였기 때문이다.

유럽의 경우는 시대 구분상 약간의 차이가 있었다고는 해도, 전반적인 문예사조의 흐름으로 보아 고대와 중세, 16세기 르네상스, 17세기 고전주의, 18세기 계봉사상과 19세기 낭만주의, 사실주의, 자연주의까지는 대개 비슷한 궤적을 그려왔다. 그러나 1차, 2차대전을 거치면서 영국, 프랑스, 독일, 러시아, 스페인은 정치적으로 각자 다른 길을 걸었고 그 문학적인 반응 역시 달랐다고 보인다.

영국의 경우에, 1차대전 후에는 문학계가 정치적, 사회적 역사의식을 가지고 사회구조의 근본적 모순에 관심을 가진 사실주의적 경향과 그런 것을 외면하고 개인 내면세계에서의 인간존재를 탐구하는 모더니즘적 경향으로 크게 양분되어 있었다. 특히 2차세계대전 전에는 헨리 제임스(Henry James), 조셉 콘라드(Joseph Conrad), 마르셀 프루스트(Marcel proust), 토마스 만(Thomas Mann), 버지니아 울프(Verginia Woolf), 프란츠 카프카(Franz Kafka), 윌리엄 포크너(William Faulkner) 같은 모더니즘의 거장들이 대거 등장했었다.[32] 그러나 전후 세계의 판도가 냉전의 이분구도로 바뀌고 식민지 다수를 잃은 데다가 미국에게 세계의 주도권을 빼앗김으로써 영국은 개인적으로는 소외의식을, 사회적으로는 상실감에 휩싸이기 시작했다. 경제 발전에 따라 대중사회가 출현하면서 기존 영국문학에서 중요시했던 계급의 벽도 무너지기 시작한다. 기존의 모더니즘이나 인본적 휴머니즘은 점차 쇠퇴하고 표현에 있어서의 방향 전환을 시도한다. 하류계급 출신이 많았던 이 시기의 젊은 작가들은 엘리트적인 모더니즘과 블룸즈버리(Bloomsbury)파가 주도한 계급적 우월주의에 반발하였다. 1950년대 중반 이후 활동한 그들은 "성난 젊은이들"(angry young men)이라 불렸는데,[33] 그들은 계급적 사회의 비합리성을 비판하고 상류층의 타락상을 비판했다. 전후 이 세대 중 일부는 전쟁 전의 탈영국적인 분위기를 벗어나 오히려 영국적인 요소로 복귀했으며, 문학외적 요소인 정치, 사회적 갈등을 배제하고 개인의 관심사 영역으로 후퇴하기도 했다. 그러나 '성난 젊은이들'의 기법이 사실주의적이었던 데 비해, 동시대에 공존했던 또 다른 작가

---

32) 나영균(1993), 『전후 영미 소설의 이해』, (서울: 이대출판부, 1993), p.11.
33) 50년대 중반 이후 작품 활동한 문인 일부에게 저널리즘 쪽에서 붙여준 이름이다. 그러나 특정한 유파나 신념을 대변하는 것이 아니었고, 그 이름으로 불린 본인들도 그리 달가워하지 않았다고 한다. John Osborne의 희극 『Look Back in Anger』라는 제목에서 나온 이름이며, 주로 Anti-hero 스타일의 인물들이 주였다고 한다.
정병조(1986), 『영문학사 Ⅲ - 영국소설사』, (서울: 을유문화사, 1987).

들은 환상적, 전위적 경향의 작품을 쓰기도 했다. 전반적으로 보아서 영국 소설계는 전쟁 전 50년 동안에 배출된 다수의 걸작 소설에 비해 전쟁 후 30년 동안에는 대작들이 별로 없는 등 침체 분위기에 빠져 있었다고 평가된다. 따라서 영국의 1950년대 소설과 한국의 1950년대 소설은 상당히 다르다고 볼 수 있다.

바다 건너 프랑스도 전쟁의 타격을 많이 받았다. 프랑스의 경우에 대표적인 '전후문학'은 "누보로망(Nouveau Roman, 신소설)"의 형태로 나타났다. 그 이전에는 19세기 대혁명을 전후한 낭만주의와 제2 제정시대의 자연주의, 1차대전 이전의 상징주의, 두 대전 사이에서 초현실주의(1929 - 1930), 휴머니즘(1930 - 1940)이 주류를 이루고 있었다.[34] 누보로망은 프랑스 전통소설에 대한 거센 반작용에서 출발하였으며, 초기에는 "앙티로망(Anti-roman, 반소설)"으로 불렸다. 미셸 뷔토르(M.Butor), 알랭 로브그리예(A. Robbe-Grillet), 나탈리 사로트(N.Sarraute), 클로드 시몽(C.Simon), 장 리카르두(Jean Ricardou), 사뮈엘 베케트, 마르그리뜨 뒤라스 등이 여기에 속한 작가라고 간주되었다.[35] 2차대전 직후부터 50년대 후반을 거쳐 60년대에 원숙기에 이르기까지 이 계열에서 본격적인 작품들이 쏟아져 나왔으며, 이 작가들 중 상당수는 오늘날까지 지속적으로 창작하면서 프랑스문학에 많은 영향력을 행사하고 있다. 누보로망은 2차대전이 몰고 온 정신적 공허와 피폐함을 메워 줄 새 윤리, 철학, 가치에 대한 갈증의 반영이었다. 이 요구에 부응하여 누보로망은 전후 십여 년 동안 막강한 영향력을 행사한 실존주의의 회의주의적 성

---

34) 랑송 G. , 뷔프로 P. (공저), 『랑송 불문학사 下』, 정기수(역), (서울: 을유문화사, 1993).
35) 김화영(1989), 『프랑스문학 산책』, (서울: 세계사, 1994).

격을 토대로 하면서도 긍정적인 모랄을 추구하는 동시에 인간성 회복과 긍지, 존엄성을 회복하려는 휴머니즘의 기치 아래 재구성되었다. 그들은 철학적인 존재 개념을 '부조리'라는 세계인식 위에 쌓아 올렸으며, '자유'라는 새로운 탐구의 도구를 통해 '참여'라는 새 행동 양식을 추구하면서 모랄을 통해 자기 확인을 얻으려 한 세대였다.[36] 그들에게 있어서 참여라는 용어는 한국에서 사회적인 참여의 의미로 해석된 것과는 달리, 정치적이거나 이념적인 성격이 아니라 인간의 긍지인 언어의 본질적 기능으로 회귀하여 인간이 가진 문제를 문학과 인간의 내부에서 해결해 보려고 하는 것이었다.[37]

영국과 다르게 프랑스문학에서 1950년대는 대전환기라고 평가되기도 한다. 1930 - 40년대에 청소년기를 보내고 전쟁 중에 청년기를 맞은 새 세대는 혼란과 위기, 부조리와 살육 속에서 성장한 세대이다. 그들에게는 허무와 불신이 주조였기 때문에 문학에 나타난 그들의 태도는 철저하게 전통적인 가치관을 포기하는 것을 보여주었다. 신세대의 이런 태도는 누벨바그(Nouvelle Vague)라는 명칭을 얻게 하였다. 누보로망은 소설의 근본 요소인 등장인물, 이야기 줄거리, 인물의 심리까지 거부하였고, 철저한 반휴머니즘을 주장한 신세대 누벨바그(Nouvelle Vague)와도 통하는 길을 열었으며 소설 장르 자체의 변혁을 추구했다는 점에서 전례 없는 소설혁명으로 평가된다.[38] 누보로망은 그 혁신성으로 인해 다른 나라의 문학에도 많은

---

36) 김화영(1989), 위의 책.
37) 그런 점에서 프랑스 누보로망의 참여 개념은 인간의 본질을 구성하는 언어에 주목하였고, 언어를 통한 사회성, 더 나아가서 인간 주체의 개념을 바꾸고 무의식의 가능성에 이르는 길을 밝혀주었다.
38) 김붕구, 박은수, 오현우, 김치수 (공저),(1983), 『새로운 프랑스문학사』, (서울: 일조각, 1995).

영향을 끼쳤지만, 프랑스 문단의 한편에서는 전통적 소설도 같이 양산되면서 일반 대중에게 인기를 끄는 현상이 공존하기도 하였다. 프랑스의 경우는 전형적인 '전후문학'이 비교적 정리된 형태로 정립되었고, 그 배경이 된 사상과 세대의식의 명료함이 막강한 영향력을 행사하면서 긴 생명력을 담을 수 있게 한 힘이 된 것이다.

한국의 50년대 소설가들은 프랑스의 실존주의적 철학사조와 누보로망 계열의 소설들을 상당수 접한 경험이 있다. 또한 당대 문단에서 실존주의는 한국의 전후 피폐감과 궤를 같이하면서 세계에 대한 인식에 상당한 영향을 미치기도 한 것이다. 그러나 한국의 50년대 소설문학이 가지고 있는 서사적 모형과 누벨바그, 누보로망의 서사적 모형은 차이점이 많이 있기 때문에 동시대로도, 또 동 형태로도 간주될 수 없는 성격을 가지고 있다.

전쟁의 원인 제공자인 동시에 패전으로 인해 가장 큰 피해를 본 국가 중 하나인 독일은 19세기의 사실주의를 거쳐 1945년 이후에 큰 변동을 겪게 되었다. 패전과 동시에 기존의 정치권력에 의해 보호받던 어용 작가들은 다 물러나고, 망명했다가 귀환한 작가들과 더 젊은 세대 작가들이 비로소 온전하게 활동할 수 있는 무대가 마련되었다. 특히 1947년에 결성된 젊은 작가들의 "47그룹(Gruppe 47)은 과거 나치 시대의 과오를 문학표현을 통해 극복하고자 애를 쓴 그룹이었다.[39] 그동안 세계문학과 비교적 고립된 형태를 유지하던 독일문학도 패전을 하면서 비로소 다양하게 영미, 프랑스 문학을 수용할 기회가 열렸다. 그러나 정치적인 분단이 이루어지고 냉전 체제에 들어감에 따라 독일문학도 두 가지로 나뉘게 되었다. 첫

---

39) 스톨테, 하인츠, 『쉽게 쓴 도이치문학의 역사』, 안인길(역), (서울: 신구문화사, 1994).

번째 부류는 "폐허문학시대(Trümmerliteratur)"이다. 전후 첫 10년 간 새 문학의 비평과 저항의 대상은 재앙의 책임을 져야 할 과거 권력과 이념에 대한 것이라고 정하고, 전장과 죽음, 비인간성과 박해, 궁핍과 고통 등을 중요 주제로 다루었다. 두 번째는 "비평적 사실주의(Kritische Realismus)"인데, 50년대 중반부터 정치, 경제 발전, 안정, 분단독일의 상황, 냉전 구도에 따른 힘의 블록과 세계분할 등의 시사적인 문제에 관심을 표현했다. 주로 젊은 세대 작가들이 주도권을 잡았으며, 이상적인 복지사회를 꿈꾸었다. 소외효과, 서사극, 부조리극, 초현실주의, 몽타주 수법, 상징과 암호 등의 개념이나 현상들을 표현양식으로 즐겨 썼고 환영을 받았다. 이런 표현양식들은 현실에 안주하거나 편안히 즐기는 것을 차단하고 날카롭게 비판하도록 요구하려는 의도에서 나온 것들이었다. 연속성의 파괴를 통한 단절의식 강조, 새 기점과 원점에서 출발하기를 요구하는 것, 주제와 현실과의 거리 두기 요구, 다양한 예술표현 등이 독일 신흥작가들의 작품세계를 푸는 열쇠였다. 그러나 한쪽으로는 그들의 이런 '실험문체(esperimen-teller still)'가 난해하다는 평을 받았다.[40] 독일의 경우는 세대 교체와 단절의식의 기법적 형상화라는 점에서 전형적인 전쟁 후 문학의 형태를 보여주었다.

같은 유럽이었지만 러시아는 전쟁경험도 전혀 달랐고, 전쟁 이전에 혁명을 겪음으로써 완전히 다른 상황을 겪었다. 1920년대에서 30년에 이르는 동안 다양한 실험을 해오던 러시아 형식주의문학의 다양성이 1930년대 후반에는 사라지고 획일화되며,[41] 소비에트문학이

---

40) 마르티니, 프리츠 『독일문학사 下』, 황현수(역)(1989), (서울: 을유문화사), 1994.
41) 이강은, 이병훈, 『러시아문학사 개설-러시아문학의 민중성과 당파성』,

라는 이름 밑에서 리얼리즘만이 신성시되는 시기가 된다.[42] 정치적 논리에 따라 이념상 형식주의자들은 불온그룹으로 탄압받고 추방되기도 했다. 히틀러가 소련을 침공한 1941년 6월 22일부터 유럽 전승 기념일(1945. 5. 9)에 이르기까지가 러시아에서 전쟁 피해와 희생이 가장 컸던 시기이며 전쟁문학의 중추를 이루었다. 이 시기에는 전쟁문학이라는 이름으로 문학 행위도 전쟁 수행의 일부분으로 간주되었으며, 많은 작가들이 종군하면서 사실주의적인 기록물과 애국심을 고취시키되 예술성이 떨어지는 글들을 많이 남기게 되었다. 그러나 초기 전시문학에서 후기 '전후문학'으로 가면서는 단순한 사실기록만이 아니라 심리적 리얼리즘도 담게 되었고, 그 결과 민족을 강조하면서 보통 사람 이야기를 소재로 한, 전쟁에서의 인도주의를 다루는 작품도 많이 나왔다. 그러나 1945년 전승을 계기로 전쟁 기간에 느슨해졌던 문학에 대한 통제 완화가 끝나고 본격적으로 이데올로기의 공세(즈다노비즘)가 시작되면서 러시아 문학의 해빙기는 끝났다.[43] 1953년 스탈린 사망 이후로는 정치적 상황에 따라서 해빙과 결빙이 반복적으로 계속되는 상황이 지속되었다. 따라서 영국, 프랑스, 독일과 같은 의미에서 비교될 만한 '전후문학'은 러시아에 존재하지 않았다고 봐야 한다. 리얼리즘만이 중요했고, 다른 서사적 모형은 허용되지 않았던 것이다.

2차세계대전 후 미국은 국력이 커지고 세계적 위상이 높아져 초강대국으로 편입되었다. 전후 2 - 30년 동안 미국은 추종자의 입장

(서울: 한길사, 1989).

42) 이 철, 이종진, 장실 (공저), 『러시아문학사』, (서울: 도서출판 벽호), 1994.

43) 슬로님, 마르크, 『소련현대문학사』, 임정석, 백용식(역), (서울: 열린책들, 1989).

에서 지도자의 입장으로 바뀌어 세계문학의 방향을 제시하였으며 1950년대를 거치면서 영국문학의 아류에서 벗어나 다국적 문화에 의한 다양한 소설을 배출하는 것이 가능하게 되었다. 1960년대에 들어서면서 미국은 전쟁 전에 있었던 모더니즘 쇠퇴보다 복잡한 사실주의와 함께 다양한 실험적 작품들을 생산해 내었다. 이 시기를 지나면서 70년대에 이르면 포스트모더니즘이 미국소설의 주류를 이루게 된다.44) 그러므로 미국에서 태평양전쟁 전, 중, 후의 문학적 형태는 희소하다고 할 수 있을 것이며, 한국과 비교될 만한 서사적 모형도 성립되지 않았다.

태평양전쟁으로 전쟁의 참화를 겪은 아시아에서, 중국과 일본은 유럽과는 또 다른 양상의 전후 시기를 보냈다고 할 수 있을 것이다. 중국은 러시아가 그랬던 것처럼 중화인민공화국의 성립을 기준으로 해서 이념이 주도하는 문학이냐 아니냐가 전후 새 세대의 새로운 세계 인식 여부보다 더 중요했다. 1949년에서 78년에 이르는 건국 초기 30년에는 현실주의(리얼리즘) 일원화 형태의 소설이 더 중요시되었고 모든 작가가 따라야 할 전범으로서 강조되었다. 문화대혁명의 폭풍이 지나가면서 신시기(1979 - 1989)가 도래하는데, 이 시기야말로 현실주의의 심화와 동시에 모더니즘 소설이 대두하는 시기가 된다.45) 그래서 중국의 현대 소설사는 크게 보면 리얼리즘 일원화 시대와 다원적 미학 형태(모더니즘)의 소설이 등장하는 시기의 두 시기로 나뉜다.46) 중국에서는 서구 모더니즘 문예사조의 수용이 다른

---

44) 나영균(1993), 위의 책.
45) 김　한, 『중국 현대 소설사 1949-1989』, 김정호(역), 전형준(감수), (서울: 문학과 지성사, 1996).
46) 중국현대문학사는 시기 구분에서 때로는 66년 모택동이 주도한 문화대혁명을 기준으로 삼아 그 이전의 17년(1949 - 1966), 혁명기 10년

국가에 비해 이삼십 년 뒤처졌다. 그 결과 범세계적인 '전후문학'의 열풍이 지나고도 십여 년 후에야 뒤늦게, 모더니즘을 수용한 작가들이 새로운 세계인식을 작품에 드러낸 신세대의 세대의식을 보유한 작가로 간주되는 현상이 일어났다. '전후문학'의 신세대가 아니라 문화혁명 후의 신세대 작가인 것이다. 그것은 러시아와는 또 다르게 중국의 특수한 역사적 정황에서 비롯된 현상인 것이다. 따라서 중국에는 한국과 같은 서사적 모형을 찾기 어렵다.

한국과 거의 같은 현대문학의 흐름을 겪어온 것으로 간주되는 아시아의 패전국 일본도 사실은 또 다른 양상을 보여준다. 한국은 연대별로 분절해 나가지만 일본은 쇼와문학의 연속성을 벗어나지 못한다. 이전의 다이쇼문학과 쇼와문학을 구분하고, 쇼와문학의 범주 안에서 전후문학을 논의하기 때문이다. 히라노 겐에 의하면 쇼와문학은 크게 세 개의 범주로 나뉜다. 첫째는 프롤레타리아문학이고, 두 번째는 모더니즘 계열, 세 번째는 사소설 계열이다.[47] 서구의 문학이론에 비추어 이 분류가 옳고 그름을 따지기 전에 일본의 쇼와문학 내부에서는 이미 이런 현상에 대한 자체적인 분류가 주류를 이루고 있었기 때문이다. 같은 쇼와문학에서도 시기별로 구분하자면 태평양전쟁 전과 전쟁 동안의 문학(1933년에서 1945년 패전까지), 전후문학기(패전에서 1955년까지), 쇼와문학의 성숙기(1955년에서 1970년까지), 쇼와문학의 말기(1980년대까지)로 나뉜다. 첫 번째 시기에서는 프롤레타리아문학이 종언을 고하고 전향문학과 사소설, 순수소설

(1966 - 76), 4인방 몰락 후의 신시기문학(1976-)의 3단계로 나누기도 한다.

47) 호쇼 마사오, 소네 히로요시, 가와니시 마사아키, 스즈키 사다미, 구리쓰보 요시키(공저), 『일본현대문학사 上下』, 고재석(역), (서울: 문학과 지성사, 1998).

과 대중소설, 국민문학, 국책문학, 종군문학, 전쟁문학 등이 등장한 시기였다. 전 국민을 도탄에 빠뜨린 광기 어린 전쟁이 원폭 투하로 끝나면서 일본 국민들은 정치적, 정신적으로 공황 상태에 빠졌다.[48] 전후 일본에 등장한 잡지『근대문학』은 창간호에서 자신들의 색깔을 이렇게 표방했다. 예술 지상주의, 정신의 귀족주의, 역사 전망주의, 인간 존중주의, 정치적 당파로부터의 자유 확보, 이데올로기적 착색을 불식하고 문학적 진실을 추구, 공리주의 문학을 배격, 시사적 현상에 구애받지 말고 백 년 앞을 목표로 창작할 것 등이 그것이다. 이렇게 일본의 '전후문학'은 초기부터 쇼와문학의 주류에 대한 일시적 거부감이 이론적 체계의 뒷받침 없이 파편화되어 나열된다. 그 결과 일본의 '전후문학'은 일본 내에서 자체적으로, 다양한 스타일이 공존하되 공통된 문학적 특질의 발견은 어렵다는 평가가 내려진다. 이런 혼란은 "전후문학가' 대 '전후파문학자'라는 모호한 용어의 사용에도 반영된다. 엄밀하게 나눈다면 '전후문학가'는 쇼와 초기부터 활동한 구세대이고 '전후파문학자'는 일본소설의 전통 단절론에서 출발한 전위적 신세대로서 '창조적 전후 세대'라고 간주되기도 했다. 이들은 전쟁을 매개로 방법론상으로는 전대 일본적 리얼리즘과 대립하고 세계관으로는 마르크스주의문학과 민주주의문학을 정정한다는 역할을 수행하고자 하였다.

'전후문학'의 공통분모를 찾아보자면 전쟁을 주체적으로 파악하고, 자연주의적 리얼리즘에 저항하며 사회적으로 시야를 확대시키고 실존주의적 경향을 일부 포함한다는 주장도 있지만,[49] 전반적으로 정

---

48) 일본과 한국의 정치적 연계성에 따라, 이 시기 한국문학의 흐름도 일본과 비슷한 양상을 띠고 전개되어 갔다.
49) 호쇼 마사오 외(공저), 위의 책, 1998.

확한 지적은 아닌 것 같다.[50] 이 시기의 문학은 미군 정치하에서 민주적 혁명을 일본 사회에 도입할 수 있다는 전망을 부추기기도 했으며, 전쟁 책임론이나 정치와 문학에 대한 논쟁, 이방인 논쟁을 통한 실존주의 논쟁, 사소설 탈피, 본격소설의 추구, 풍속문학과 고백문학, 미시마 유키오 류의 죽음에 의한 부정의 미학 등도 나타났다. 그러나 한국전쟁이 종결되면서 이 시기 문학들은 일상성의 문학으로 이행하는 경향을 보여준다. 1955년에서 70년에 이르는 쇼와문학의 성숙기에 이르면 이십대에서 칠십대에 이르는 다양한 연령의 작가가 다양한 장르로 창작을 시도한다. 정치적으로는 샌프란시스코 조약에 의해 1955년 체제가 확립되면서 원폭문학, 천황가에 대한 금기, 산업화에 대한 내면 전쟁의 그늘, 패전의 상실감과 위화감, 전쟁 체험과 일상 체험, 성문제 등이 소재로 떠오르게 되었다. 특히 전통문화의 파괴에 반발하면서 전통적인 여성성, 전통예술, 풍속, 역사, 전통적인 이야기 형태 등을 활용한 전통문화에의 다리 놓기가 유행하였다. 1970년대에 1955년 체제가 혼란에 빠지고 적군파의 급진주의가 대두하면서 '전후문학'의 시대는 마감되고 현대문학의 시대로 넘어가게 된다.

일본의 경우에 "전후문학"이라고 불린 시대는 상당히 길었다. 30년대 태평양전쟁의 시작에서 45년 패전에 이르기까지 전쟁 시기가 길었고, 본격적인 "전후문학"은 1945년부터 1955년까지라고 규정된다. 이 부분이 한국과 일본의 1950년대 문학이 갈림길에 서게 되는

---

50) 사실 세계적 현상으로서의 '전후문학'은 그 성격상 겉으로 드러내지는 않아도 모더니즘의 계승자와도 같은 역할을 수행해 왔다. 그러나 일본의 경우는 그런 세계사적 주류로부터 비껴나 있었다. 더 나아가서는 오히려 전통을 옹호하고 일본적인 것으로 복귀하자는 국수주의적 현상이 일본의 '전후문학'을 지배하기도 했다.

지점이다. 일본의 '전후문학'은 말 그대로 전후의 황폐함에서 출발하는 문학세계였다. 그러나 그 1945년부터 한국전쟁 전까지 한국에서는 광복의 기쁨과 일제시대 체험에 대한 소설이 쏟아져 나왔다. 전쟁의 경험과 전쟁 체험에 대한 문학적 정리는 각각 1950년대 초반, 1950년대 중반이후, 1960년대 이후로 나뉘어서 진행되었다. 따라서 한국의 "전후문학"은 엄격한 의미에서 일본과도 다르며 1953년 이후부터 본격적으로 시작되었다고 봐야 할 것이다. 그렇다면 한국의 전쟁체험과 문학의 관계는 전전(戰前), 전중(戰中), 전후(戰後)로 나누어서 봐야 하며, 체험한 전쟁의 종류와 시대도 일본과는 전혀 다른 것으로 간주되어야 한다.

지금까지 살펴본 바로는 유럽이나 미국, 아시아에서 "전후문학"이라는 이름으로 보편화될 만큼 원리적인 요소를 갖춘 절대적인 공통분모를 갖춘 문학의 형태는 찾기가 어렵다. 그 이유는 아마도 각국의 역사적 진행 상황이 다 달라서 전쟁에 대한 시각과 체험이 제각각이었던 것, 그리고 문학전통의 차이와, 전쟁에 대한 문학적 반응의 차이가 엄연히 존재하기 때문이다. 그러나 그중에서도 큰 폭으로 '전후문학'의 특질을 구성해 줄 만한 유사성을 가진 속성들을 모아볼 수는 있다. 특히 패러다임의 차원에서 바라보자면, 문예 사조적인 차원에서 전대의 리얼리즘과 모더니즘의 대립에서 '전후문학'은 모더니즘에 가까운 쪽으로 경사한다는 것이다. 그것도 모더니즘의 이름을 걸고 추구하는 것이 아니라 전쟁 상황을 담을 수 없다는 이유에서 전통적인 리얼리즘을 거부하다 보니 단절의 세계관에서 비롯된 모더니즘과 형태상 유사해지는 것일 뿐이다. 기존 가치관으로는 설명될 수 없는 세계에 대한 인식에서 비롯된 불연속적 세계관, 단절의 의지, 그것을 표현하는 문학양식의 채택이 바로 그것이다. 이런 점에서 구세대 작가

보다는 신세대 작가들의 작업이 효율적이었기 때문에 '전후문학'에 대한 논의에는 대개 전통 단절론, 세대론의 입장이 뒤따라 나왔던 것이다.

그렇게 본다면 세계에 대한 경험의 지각변동에서 나온 인식의 변화가 "전후문학"의 출발점이며, 그 인식 변화를 형태에 담아 표현하는 과정에서 전통과 어긋나는 면이 많아 새롭다고 인정을 받았던 것이다. 그것은 동시대 철학의 영역에서 전통적인 과거의 합리주의 관념론이 보여주는 낙관적 세계인식을 폐기하고 불안정한 시대에 대한 불연속적 인식을 토대로 주관적인 개인의 분열된 주체성을 인간의 본질로 받아들인 것과 같은 궤에 서는 것이다. 실존주의, 누보로망, 앵그리 영맨, 휴머니즘, 허무주의 등 이 시기 각국의 문학을 가리키는 수많은 용어들은 결국 이 범주 안에 귀속시킬 때 공통점을 찾을 수 있을 것이다. 더 큰 범주의 패러다임에서 본다면 그것은 절대주의 패러다임에서 상대주의 패러다임으로의 이행에 다름 아니다. 따라서 이 시기에 '전후문학'이라 이름 지을 만한 공통성이 존재한다면, 그것은 시대적 변화에 따른 역사적 과정과 방법론적 변화가 필연적으로 함께 맞물려 이루어낸 성과이다. 바꾸어 말하자면 '전후문학'은 특정한 시대와 특정한 국가의 결합에 따라 다양한 색깔과 편차를 지닌 문학적 형태로 발현된다는 것이다. 따라서 '전후문학'이라는 용어는 각 나라마다 동일하게 통일적으로 사용될 수는 없는 것이며, 단지 전쟁의 참상으로 인한 폐허의식, 기존 가치관의 붕괴나 형태의 파괴 등을 드러내는 과도기적 형태로 존재하는 문학의 공통적 성격을 지시하는 의미 정도로 허용될 수 있을 것이다.

2. 1950년대의 한국소설

한국의 역사적 상황은 비교적 전형적인 '전후문학'의 형태를 산출해 낸 다른 프랑스나 독일, 일본 같은 국가들과는 차이가 있다. 한국의 신문학이 20세기 초에 시작되었기 때문에, 이런 나라들처럼 고대, 중세, 근대에 이르는, 붕괴의 대상이 되어야 할 문학전통의 연속성은 찾기 어려웠다. 서구문학의 문예사조상 고전주의, 낭만주의, 사실주의, 자연주의, 상징주의, 초현실주의, 모더니즘에 이르는 수순을 밟지 않고, 신문학 초기 단계에서 이론적으로 일시에 수용하였기 때문이다. 서구 문예사조가 상호 간 반발하고 변화하는 과정에서 연속적으로 발생한 것과는 별도로, 한국에서 그것이 수용될 때는 동시대에 선택 가능한 공시적 영역으로 변질되는 것이 당연한 현상이었다. 또한 한국이 자체적으로 성숙시켜 온 고유의 문학전통과 서구문학 전체가 일종의 대립항처럼 인식되고 있었기 때문에, 서구의 문예사조 하나하나를 변별하여 수용하기 이전에 서구문학 전체가 뭉뚱그려져서 우리 문학전통 위에 변화를 일으킬 단서라는 인식위에서 수용되었다. 이런 관점에서라면 서구문학은 곧 기존의 전통문학에 대한 대립구도일 때 본연의 의미를 부여받을 수 있었다.

1910년대에 사실주의, 자연주의, 낭만주의가 혼합되어 수용되었고, 그 과정에서 창작된 작품을 이 기준에 맞춰 유파를 분류하면서 빚어진 혼란도 있었다. 알고 있는 이론과 실제 창작된 작품 사이의 거리감이라든가, 창작된 작품의 예술적 미완성도가 항상 문젯거리가 되었다. 1920년대에 KAFP가 결성되어 사회주의적 리얼리즘이 세력을 확장하고 있을 때도, 그 세계관이나 전망의 문제, 총체성 등의 이론적 개념과 실제 창작된 작품 사이에는 여전히 거리가 있었다. 그리고 작품의 예술성이 떨어져서 구호문학에 불과하다는 비난도 함께 받기도 했다. 일본에 의해 KAFP가 해체된 후에는 리얼리즘과 모더니즘이 1930년대 문단을 크게 양분하였다. 박영희, 김기림 등 양 진영에는 이론과 창작을 병행하면서 이론을 연구하고 창작으로 실험하는 대표적인 문인들도 등장한다. 이들의 이론적 깊이는 다소 피상적이었던 전대에 비해 보다 깊이 있는 영역까지 도달한다. 외국 서적을 읽고 개념을 정리해 나갔던 그들은 약 10년에서 20년의 시차를 두고 서구의 이론을 접할 수 있었다고 보인다.

1930년대 말 정치적 암흑기가 도래하고 일제의 만주 진출과 태평양전쟁이 본격화되면서 1945년 광복에 이르기까지 한국문학에도 암흑기가 이어졌다. 문인들이 전향하던가 붓을 꺾고 은신하면서 실제 창작된 작품의 수도 급격히 감소했다. 대동아 공영 사상이나 천황에 대한 공경 이외의 사상은 불온한 것으로 간주되었기 때문에 창작된 작품들도 운신할 수 있는 폭은 아주 좁았다. 1930년대 모더니즘과 리얼리즘의 이론적 논쟁과 창작이 비교적 활발하게 전개되었기 때문에, 이런 암흑기가 바로 이어지지 않았다면, 1940년대 중반까지의 이 시기는 우리 문학에서 소중한 진전을 이루었을지도 모른다. 그러나 암흑기는 시 부문에서는 청록파처럼 자연예찬을 하거나 잡지『문장』에 실린 글처럼 현실과 별 상관이 없는 내용만이 살아남을 수 있게 하였다. 그것이 문학에서 이 시대의 현실을 유지시켜준 지배적인 문학적 담론의 위치를 차지하였다.

청록파와 문장파51)에게는 그들이 다루고 있는 소재나 주제, 세계

---

51) 실제로 당대에 "문장파"라는 명칭은 공식적으로 확인된 바 없다. 그러나『문장』지를 중심으로 활동한 문인들은 일종의 공통된 특성을 가지고 있었기 때문에 편의상 그들을 "문장파"라고 계속 불러왔다.

관의 측면에서 공통성이 있다. 청록파에 속하는 시인은 박두진, 조
지훈, 박목월이며, 『문장』의 핵심 구성원은 이병기, 정지용, 이태준
이다. 『문장』지는 1939년 2월에 창간해서 1941년 4월에 폐간당했는
데, 폐간당하기 전까지 이들은 일제 말기 한국문학을 대표하는 문예
지로서 명실공히 군림하였다. 『문장』지의 색깔은 앞에서 이야기한
세 사람의 심미적 취향에 따른 세계관으로 경사되었는데, 그것은 바
로 "친한국적", "친동양적"인 세계관을 지향한다는 것이다. 그들은
『문장』 뒤편에 태평양전쟁에 대한 친일적 이야기를 싣는 동시에 우
리 고전을 높은 비중으로 예찬하는 태도를 갖추어 소개했다. 1920
년대에서 1930년대에 이르는, KAFP의 사회주의적 리얼리즘이나
세계 범민족주의와 대립한 국민문학파의 조선주의가 가진 정치적
태도와는 다르게, 이들의 고전예찬은 개인적 취향의 '완상'에 가까웠
다. 고전의 정갈하고 단아한 세계로 몰입하여 개인적 삶의 내면적
평정을 얻으려는 욕망의 표현이었던 것이다.[52] 따라서 이들이 말하
는 것은 상고주의에 가까운 것이었고, 이미 완결되어버린 고전의 세
계에 대한 개인적인 향수였다고 할 수 있다.

암흑기에 시 창작을 이어간 청록파의 경우도 유사한 색깔을 지니
고 있다. 최후의 선비라 불린 조지훈 시세계의 상고주의와 박목월,
박두진의 자연예찬도 "친동양적" 세계관에 따른 자연과 전통에의 복
귀현상인 것이다.

그러나 이것을 시대의 중압감에 대한 도피의식의 발현이며 개인적
취향이라고만 보기에는 좀 부족한 것이 있다. 이병기가 선비문화의

---

52) 황종연, "『문장』파, 고답의 세계, 개인주의", 『동국대학교 국어국문학
　　　논문 요지집』 4, 동국대 대학원 국어국문과 학생회, 1987. 5.
　　　pp.255-262.

상속자로 이해되는 것과는 달리, 정지용과 이태준은 바로 전대인 1930년대에 시와 소설 창작에서 전통 단절과 미학적인 현대성을 추구했다는 점에서 대표적인 모더니스트로서 손꼽히던 사람들이기 때문이다. 그러나 정지용의 이 시기 시세계는 모더니즘의 시세계가 아니라 동양 고전시와 내간체 문장형식 등을 원용하는 동양적 세계관과 엘리트적인 자족의 세계였다. 이태준 역시 수필집『무서록』이나 이 시기 다른 단편들이 보여주는 것처럼 개인세계의 행복 추구를 역설하거나 전통에 대한 향수를 드러낸다. 이런 현상은 사회적, 정치적 외압에 의한 것이라 이해하는 것으로만은 해결될 수 없다. 문학적 변화가 있다면 그 변화 안에는 외부 요인과 함께 반드시 문학 내적인 변화 요인이 잠재해 있기 때문이다. 사실 그들의 이런 변화는 전대인 1930년대에 보여준 그들의 궤적에서 요인된 것이라고 볼 수 있다. 1930년대에 정지용이나 이태준, 박태원, 김기림 등은 구인회를 결성하면서 모더니즘적 색채의 문학을 했다. 특히 모더니즘의 이론에 대해 적극적인 태도를 보여준 김기림의 경우는 창작과정에 모더니즘의 이론을 적극적으로 실천하기도 했다.

유럽에서 전쟁 전에 시작된 모더니즘의 전형적인 특징은 전통에 대한 거부, 불연속적 세계인식,[53] 현대문명에 대한 비판을 미학적 형식으로서 표출하는 것이다. 유럽의 일부 모더니스트들은 서구의 합리주의적 이성주의가 전통적 토대가 된 상태에서 동양적인 전통극과 전통 한시 등을 보고 그것을 일부 수용하여 합리주의의 울타리를 넘어서고자 시도했다.[54] 모더니즘의 원류가 되었던 러시아

---

53) T. E. 흄,『휴머니즘과 예술철학』, 박상규(역), (서울: 삼성미술문화
　　　재단, 1984).
54) 황　진, "독일문학에 있어서의 동양 아시아의 사상 및 종교의 수용

미래파의 주지적 이미지즘이나 형식상 파격을 보여준 초현실주의,[55] 유럽 대륙의 급진적 모더니즘(radical Modernism) 운동, 연극계의 적극적인 동양극 수용,[56] 괴테와 같은 거장이 선(禪)의 세계를 수용한 것[57] 등이 바로 그런 예이다. 실제로 서구의 초현실주의와 동양적 선(禪)의 세계는 그 유사성이 자주 언급되기도 했다.[58] 유럽에서 그들이 거부하고자 한 것은 서구의 분석적 합리주의였고 수용하고 싶었던 것은 동양 전통의 통합주의였다.[59] 그런 점

과 이의 효과 - 하나의 예로 되블린(Alfred Döblin)의 작품
「왕륜의 3도약」(DiedreiSprünge des Wang-lun)에서", 『독일
문학』 36. 한국독어독문학회, 1986, pp.243-205.

55) 오생근, "초현실주의적 반항과 혁명에 대한 소고", 『불어불문학연구』,
한국불어불문학회, pp.127-135.

56) 브레히트는 중국의 전통극인 경극을 보고 소외효과를 창안했다.
이재진, "브레히트 이전에 나타나는 소외기법", 『독일문학』 45, 한국
독어독문학회, 1990, pp.275-300.

57) 진상범, "괴테와 되블린의 동양수용과 그 문학적 의미 - 중국 수용의
전제조건, 수용 내용 및 문학적 의미를 중심으로", 『독일문학』
53집, 한국독어독문학회, 1994, pp.1-32.
황혜옥, "독일문학에 있어서 불교와 중국 - 주로 괴테의 경우를 중심
으로", 『독일문학』 31집, 한국독어독문학회, 1984, pp.99-106.

58) 고명수, "선시(禪詩)와 쉬르레알리슴", 『동국대 국어국문학 논문요지』
5집, 동국대대학원 국문과 학생회, 1989. 4.

59) 최영환, "A. Malraux의 예술사상의 기원과 동양 예술사상과의 관계",
『불어불문학연구』 20집, 한국불어불문학회, 1985, pp.557-569.
유임하, "동서문학에서의 상상력의 특성과 원리", 『동악어문논집』 26
집, 동악어문학회, 1991. 1. pp.71-103.
이런 관점의 연구는 주로 외국문학 전공자들과 동양극, 서구 부조리
극 연구자들에게서, 그리고 현대적인 정신분석학적 연구에서 주로 나
왔다. 한국의 모더니즘문학의 이론과 실제를 연구한 문학자들 중에서
이런 관점의 연구가 거의 없었다는 것은 아마 갈래와 분야를 초월한
시야를 확보하지 못한 것이 원인이 아닌가 한다.

에서 본다면 우리가 1930년대에 받아들인 모더니즘은 마치 동양적인 색채를 서구의 모더니즘이라는 프리즘을 통해서 이론화하고 다시 재수용한 것과 같다.[60] 1930년대의 모더니스트들이 전통의 단절을 추구하고, 형태에 주목했을 때, 그들이 생각한 전통은 물론 동양적인 자기 전통에 대한 거부였다. 그래서 김기림은 자신의 시작품에 서구적인 색깔을 가진 소재와 어휘들을 많이 사용해서 새로움으로서의 서양을 추구했다. 그것이 그들이 1930년대의 현실 성격에 맞추어 문학을 재생산해 내는 주도적인 방식이었다. 그러나 그것은 그저 문학 이론상 지배적인 담론이었을 뿐, 그 모더니즘 논리 자체가 지니고 있었던 동양에의 경사를 그들은 이론적으로 이해하지는 못한 것 같다. 서구식의 이성적 합리주의와 절대주의를 극복하기 위해 동양적 주관주의와 상대주의를 수용한 것, 그것이 바로 서구 모더니즘이 가지고 있는 패러다임이었기 때문이다.[61] 서구 모더니스트들은 중국

---

60) 고명수, "한국에 있어서의 초현실주의문학 고찰", 『동악어문논집』 22집, 동악어문학회, 1987. 10. pp.247-298.
　　　　, "한국 초현실주의 문학의 전개 양상", 『동국대학교 국어국문학 논문요지집』 4집, 동국대 대학원 국어국문과 학생회, 1987. 5. pp.263-270.
　　천소화, "한국 쉬르레알리즘 문학연구", 성심여대 석사학위 청구논문, 1982.
61) 임호일, "'폐쇄형식'의 이데올로기에 대한 부정으로서의 '개방형식'", 『독일문학』 49집, 한국독어독문학회, 1992, pp.513-530.
　　이 글은 거칠게나마 폐쇄형식과 개방형식이라는 단순화된 두 개의 범주로 이런 패러다임을 설명하고 있다. 폐쇄형식은 시민사회의 소산으로서 조화와 통일, 화해라는 미명 아래 주체와 객체의 통일성을 지향한다. 그러나 그것은 지배자가 이데올로기로서 제시하는 것이며, 주체는 객체 속으로 흡수 통일되어 억압당하고 상실당한다. 형식상으로는 인과법칙이나 목적지향성이 뚜렷하고 합리주의를 추구한다는 특징을 가지고 있다. 반대로 개방형식은 '자율적 주체'라는 허상을

당시를 읽고 서경과 서정이 통합된 시세계를 대상과 주체가 분리된 서구 시세계에 대한 충격으로 받아들였지만, 우리의 시인들에게는 그것은 충격의 대상이 아니라 이미 우리에게 익숙한 것, 바로 이론적으로는 거부해야 할 대상인 기존의 전통에 불과한 것이었다.[62] 이런 모순점은 처음 수용했을 때는 드러나지 않았지만, 지속되는 창작의 과정에서 점차 모순은 모순으로서 나타나게 된다. 또한 1930년대 후반에서 1940년대 중반까지의 암흑기라 불리는 현실 안에서는 소극적인 문학 창작 행위를 요구하게 되고, 그것은 곧 전통과 모더니즘, 둘 다를 수용할 수 있는 방향으로 문인들을 변화시키게 된다. 그들의 자연스러운 귀착점, 그것이 바로 청록파와 문장파의 세계였던 것이다. 30년대의 모더니즘이 이론상 승하다가 김기림처럼 창작에서 별효과를 거두지 못했다고 평가받거나, 이태준처럼 동양적인 작품세계, 박태원처럼 풍속 묘사 스타일의 변형된 모더니즘 형태로 창작되었다는 것은 문학 배척 논리로 보아 어쩌면 당연한 귀결이었을지도 모른다. 이들은 후에 청록파로 연계된 시풍, 그리고 『문장』의 훈고적 세계관으로 변화하였다. 전통적인 자연친화의 세계, 서정과 서경의 통합성, 고전이나 전통적 문학 형태의 긍정적인 도입 등의 동양적 색채를 수용한 서구 모더니즘을 다시 동양이 받아들였다가 실패했을 때 가장 자연스럽게 돌아갈 수밖에 없는 곳이었을 것이다. 출발점은 서로 달랐어도, 동기와 결과는 비슷했기 때문이다. 30년대 말부터 40

파괴하고 반영웅적 주체, 세계로부터 조롱당하는 개체, 비유기적이고 부조화, 병렬적 연결에 따른 개방 형식에 따라 몽타주 기법을 선호한다. 부조리극이나 다원주의 이데올로기, 형식의 과격한 실험이 이들의 특징이다. 그래서 개방형식에는 모더니즘이나 초현실주의, 부조리극, 전후실험소설 등이 포함된다.

62) 민용태, 『서양문학 속의 동양』, (서울: 고려원, 1987).

년대 광복 이전까지 한국의 모더니스트들이 걸어간 문학의 궤적은 그것으로서 설명이 가능하다.

2차대전이 종결된 1945년으로서 서구에서는 본격적인 '전후문학'의 시기가 시작되지만, 한국과 일본은 서구와는 그 시대성의 시기가 다르다. 한국은 1945년 직후부터 30년대에 미처 끝내지 못한 모더니즘 논쟁이 본격적으로 다시 시작된다. 특히 시 장르에서『신시론』동인과『후반기』동인들에 의해 모더니즘의 이론과 수용, 창작에 대한 본격적인 논의가 활발히 이루어진다.[63] 그러나 소설의 경우에는 모더니즘을 공식적으로 표명한 경우도 없고, 모더니스트라고 스스로를 칭한 경우 또한 없었다. 서구에서 모더니즘을 떠나 '전후문학'에 대한 논의가 한창 진행될 때, 우리는 과거에 미처 끝내지 못한 모더니즘과 진보적 리얼리즘의 논쟁을 다시 되풀이하면서 냉전체제에 돌입한 것이다. 1945년 이후에는 이미 전쟁이 종료되고 회복기에 들어갔던 유럽과 달리, 한국은 1948년에 정부 수립을, 1950년에서 1953년까지 한국전쟁을 겪었다. 제2차세계대전과 궤를 같이한 이전의 태평양전쟁에서 한국은 전쟁 당사자라기보다는 후방으로서 병참 기지화된 곳이었기 때문에 본격적인 전쟁의 현장성과는 거리가 있었다. 그러니 서구의 1940년대 전쟁과 같은 현장 체험은 1950년대 중반까지의 한국전쟁에 의해 비로소 가능해진 것이다.

그러나 '전후문학'이라고 같은 용어를 사용해도, 그 '전후'의 구체적인 시기는 어떤 현실이냐에 따라서 이렇게 약 10년의 시차를 가지고 있을 수밖에 없다. 또한 한국이 경험한 전쟁은 파시즘과의 전쟁이 아니라 그 전쟁이 종료된 후 거기서 비롯된 강대국 간의 냉전

---

63) 김경복, "1950년대 한국 모더니즘 시론 연구",『한국문학논총』13집, 부산대 국문과 한국문학회, 1992. 10. pp.405-18.

체제의 산물이었다는 점에서, 그리고 그 결과로 동족상잔이란 처참한 상황을 불러왔다는 점에서 서구와는 달랐다.[64] 더구나 우리 자체의 내적인 결과로 빚어진 전쟁이 아니라 외부 요인에 의해 일방적으로 피해를 본 전쟁이었기 때문에, 각 개인이 겪은 전쟁의 참상은 더욱 절실했고 피해의식은 더 컸다.[65] 더구나 그 전쟁은 현재까지도 끝나지 않은 전쟁으로서 전 국민의 생활에 막대한 영향을 미치고 있는 전쟁이다.

그러나 강대국 간의 이데올로기 대리전 양상[66]이라는 이 전쟁의 성격을 파악하기에 앞서서, 군인과 민간인을 가리지 않는 전쟁의 살상 현장과 인간 존엄성에 대한 신뢰가 붕괴하면서 기존의 전통적 가치관만으로는 도저히 합리화시킬 수 없는 현실의 중압감을 먼저 감각적으로 느끼게 되었던 것이다.[67] 전쟁의 충격은 감각에서 먼저 왔으며, 그 다음에 의식적인 이해로서의 인지 단계가, 그리고 언어로서 걸러내 표출하는 단계에 의해 행동화되었다. 이렇게 해서 산출된 것, 그것이 바로 전쟁 경험에서 출발해 '전후문학'이라는 이름으로 50년대의 현실을 지배한 한국의 '전후문학'이었던 것이다.

---

64) 계간사상 편집위원회, "전쟁과 혁명 특집을 내면서", 『계간사상』, 1990. 봄, p.8.
65) 이기윤, "1950년대 한국소설의 전쟁체험 연구", 인하대 박사학위 청구논문, 1989.
  이시영, "현대소설에 나타난 한국전쟁의 수용양상-1950에서 70년대 중, 장편소설을 중심으로", 경북대 국문과 석사학위 청구논문, 1984.
66) 조동숙, "분단소설문학에 나타난 한국전쟁의 이데올로기 체험 연구 -1950년대 소설을 중심으로", 『한국문학논총』 13집, 부산대 국문과 한국문학회, 1992, pp.419-448.
67) 장백일, "3·8선 시대의 인간파괴와 이데올로기", 『국어국문학연구』 13집, 원광대 국어국문과, 1990. 10. pp.41-63.

'전후문학'이라는 용어의 정확한 개념 정의는 '전쟁 직후부터 나온 그 시대의 문학'이라는 의미에서 일정 기간의 시대성을 전제로 하고 있다. 그 시대성이란 전쟁으로 인해 전 시대와는 구분되는 뚜렷한 특징을 전제로 하고 있으며, 그것은 바로 전쟁 이전 시대의 세계관으로는 돌아갈 수 없다는 인식에서 비롯된, 어떤 사건에 의해 과거와는 완전히 단절되어 있음을 의미하는 불연속적 세계관을 담고 있다. 전대의 모더니즘 운동이 불연속적 세계관을 인식하는 데서 출발하였던 것처럼, 한국의 '전후문학'도 불연속적 세계관을 인식하고 현대성에 대한 비판을 문학적 형식으로 표출한다는 점에서 1930년대 모더니즘의 연장선상에 서 있다고 보인다. 1950년대 문학 중 특히 신세대의 '전후문학'은 그래서 본질적으로 모더니티의 색채를 가지고 있다[68]고 볼 수 있다. 그것이 바로 1950년대의 시론(詩論)에서 모더니즘 논의가 터져 나온 이유이며,[69] 이론상 모더니즘을 운위하지 않고도 소설 창작 자체에서 이미 모더니티를 구현한 소설들이 존재하게 된 이유이다.

1950년대의 시대적, 역사적 정황은 한국이라는 공간 안에서 특정한 문학 형태를 형성하였으며, 1930년대와 연계하여 그것은 한국적인 '전후문학'적인 특징을 담고 있었던 것이다. 따라서 우리가 사용하는 '전후문학'이라는 용어는 범세계적인 개념이 아니라 이 시기의 역사적 시대의식이 문학으로 형상화되는 1950년대 한국이라는 역사적 시공간 안에서 배출된 문학의 형태에 한정되어야만 한다. 그러나 이 전쟁은 아직도 완전히 끝나지 않았으며 분단문학의 형태로 지금

---

68) 박배식, "장용학 소설의 모더니티 연구", 『한국언어문학』 38집, 한국
    언어문학회, 1997. pp.377-95.
69) 김경복(1992), 위의 책.

까지 지속되고 있다. 따라서 이런 상황은 우리 내부의 자체적인 정치문제가 더 큰 이슈로 떠오르게 된 4·19혁명 이전까지는 일단 큰 변화 없이 지속적으로 유지되어 왔다고 보인다. 따라서 4·19 이후에 나온 '전후문학'들은 1950년대 중반에서 1960년대 초까지 이어지는 이 '전후문학'의 변형태라고 생각된다. 한국에서 전형적인 '전후문학'의 개념으로 불려질 만한 소설의 형태가 있었다면, 그 기본 형태는 전중(戰中)이었던 1950년부터 전쟁 직후인 1960년대 초반까지 주로 창작된 이 소설들에 있었을 것이다. 그것은 '전중파(戰中派)' 세 작가라고 불리기도 하는 장용학, 손창섭, 김성한 세 작가에 의해 이루어졌다. 1960년대 이후부터 1970년대 중반 이전까지 연속성을 지니고 있었던 다른 작가들의 소설세계는 이들로부터 영향받아 계보를 형성하게 되기도 했다. 그러므로 엄격한 의미에서 한국적인 '전후문학'의 기본형은 1950년대 세 작가의 서사적 모형에서 출발하는 것이라고 할 수 있을 것이다.

B. 1950년대 세 작가의 서사적 모형

1950년대 한국의 시대성은 일본이나 유럽과 달리 시기상으로도, 겪은 전쟁의 성격상으로도 특이성을 가지고 있었다. 그것은 한국의 문학에도 드러나는데, 시기상으로는 유럽보다 10년 정도 후이며 전쟁의 살상 현장에 대한 강한 증언의식으로부터 나오는 시대적 상황의 불합리성에 대한 인식이다. 한국의 1950년대 문학에서는 구세대도 신세대도 모두 다양한 진폭으로 창작을 해 나갔지만, '전후문학'

적인 특징에 부합하는 것은 주로 신세대의 경우였다.[70] 여기에서는 문단을 지배한 당대의 담론들을 통해 1950년대의 시대의식을 알아보고, 세 작가의 소설에서 문학적 형상화의 서사적 모형을 이루는 이론적 틀을 통해 1950년대 문학을 형성하고 있는 특질들을 규명해보고자 한다. 또한 세 작가 이외의 소설들이 갖추고 있는 서사적 모형의 다양한 폭을 고찰함으로써 1960년대 이후로 이어지는 우리 문학의 연속성을 살펴볼 단서도 얻게 될 것이다.

1. 1950년대 소설과 서사적 모형의 분석

이 시기 문인들은 신문지상과 잡지의 지면, 그리고 각종 문예지나 동인지를 통해 자신의 의견과 작품을 게재할 기회를 가질 수 있었다.[71] 특히 『사상계』나 『현대문학』과 같은 잡지의 존재는 문학에 국한된 것만이 아니라 철학이나 사회사상 쪽으로 폭넓은 수준의 일반 교양도 다루었기 때문에 문학이 폐쇄된 영역이 아니라 철학이나 사회학, 역사학 등 다른 인문학의 영역과도 교류할 수 있는 좋은 기회가 되었다.

백철이나 김동리가 구세대 비평가로서 활동했고, 유종호, 윤병로, 김우종, 이어령 등의 신진 비평가들도 등장해서 문학현상이나 이론에 대해 논쟁을 하기도 했다. 당시의 문단 상황으로 미루어보아 신문지상이나 월간지라는 공간은 문학에 대한 각자의 견해를 주고받기

---

70) 김갑수, "신·구세대의 6·25 소설 비교", 『동악어문논집』 제20집. 동악어문학회, 1986. 10. pp.197-240.
71) 물론 문인들이 자주 모이는 명동의 여러 다방들 같은 비공식적인 의사소통의 통로도 무시할 수 없는 큰 역할을 했을 것이다.

에 적절했으며, 서구의 새로운 사조를 접할 수 있다는 점에서 공적으로 개방된 좋은 의사소통의 통로였다.[72] 그러므로 이 시기에 평론가들과 문인들 사이에 지배적이었던 문학에 대한 담론을 분석해 본다면, 50년대 문학과 실존주의의 상관관계에 집착해 온 기존의 견해들을 재해석하면서 50년대 소설의 서사적 모형의 한 단면을 파악할 수 있게 될 것이다.

보통 사회과학 방법론으로서의 담론 이론[73]은 사회 체계를 하나의 의사소통의 장으로 파악하려는 시각에서 나온다. 사회구성원들 간의 의사소통의 장에서 이루어지는 담론들의 체계를 파악할 수 있다면, 그 사회의 정치적 관심사와 함께 특징적으로 반복되는 담론이 가지고 있는 권력의 지형도를 알 수 있기 때문이다. 이런 시각에서는 인간의 사회적 삶이란 담론적 행위를 기본으로 하는 상징 행위에 의해서 사회관계가 이루어지며 의사가 교섭되고 서로 갈등을 일으킬

---

72) 특히 『사상계』에서 많은 월평, 좌담회, 지상 논쟁, 새로운 서구 철학 사조의 번역과 소개가 이루어졌다. 종합 사상지를 표방하면서도 문학적 담론에 많은 지면을 할애한 『사상계』는 동인 문학상을 제정하고 중편소설을 단번에 전재할 공간도 만들어주었으며, 게재된 중편소설에 대한 비평가들의 의견도 다양하게 실었다. 그래서 『사상계』는 문학의 주요 담론들이 생산될 수 있는 의사소통의 장으로 충분히 기능할 수 있었던 것이다.
장 폴 사르트르, "실존주의는 휴머니즘이다", 『사상계』, 1954. 8.
안병욱, "현대사상 강좌-(1) 서론 (2) 휴머니즘 (3) 생의 철학 (4) 프라그마티즘 (5) 허무주의 (6) 실존주의 (7) 현대적 세계", 『사상계』, 1955. 10.-1956. 5.
오현우, "전후 불란서문학 사조의 주류", 1956. 2.
이종우, "현대와 휴머니즘", 『사상계』, 1956. 12.
백 철, 유종호, 이어령, 김동리, "「낙서족」을 읽고", 『사상계』, 1959. 4.
73) 이기현, "사회과학 방법론으로서 담론 이론과 담론 분석-특집, 언어이론과 담론분석", 『현대비평과 이론』 7, 1994. 봄·여름, pp.75-93.

수도 있는 상징적 행위의 공간으로 정의될 수 있다. 한 사회를 이루고 있는 담론 체계는 아주 다양하지만 담론, 제도, 실천의 세 요소에 의해서 담론의 장을 이루고 있는 구조를 아는 것은 가능하다. 담론의 장은 대개 담론의 생산과 체계화, 소비와 소멸이라는 단계를 거쳐 변화를 겪는다. 생산될 때는 담론 외적 요소에 의해서도 상당히 많은 영향을 받을 수도 있다. 문학에 대한 담론들이 철학에 대한 담론에 의해 촉발되는 것처럼 그것은 언제나 가능하다. 담론은 이렇게 하나의 사회적 산물이며, 동시에 실천의 결과물이다. 또 일정한 사회적 기능을 수행하기 때문에 제도권 안에 위치할 때 정치적 권력을 지닌 이데올로기의 기능과 연관된다. 과거에는 전통적으로 언어학적 현상에 불과한 것으로 보아 언어적 분석에 치중했지만, 최근에는 담론이 사회, 정치적인 현상임에 주목하는 경향이 뚜렷해졌다. 더 나아가 담론은 일종의 사회적인 기호로서 계급(class), 성별(gender), 종족(race)문제까지 포함시킨다. 따라서 문장이나 대화, 어휘 효과를 논하는 미시적, 형식적 맥락뿐만 아니라 정치, 사회, 경제에 이르는 거시적, 이념적 맥락을 모두 포괄하는 메타 개념으로 확장되어 쓰이는 것이다.[74]

이 시기에 우리의 문단도 역시 실존주의의 담론과 지상 발표의 제도, 문학 창작 실천의 세 요소에 의해서 한 담론의 체계를 이루고 있었던 것이다. 가장 영향력을 발휘한 주류의 이데올로기는 바로 실존주의였고, 그 정체와 상관없이 누구나 실존주의를 이해하고 말하지 않으면 1950년대의 현실을 이해하지 못하는 것으로 간주되기도 했다.[75] 『현대문학』이나 『사상계』, 각종 일간지에 실려 있는 실존주

---

74) 정정호, "담론-용어해설", 『현대비평과 이론』 6, 1993. 가을·겨울, pp.291-7.

의에 대한 글은 양으로 보나 종류로 보나, 발표한 사람의 신원으로 보나 아주 다양했다고 할 수 있다.

문예지와 함께 『사상계』처럼 종합적인 교양지가 발간되고, 또 이런 잡지에서 주도하는 문학상 제도가 생기면서 작품 선정을 둘러싸고 이런 권력의 재생산은 더욱 노골적인 것이 되었다. 구세대의 경우보다 신세대가 지배적 담론의 생산과 분배에서 이미 주도권을 쥔 주류로 부상하였으며,[76] 휴머니즘적 주제의식을 가진 작가의 작품들

75) 이 시기 구세대와 신세대 비평가의 실존주의 이해를 둘러싼 논쟁이 있다. 바로 구세대를 대변하는 김동리와 신세대 신진 비평가를 대변하는 이어령의 '실존성'의 논쟁이 바로 그것이다. 김동리는 실존주의를 둘러싼 문단의 태도를 비꼬는 「실존무(實存舞)」라는 단편을 창작해서 주류의 담론에 대한 불편한 심중을 드러내기도 했다. 또 실존에 대한 이 시기 신구세대의 힘겨루기는 고은의 회고록에도 잘 나타나 있다.

  고　은, "실존주의 시대", 「1950년대」 고은 전집 10, (서울: 청하, 1989) pp.381-97.

76) 문예지나 종합지에서 주도한 월평, 연말 연초의 대담이나 좌담회를 보면 이미 실존에 대한 담론을 능숙히 다룰 수 있는 신세대가 주류로 부상하고 있음을 자타가 공인하고 있다는 사실을 발견할 수 있다.

  백　철, "상반기 신구의 창작계 - 월간지의 작품을 중심", 『사상계』, 1957. 7.

  ＿＿＿＿, "한국문단 10년 - 하나의 서론적인 글", 『사상계』, 1960. 2.

  이어령, "1957년의 작가들", 『사상계』 1958. 1.

  ＿＿＿＿, "1958년의 소설 총평", 『사상계』, 1958. 12.

  김동리, "1959년의 소설", 『사상계』, 1960. 1.

  유종호, "침체성의 지양 - 1961년의 소설", 『사상계』, 1961. 12.

  김팔봉, 백철, 손우성, 이무영, 주요섭, "좌담회 - 한국문학의 현재와 장래", 『사상계』, 1955. 2.

  김팔봉, 백철, "대담 - 1955년의 한국문단", 『사상계』, 1959. 4.

  김동리, 백철, 안수길, 유종호, 장용학, 여석기(사회), "좌담회 - 소설 50년의 반성과 전망 - 한국현대소설 50년이 남긴 제 문제", 『사

이 주 대상에 올랐다.[77] 물론 이때의 휴머니즘은 서구의 본래적 의미에서의 휴머니즘[78]과 별 상관이 없어도 이 시대 현실 안에서나 실존주의와 동일선상에 올라갈 수 있는 등가물이 된다. 실존은 1950년대 문학적 담론 공동체, 특히 신세대에게 있어서 그 중심에 놓여 있었다고 보인다. 그것은 당대에서 헤게모니적 담론이나 텍스트 생산의 권력적 지식으로 기능했으며, 전후의 상황에 대한 인식의 틀을 형성시켰다.[79] 또한 철학이나 사회학 같은 다른 주변 분야에도 영향력을 행사하는 동시에, 고정된 관념이 아니라 복합적이고 다양한 형태로도 나타났다. 전후 세대 작가 각각에게 다 다른 양상으로 나타날 수 있는 상호 텍스트 차원에서의 모순점과 다면성을 가지고 있었던 현상은 바로 이런 속성 때문이었다. 기존 가치관을 폐기하고 새로운 가치관을 제시할 수 있다는 점에서 신세대가 주도한 세대론은 실존주의를 등에 업고 막강한 지배 담론이 되었고, 또 그것은 전대로부터 연계되어 온 불연속적 세계관을 더욱 굳건하게 정립하는 데에도 기여했다. 실존주의가 철학의 영역에서, 또 시대를 지배하는 세계관으로, 특히 문학의 영역에서 활용될 때 나타난 다양한 다면성도

상계』, 1962. 9.
77) 김동리, 백철, 안수길, 최정희, 황순원, "제4회 동인문학상 수상 작품 선고", 『사상계』, 1959. 10.

김우종, "동인상 수상 작품론", 『사상계』, 1960. 2.

손창섭, "작가의 대원과 소원 ─ 당선소감", 『사상계』, 1959. 10.

＿＿＿, "당선소감", 『문예』, 1953. 6.

78) 허 탁, "탈휴머니즘(Humanism)론 ─ 문예사조의 이해를 위한 전제", 『국어국문학』 25집, 부산대 국어국문과, 1988.3, pp.135-61.

79) 김건우, "한국 전후 세대 텍스트에 대한 서론적 고찰 ─ 해석 공동체, 지식, 권력의 문제를 중심으로", 『외국문학』 49, 1996. 겨울, pp.202-218.

이런 것이 동기가 되었기 때문에 가능했다. 전쟁의 참상은 허무주의로, 휴머니즘으로, 상황에 대한 부조리 의식으로, 세계에 던져진 존재로서의 실존적 의식으로도 나타날 수 있기 때문이다. 여기에서는 역사적 현실의 증언이나 휴머니즘의 갈구만으로 그칠 수가 없었다. 이 담론 공동체들은 전쟁이라는 환경 변화가 끼치는 정신적인 변화를 다룸으로써 인간성의 본원적인 탐구를 시도했기 때문이다. 따라서 이 시대 작가들에게 비극적 체험을 극복하려는 의지나 삶의 모랄을 재정립할 수 있는 기능을 가진 것이라면, 그 이름 자체가 별로 중요하지 않았을 수도 있다.[80]

이런 시야에서 판단한다면, 기존의 연구들 중 프랑스문학에서의 사르트르나 카뮈의 실존 개념을 잣대로 삼아 우리 문학이 과연 실존주의의 개념에 맞는 것인지 아닌 것인지 나란히 놓고 비교해서 따져보는 것[81]은 허망한 작업이 될 것이다. 사르트르와 카뮈의 실존에 대한 논쟁에도 아무 상관없이, 이전 시대에서 모더니즘의 논리와 동양적 훈고주의가 권력을 지닌 담론으로 지배력을 행사했던 것처럼, 1950년대의 현실에서는 전후 현실에 대한 인식 자체가 '실존'이라는 이름으로 드러났을 뿐이다. 따라서 실존의 담론은 때로는 전쟁의 참상에 대한 휴머니즘의 담론으로, 또 시에서는 모더니즘의 문명비판에 대한 담론의 형태로서도 모습을 바꾸어 드러난다. 이 시기의 현실에서는 상호 간 대립될 것 같은 허무주의와 휴머니즘도 인간의 분

---

80) 김 현, 『사회와 윤리 - 김현 소설론집』, (서울: 일지사, 1974).
81) 조동숙, "장용학의 실존주의 개념과 사르트르와의 거리 - 「요한시집」과 「구토」를 중심으로", 『수련어문논집』 18집, 부산여대 국어교육과, 1991, pp.99-122.
　　　정문권, "손창섭 소설의 휴머니즘 연구 - 현실의 비정성에 대한 극복의 지", 『한남어문학』 20집, 한남대 국어국문학회, 1995. pp.479-92.

열린 주체의식, 욕망하는 세속적 인간형에의 긍정이라는 공통분모가 있었기 때문에 서로 등가물이 될 수 있었던 것이다. 이런 용해현상, 그것이 바로 이 시기가 구사한 문학적 담론의 의미였다. 문학에 있어서 지배적 담론을 둘러싼 세대 간의 권력 분할, 구세대와의 차별화 의식, 약 10년의 차이가 있어도 세계의 전후문학과 거의 동시대에 정신적으로 보편적인 유대관계를 맺고 있다는 그 세대의 인식이 그 결과이다. 전후의 현실을 둘러싼 이런 인식들은 1950년대의 모더니즘 논의로 이어지며, 소설이 비록 드러내놓고 모더니즘을 표명하지 않았더라도 전후 현실에 속한 소설이라면 이미 모더니즘의 테두리 안에 들어 있음을 반증하는 것이다.

따라서 50년대 우리 소설의 본질을 파악하기 위해서는 소설 자체의 구조화 양식에 눈을 돌리는 것이 필요하다. 소설이 현실 세계와 그로부터 비롯된 작가 개인의 체험을 어떤 방식으로 형상화하고 있는가에 주목한다면, 세계와 개인과의 관계 맺기에서 문학이 어떻게 이루어지는지 그 단서를 제시해 줄 것이기 때문이다.

장용학, 손창섭, 김성한 세 작가가 개성적인 작품세계를 가지고 있다면 그것은 개성적인 서사적 모형에서 비롯된다고 생각된다. 서사적 모형은 작품의 분석을 통해 도출될 수 있는 개념으로써, 분석과 종합을 통해 변별되는 기법적 특징[82]의 유형화라고 할 수 있다. 한

---

82) 부우드에 따르면, 기법이란 "예술가가 자신의 예술적 의미를 발견하는 방법인 동시에 자신의 의지를 독자에게 작용시키는 방법"이다. 그러므로 소설 속에서 "기법"을 찾아내는 과정은 세계에 대한 작가의 인식과 해석을 문학적 소통과정에 의탁함으로써 독자들에게 효과적으로 설득할 수 있는 정보의 함축방식이란 의미를 지닌다. 따라서 기법이란 현실과 괴리된 기교가 아니라, 현실의 인식과정이다.
부우드, 웨인 C.(1961), "거리와 시점", 「현대소설의 이론」, 김병욱

작가가 쓴 소설 전반의 기법적 특징을 추출하기 위해 각 작품들의 분석 기준은 동일한 수위로 잡아 비교하는 방법을 택한다. 분석을 위해 서사적 모형의 분석 기준은 각각 네 가지로 나눈다. 서술구조와 알레고리의 구성, 그리고 서사구조의 특징적인 면모, 세 작가가 각각 추구했던 새로움이라는 관념의 대상, 이렇게 네 가지가 서사적 모형의 기준이 된다.

먼저 서술구조의 차원에서는 소설의 문체적 층위에서 화자가 누구인가, 그리고 화자의 태도와 말투를 기준으로 해서 각각 세 작가의 서사적 모형을 변별하고자 한다. 시점은 한 허구 서사물에서 이야기를 구성하고 있는 작중인물, 사건, 배경 등을 독자에게 전달하는 문제에 있어서 작가에 의해 설정된 양식 또는 관점을 말하는데, 이것은 작가에게 중요한 창작원리로 작용하는 동시에, 시점론에 따른 텍스트의 분석은 작가의 의도나 작품이 구성된 미학적 원리를 파악하는 데도 유용하기 때문이다.[83] 소설가는 텍스트의 내용을 디에게시스로 화자의 말이나 사고 내용을 통해 독자에게 전달할 수도 있고, 미메시스로 작중인물의 언행, 생각, 지각을 통하여 전달할 수도 있다. 따라서 소설 속에 나타난 말투는 작가 또는 화자의 목소리인 디에게시스일 수도 있고 작중인물의 모방된 말씨인 미메시스일 수도 있다.[84] 수잔 랜서는 더 나아가 문학을 송신자(작가, 화자) - 텍스트

(편), 최상규(역), (서울: 대방출판사, 1986), p.335.

83) 프리드먼, 노먼 "소설의 시점", 「현대소설의 이론」, 최상규(역), (서울: 대방출판사, 1984), p.356.

84) 이런 스토리 전달 양식의 이원적 구분은 플라톤의 「국가론」에서 소크라테스가 디에게시스와 미메시스라는 두 가지 대화 제시 방법을 구별한 것에서 출발한 것이다. 그것은 20세기에 와서 퍼시 러보크에 의해 회화적(繪畵的, pictorial)/극적(劇的, dramatic)인 것으로 재규정되었고, 웨인 부스는 그것을 다시 제시(showing)/설명(telling)으

(전언)-수신자(독자)의 관계로 이루어지는 하나의 소통 행위로 간주하는 화행 이론(Speech Act Theory)을 제시했다. [85] 그래서 시점은 스토리의 단순한 전달에만 국한되는 것이 아니라 허구적인 매개물을 통하여 작가로부터 독자에게로 작가의 가치판단과 태도의 전달, 그리고 그것이 독자에게 미치는 효과까지 포함하는 적극적인 개념이 된다. 한편 제라르 쥬네뜨는 *Figures Ⅲ*에서 서술구조에 대한 연구를 서술학이라 칭하고, 서술 텍스트와 이야기 진술(récit), 그리고 이야기 내용(histoire) 사이의 관계들에 대한 이론이라 규정한다.[86] 그는 서술구조의 분석에서 이야기 진술(récit)과 이야기 내용(histoire), 이야기 진술과 서술행위(narration), 그리고 이야기 내용과 서술행위 사이의 제반 관계의 연구방법을 제시했다. 그가 말하는 서술구조 분석의 세 가지 기본층은 시간(temps), 서술양식 혹은 서술법(mode), 목소리 혹은 서술태(voix)의 범주였다. 시간과 서술법은 이야기 내용과 이야기 진술 사이의 관계 층위에 작용하고, 서술태는 서술행위와 이야기 진술 간의 관계, 서술행위와 이야기 내용 간의 관계를 동시에 조명한다. 시간의 범주에서 쥬네트가 분석 층위로 삼은 것은 서술의 시간과 이야기의 시간의 순서 관계(ordre), 이야기 내용의 지속 시간과 그것을 서술하는 데 소요되는

로 나누어 구분하였다.
퍼시 러보크, 『소설기술론』, 송욱(역), (서울: 일조각, 1960), p.238.
웨인 부우드 『소설의 수사학』, 최상규(역), (서울: 새문사, 1985), p.18.
구수경(1987), "황순원 소설의 담화양상 연구", 충남대 석사논문
85) Lancer, Susan S. , *The Narrative Act*, (Princeton: Princeton Univ. Press, 1981).
86) Genette, Gérard, *Figures Ⅲ*, Seuil, 1972.
정옥상(1991), "서술학 이론에 관한 고찰", 『불어불문학연구』 26집, 한국불어불문학회.

지속시간의 관계(durée), 이야기 내용의 반복 가능성과 이야기 진술의 반복 가능성 사이의 수적 관계를 다루는 빈도수(fréquence)의 층위이다. 서술법(mode)의 범주는 showing(토도로프의 재현 representaion)과 telling(토도로프의 서술행위 narration)의 대립항에서 다루는 문제, 즉 서술자와 서술대상 사이의 거리(distance)의 문제와 대상에 대한 서술자의 관점(perspective)의 문제를 다루었다. 또 서술태의 범주는 서술행위 당사자(instance narrative)가 서술 담론 속에 남긴 자취를 추적 고찰하며, '누가 말하는가?'에 대한 질문의 대답인 서술자의 신분(statut) 층위뿐 아니라, 서술의 시간, 서술의 층위(niveaux narratifs), 서술자의 위상(personne)을 포함한다.[87]

쥬네트의 서술구조 방법과 차이가 있지만, 프리드만은 송신자로서의 화자가 독자에게 이야기를 전달할 수 있는 방법을 구별하기 위한 기준을 네 가지로 제시했다. 첫째는 누가 독자에게 이야기를 하는가이며, 둘째는 이야기에 대해 화자가 어떤 위치에서 이야기를 하고 있는가, 셋째는 화자가 독자에게 이야기를 전달하기 위해 어떤 경로를 택하는가 하는 문제로서 화자와 인물의 화법의 문제이며, 넷째는 독자와 이야기 사이에 화자가 얼마나 거리를 두고 있는가 하는 거리의 문제이다.[88]

서술구조의 분석 이론들에 비추어 본다면, 장용학의 경우에는 화자가 교체되면서 말투 자체가 따라서 바뀌는 것이 특징적이고, 손창섭은 화자의 태도가 양가적이면서도 중요한 순간에는 극단적으로 단

---

87) 이봉지(1993), "제라르 쥬네트의 서사학과 초점이론", 『불어불문학연구』, 28집, 한국불어불문학회, pp191-205.
88) 프리드먼, 위의 책, p.364.

정 짓든가 망설이는 이중적인 태도를 보인다는 것이 특징이다. 김성한은 실제 작가와 작품 속에 내포된 작가, 그리고 작가가 마음대로 조종하는 인물 화자 사이의 거리관계를 조절하는 것이 특징적이다. 그런 점에서 세 작가의 서술구조는 각각을 이루는 문체에 드러나는, 화자와 말투의 교체와 이중적 태도, 거리 조절이라는 세 가지 요인으로 변별될 수 있다.[89]

두 번째로 50년대 세 작가의 소설은 서사적 모형에서 알레고리적 성격을 지니고 있다는 점에서 구성상 서로 공유하는 점이 있다. 그러나 알레고리[90]의 구체적인 형식은 작가별로 특색이 있다. 알레고리는 상호 지시 관계를 가지고 있는 명백한 이중구조물로써, 상호 연관적 의미를 가지고 이차 수준을 의미하는 일관된 연속적 상황을 서술하는 것이다. 알레고리의 범주는 협의적 의미에서 축어적인 것

---

89) 시점론에서의 초점화 이론은 전망(perspective)과 서술(narration)을 구분하는 데서 출발한다. 텍스트에서 언표 층위와 인식 층위까지 포함하여, 지각을 제시하는 행위자로서의 주체(초점화자), 초점화자의 지각대상인 초점화 대상 사이에서 초점화는 보는 주체인 '비전(vision)'과 보인 것 사이의 관계를 지칭한다. 따라서 여러 행위자와 층위로의 다변화가 가능하므로, 화자의 교체현상, 다성저 화자, 내포 작가란 개념과도 연계될 수 있다.
   문창식, "서사이론에 있어서의 시점고찰", 「한국언어문학」 28집, 한국언어문학회, pp.36-8.

90) 은유, 상징, 알레고리는 다음과 같이 변별될 수 있다. 은유는 두 개의 독립된 의미론적 단위들을 통합함으로써 구성되지만 알레고리와 상징은 한 단위의 의미를 심화시키는 것으로 구성된다는 것이 차이점이다.
   Abrhams(1981), "알레고리(Allegory)", 「문학비평용어사전」, 최상규(역), 대방출판사, p.8.
   MacQueen, John(1976), 「알레고리」, 송낙헌(역), 서울대학교 출판부, 1984).

과 광범한 의미의 알레고리가 있는데, 후자는 축어적 서술에 근거한 지시 관계의 기능에 따라서만 그 알레고리적 지시 관계가 확정될 수 있는 종류이다.[91] 1950년대 소설들은 서사적 모형에서 알레고리를 채택하는 경우가 많고, 기본적으로 소설의 제목이나 등장인물의 이름을 지을 때 명명법(命名法)으로서의 알레고리를 사용한다. 특히 한자어를 사용할 경우, 한글 이름으로부터 느껴지는 것과 한자로 표기될 때 나타나는 의미 사이의 어긋남과 긴장관계가 알레고리로서 효과적이며 반어적 희화화를 통해 풍자적 의미까지 함께 포괄할 수 있는 방법이 된다.

알레고리를 서사적 구성 원리로 사용할 때, 소설 내부 이야기와 구별되는 외부 이야기를 압축된 삽화로 만들고, 두 이야기의 상호관계를 알레고리적으로 상정하는 방법이 있다. 또 공간성의 구성 원리에서 위상적 층위[92]를 상징적 알레고리로 구성하는 방법도 있고, 노

---

91) 신광현, "알레고리-용어해설", 『현대비평과 이론』 7, 1994, 봄·여름.
92) Zoran은 공간적 구조화의 세 층위를 변별함으로써 서사문학 내에 재구성된 공간질서를 규명하였다. 텍스트 내에서 공간은 위상적(位相的) 층위(the Topographical Level)와 시공복합적 층위(the Chronotopic Level), 텍스트의 층위(the Textual level)로서 구성된다. 위상적 층위는 상(上): 하(下), 내(內): 외(外) 등 존재론적 대립원리에 입각하여 장소(place)와 그 경계, 인물, 플롯 등과 관련을 맺는다. 반면 시공복합적 층위는 움직임: 정지에 따른 공시적 관계와 영향, 축, 힘에 따른 통시적 관계에 의한 힘의 역학인 세력의 장(field of powers)을 나타낸다. 따라서 이 위는 행위 영역인 동시에 사건과 관계된다. 텍스트의 층위는 언어의 선조성에 따른 선택, 시점, 재구성된 세계의 원근화법 구조를 포함하는 비전의 장(field of vision)을 구성한다. 동시에 이 세 층위는 텍스트 내에서 수평적 질서에 따라 상호간 복합적으로 구현됨으로써 세계를 재구성하게 된다.
   Zoran, Gabriel(1984), "Toward a Theory of Space in Narrative", *Poetics Today*, Vol.5: 2, pp.309-335.

골적으로 동물 우화형식에 맞추어 소설 전체를 알레고리의 의미 범주 안에서 해석되게 만드는 방법도 있다. 1950년대 전중파인 세 작가는 각각 여기에 해당하는 알레고리를 서사적 모형으로 사용하고 있다. 이렇게 알레고리의 사용형태는 소설의 서사적 구성 원리와도 밀접한 관계를 맺고 있는데, 서사적 구성에서 플롯을 이루는 원리로서 이야기소들의 결합형태를 살펴보는 것과 무관하지 않다.

특히 전중파 세 작가들은 알레고리적 형태와 함께 역사소재의 일화, 신화, 전설, 우화, 등의 이야기 형식을 소설 속에 개방적으로 받아들여 허구화의 기법에 포함하고 있으며, 전통적 이야기 형태를 현실 비판의 방법으로 연결하고 있다는 점에서 알레고리적인 특성과 현실 비판적인 관점을 강화하려고 의도한다. 서사적 구조[93]를 형성하는 제반 요소 중에서 다양한 구성원리와 인물의 유형화에 따른 가치판단, 풍자성 등을 사용하는 것도 이 시기의 특징이다. 이런 서사적 모형들의 총합으로 이루어진 소설 안에서 소설가들은 현실 비판의 잣대가 되는 대안으로서의 이상적 유토피아 의식을 각각 소설 안에 추구되어야 할 새로운 개념으로 제시한다. 그러므로 1950년대 전중파 소설가인 장용학, 손창섭, 김성한의 소설을 정확히 이해하기 위해서는 소설의 서사적 모형을 분석함으로써 세 유형을 찾아내는 것이 필연적이라고 할 수 있을 것이다.

---

93) 주경복(1995), "언어과학의 거시적 관점에서 제기되는 '구조'개념의 문제론", 『불어불문학 연구』 31집, 한국불어불문학회, pp.881-910.

2. 60년대 이후 소설의 서사적 모형

1950년대에 우리 문학계의 담론 공동체였던 신세대 작가들이 생산해 낸 대표적인 문학 장르로서 시와 소설들이 있다. 이 시기 시는 주로 모더니즘 계열의 시가 주류를 이루었다. 1950년대 모더니즘 시의 특질은 전통 부정론에 따른 세대의식과 1930년대 김기림의 뒤를 이은 영미의 정통 주지적 이미지즘의 창작방법, 그리고 초현실주의적인 몽타주 기법의 미학적 수용이라고 말해질 수 있다.[94] 그러나 한편으로는 그 대척점에 서정주의 시가 위치하고 있었다.

소설의 양상은 좀더 다양해서, 이 다양성에 대한 분류는 다각적으로 시도[95]되어 왔다. 신구 세대별로,[96] 작가별 작품별로,[97] 주제별

---

94) 김경복(1992), 위의 책.
95) 이유식, 『한국소설의 위상』, (서울: 이우출판사, 1982).
　　　구인환 외(공저), 『한국'전후문학'연구』, (서울: 삼지원, 1995).
96) 김우종, 『현대소설의 이해』, (서울: 이우출판사, 1975).
　　　윤병로, 『소설의 이해』, (서울: 성균관대 출판부, 1982).
　　　______, 『한국 근·현대 작가·작품론』, (서울: 성균관대학교 출판부, 1993).
97) 김상선, 『신세대 작가론』, (서울: 일신사, 1964).
　　　김　현, 『사회와 윤리-김현 소설론집』, (서울: 일지사, 1974).
　　　정명환, 『한국 작가와 지성-정명환 평론집』, (서울: 문학과 지성사, 1978).
　　　신경득, 『한국 전후소설 연구』, (서울: 일지사, 1983).
　　　김치수, 『한국소설의 공간』, (서울: 열화당, 1986).
　　　이주형·임영환·조남현·민현기 외, 『한국 현대 작가론』, (서울: 민음사, 1989).
　　　조남현, 『우리소설의 판과 틀』, (서울: 서울대 출판부, 1991).
　　　______, 『한국현대소설의 해부』, (서울: 문예출판사, 1993).
　　　문학사와 비평연구회(편), 『1960년대의 문학연구』, (서울: 예하, 1993).
　　　이남호, 『1950년대의 소설가들』, (서울: 도서출판 나남, 1994).

로 나누거나[98] 기법과 이론을 중심으로,[99] 소재를 중심으로 해서,[100] 또 세계인식을 중심으로[101] 해서 분류를 시도하기도 했다. 그러나 기존 논의들의 문제는 실존주의면 실존주의, 신세대론이면 신세대론, 작가론, 작품론, 주제론 등 개별적인 분야에 따른 논의가 주로 이루어졌다는 점이다. 따라서 한국의 1950년대를 지배한 현실의 차원에서 종합적인 분포도를 그리거나, 이전의 1930년대, 1940년대의 현실, 1960년대 이후의 현실과의 연계도 거의 이루어지지 않았다.

한국의 소설문학에서 1950년대에는 구세대와 신세대가 같이 자리를 하고 있었다. 구세대는 전쟁 이전부터 소설을 창작하고 발표한 작가층으로서, 김동리, 황순원, 염상섭 등이 이에 속했다. 신세대는 전쟁 중이나 전쟁 직후부터 작품을 발표해온 작가들이며, 손창섭, 장용학, 김성한 등이 여기에 속한다.

구세대는 1930년대에서 1940년대에 이르기까지의 현실에서 창작을 지속했지만, 전쟁을 전후해서 월북하거나 납북한 인사들도 상당수였다. 이광수, 정지용, 이태준, 박태원, 홍명희 등 냉전 체제의 산물로서 분단이 고착화됨에 따라 이들의 이후 창작 활동은 1950년대

---

98) 박동규, 『현대 한국소설의 성격 연구』, (서울: 문학세계사, 1981).
　　천이두, 『한국현대 소설론』, (서울: 형설출판사, 1983).
　　이태동, 『한국 현대 소설의 위상』, (서울: 문예출판사, 1985).
99) 임헌영, 『한국근대소설의 탐구 – 이론, 감상, 작법』, (서울: 범우사, 1974).
　　정창범, 『작중인물의 심층 분석 – 한국작가의 원형』, (서울: 평민사, 1978).
　　송현호, 『한국 현대 소설의 이해』, (서울: 민지사, 1992).
100) 정한숙, 『현대 한국소설론』, (서울: 고대출판부, 1979).
　　김우종, 『한국 현대 소설사』, (서울: 성문각, 1982).
　　윤병로, 『한국 현대 소설의 탐구(증보판)』, (서울: 범우사, 1985).
101) 구인환, 『한국근대소설연구』, (서울: 삼영사, 1977).
　　천이두, 『한국소설의 관점 – 천이두 평론집』, (서울: 문학과 지성사, 1980).
　　한승옥, 『한국현대 장편소설 연구』, (서울: 민음사, 1989).

한국소설의 현실에서 사라지게 되었다. 1940년대에 이들의 변모가 내적인 이유에서 자리했다면, 1950년대 이들의 퇴진은 역사적인 외부 요인에 의한 것이었고, 그것은 또한 반공 이데올로기의 담론에 의해 공백이라는 형태로 1950년대 현실의 일부로 자리하게 되었다.

정비석, 황순원, 김동리 등의 구세대 작가와 신세대 중에서도 오영수, 이범선 등의 일부 작가는 시에서 서정주의 시가 등장했던 것처럼, 1940년대 현실 스타일의 전통적인 서정적 세계를 작품 대상으로 삼았다. 전원문학을 통한 전통에로의 복귀, 전통성 속에서의 안정성 추구라 이름 지어질 수 있는 게 이들 구세대의 작품들이다. 이런 작품들에서는 구체적인 현실은 좀더 탈색되고, 어느 정도 보편적인 현실이 작품 배경의 전제가 된다. 이런 보편주의하에서는 현실의 구체성이 끼어들 여지가 없으며, 따라서 작품 내에 1950년대 현실의 주류를 이루는 실존주의 담론의 절박한 요소도 없다.

한편 역사와 사회, 생활에 대해 기법적 차원에서의 리얼리즘, 사실주의적 태도로 소설을 창작하는 작가들도 있었다. 구세대 작가 중 박종화, 염상섭, 안수길, 황순원 등의 작가가 이에 속했다. 과거의 역사이든, 1950년대 당대의 상황이든 간에, 이들이 중요시 여긴 것은 현실에 대한 관조적 태도였다. 그것은 거리 둠을 전제로 한 것이고, 주체와 객체의 분리를 전제로 한 것이다. 그것이 이런 소설들을 대중문화로서의 환영은 받되, 1950년대 현실의 소설문학에서 주류로 편입되지 못하게 만든 요소였다.

이렇게 1950년대의 현실 안에는 동시대에 다양한 진폭을 지닌 작가들이 공존하고 있었다. 그러나 그중에서 주류를 이룬 것은 실존이라는 이름 아래 당대의 현실에 대한 인식을 토대로 하여 회의하고 좌절하는 신세대 작가들이었다. 이 시대에서 실존이라는 개념은 때로는 휴머니즘의 주제로, 때로는 모더니즘적인 미학적 형식으로 그 모습을 드러냈다. 그러나 기존 질서로 편성된 세계의 붕괴를 경험하고, 전쟁의 폐허 속에서 인간조건의 본질에 대해 회의하면서 기존 가치관을 뒤집고 새 세계의 건설을 시도한 것이야말로 바로 그들이었던 것이다.

일차로 등장한 신세대 작가들에 뒤이어서 1950년대 후반에서 1960년대 중반까지 아주 많은 신인들이 등단하였으며, 여기저기에 많은 작품을 발표하였다. 그러나 그들 중 상당수가 한두 편의 작품이나 소수의 작품만을 발표하고 사라져 버렸으며, 오상원처럼 주목받는 작가였는데도 단기간에 그 생명이 끝난 작가들도 있었다. 이때는 전쟁의 체험이 보다 내면으로 갈무리되어 다양한 형태로 나타나는 한편, 전쟁으로 인한 인간조건의 변화에 대한 관심도 상대적으로 줄어들었다. 오히려 전쟁의 충격과 참상에 경악하는 것으로 그치기보다는 분단시대로 고착화됨에 따라 지배적 이데올로기가 지닌 권력에 주목하고, 이데올로기 전쟁으로서 한국전쟁을 파악하려는 등 역사의식에도 변화가 온다. 이 시기의 작가들은 보다 간접적으로 다양한 세계를 탐색함으로써 50년대 현실의 폭을 넓혀준다. 이 후발 작가군에 속한 것은 서기원, 선우휘, 오상원, 오유권, 송병수, 이호철, 곽학송, 강신재, 김문수, 강용준 등이 있다.

특히 당대로부터 상당한 관심의 대상이었던, 장용학, 손창섭, 김성한을 먼저 살펴봄으로써 1950년대 현실을 구성한 핵심작가들의 성향을 알아보고자 한다. 장용학의 경우는 기존 질서에 대해 '언어'의 입장에서 접근하여 뒤집기와 새 세계 건설을 추구한 작가이다. 손창섭은 '행위'의 입장에서, 김성한은 '의식'의 입장에서 기존 세계 뒤집기와 새 세계 건설을 시도하였다.

　　언어, 행위, 의식은 인간존재의 본질을 구성하는 중요한 요소들이며, 또한 상호 관련성을 지니고 현실의 변혁을 의도할 수 있는 도구로도 쓰일 수 있는 시야의 각 측이라는 점에서 의미가 있다. 1950년대의 현실이 지닌 담론의 성향에 부합하여 이들은 인간조건에 대한 회의, 기존 가치관의 부정, 새 세계 구축을 위한 담론으로 이 요소들을 사용하고 있다. 본고에서는 1950년대 현실의 지평을 재구성하기 위한 방편으로 세 작가의 작품세계를 자세히 검토해 보고자 한다. 그들이 말하려고 한 현실의 부조리성, 저항하는 방법, 추구하는 대안의 세계를 안다면 1950년대 현실의 면모를 잘 파악할 수 있을 것이기 때문이다.

Ⅲ. 장용학 소설의 서사적 모형

구세대와 변별되는 세대의식을 통해 이른바 신세대 작가군이라는 이름으로 불린 전중파 작가들 가운데서도 선두주자로 그 위치를 확보한 작가가 바로 장용학이다. 장용학은 그 소설의 특이성 때문에 일찍이 평론가들의 주목을 받았으며, 서구적인 철학성이나 관념적 속성을 지니고 있다는 이유로 실존주의나 휴머니즘의 이름으로 가장 많이 규정받아 왔던 작가이기도 하다.[102] 동시에 1930년대 이상(李箱)

---

102) 천이두, "안티오스의 자유", 「현대문학」, 1960. 11.
  이준재, "존재의 고뇌와 자유의 의미", 「세대」, 1963. 12.
  김교선, "심리적 지적 사색과 소설적 형식", 「현대문학」, 1964. 5.
  이철범, "장용학론", 「문학춘추」, 1965. 2.
  임헌영, "장용학론", 「현대문학」, 1966. 11.
  김 현, "에피메니드의 역설", 「현대한국문학전집 4 - 장용학」, 신구
       문화사, 1967.
  이어령, "주제와 방법", 같은 책.
  염무웅, "실존과 자유", 같은 책.
  이철범, "소외된 인간의 비극", 같은 책.
  서수생, "사르트르와 장용학의 비교연구", 「경북대 논문집」 제16집,
       1972.

으로부터 1960년대 최인훈까지의 사이에 다리 역할을 한 관념소설의 계보에 서는 작가로 손꼽히기도 했다.[103]

여기에서는 장용학의 소설 중에서도 「요한시집」(1953), 연작에 가까운 「非人탄생」(1956), 「현대의 野」(1960), 「역성서설」(1958), 장편 「원형의 전설」(1962)을 주 대상으로 삼고, 「喪笠신화」(1964) 등의 기타 단편소설들을 보조 대상으로 하여,[104] 그의 소설세계 가 보여주는 서사적 모형의 특징을 살펴보고자 한다. 전중파 작가의 출발선에 서는 대표적인 작가로서 그의 소설세계가 형상화시켜 보여주는 주제와 기법의 상동성을, 서술구조와 알레고리의 속성, 그리고 서사구조와 그의 소설이 지향하는 새 언어관의 추구로 나누어 복합적으로 살펴본다면, 1950년대 소설의 특성을 해명해 줄 수 있는 한 단서에 도달할 것이다.[105] 또한 장용학은 이전의 어떤 작가보다도 인간 존재의 전제조건으로서 언어에 주목했다. 그리고 기존 가치관을 뒤집는 방편으로서 언어에 대한 새로운 개념을 작품 속에서 치열하게 추구한 작가였다. 그가 다른 작가에 비해 관념 편향적이라거나 철학적이라는 지적을 받은 요인은 바로 그가 지니고 있었던 획기적인 언

---

103) 이정숙(1995), "코페르니쿠스적 轉回와 관념의 소설회－장용학론", 「한국'전후문학' 연구」, 구인환 외, 삼지원, 1995.

104) 이 중 「원형의 전설」, 「요한시집」, 「비인탄생」, 「역성서설」, 「현대의 야」는 동아출판사(1995) 한국소설문학대계에서, 다른 소설들은 어문각판 「신한국문학전집45」(1977)을 텍스트로 사용하였다.

105) 조정래, "「원형의 전설」 연구", 『국제어문』 16집, 국제어문학 연구회, (서울: 서경대 출판부, 1995).

조정래는 이 글에서 신세대 작가의 특징을 실존철학 등 서구 유행의 새 사상을 무기로 하고, 기존 제도와 관습에 대한 부정을 작품으로 실천하고자 하며, 전쟁의 상처와 대면하여 직접 경험에 의해 주관적으로 독자적으로 세계를 관찰하는 것이라고 하였다.

어 개념을 기존의 방식과 다른 방법으로 작품 속에 드러내고 있었던
데 기인한다. 그러므로 그것을 추적해 나가는 작업을 통해 그의 소
설이 한국소설사에서 차지하는 위상과 그 의미의 자리매김을 시도해
보는 것도 의미 있는 작업이 될 것이다.

A. 교체의 서술구조

1. 화자의 교체

장용학의 소설 「원형의 전설」은 크게 보면 세 개의 액자[106]가 서
로 겹쳐져 있는 것처럼 보인다. 먼저 가장 외부의 액자에는, 현실에
대해 비판적이기 때문에 새 세계를 꿈꾸는 외부 화자의 존재가 있다.
이 외부 화자의 이야기가 외부 액자로서의 전설의 서술 부분을 주로

---

106) 이재선은 한국 단편소설에 흔히 나타나는 액자소설의 유형을 '인증
적(認證的) 단일 액자' 형식이라 규정하면서, 프리츠 로케만(Fritz
Lockemann,(1957), 「독일소설의 형상과 변화」)과 헤르베르트 자이
들레(Herbert Seidler, 1965, 「문예」)의 액자소설 개념, 형태, 기능을
제시한 바 있다. 이에 따르면, 액자소설을 하나의 이야기 속에 하나
혹은 많은 이야기가 포함되는 형상이라 규정할 때, 「원형의 전설」
의 유형은 세 개의 액자가 겹겹이 중첩되어 있는 형식을 취하고
있으므로, 전통적인 인증적 단일 폐쇄액자와는 좀 다르다. 동시에
한 액자 속에 여러 외부 이야기가 포함되고 뒤섞여 있음으로 인해,
외부 액자는 내부 액자 이야기를 제시하기 위한 목적과 기연(機緣)
을 제공하며, 거리를 유지하면서도 예술작품 속에 그 의미가 압축
될 수 있는 효과를 얻는다.
이재선(1975), "액자소설의 원질(原質)과 그 계승", 「한국 단편소설
연구」, 일조각, 1986, pp.98-101. 참조.

구성하는데, 여기에 존재하는 외부 화자는 항상 경어체로 관념적인 추상세계를 서술해 나간다. 따라서 가장 바깥에 존재하는 이 액자는 전설의 세계인 동시에 경어를 쓰는 외부 화자에 의해 현실을 비판적으로 바라보는 서술태도를 지니고 있다. 이런 방식의 채택은 현실 비판을 위해 먼저 현실과 거리를 유지하도록 해 주는 데 효과적인 방법이 된다.

제1장

이것은 세계가 자유와 평등, 이 두 진영으로 갈라져서 싸우고 있던 시절, 조선이라고 하는 조그만 나라에 있은 한 사생아의 이야깁니다.[107]

핵전쟁이 분비해 낸 방사능이 빙하시대처럼 세계를 휩쓴 다음, 동굴이 꺼진 자리에서는 복숭아나무가 한 그루 솟아났습니다. 꽃이 피었다 지니 그 가지에는 몇 알의 열매가 맺혔습니다. 오랜 옛날의 일이어서 확실한 것은 알 수 없지만, 전설에 의하면 우리가 즐기는 복숭아는 그 가지에 맺혔던 열매의 씨가 사방에 흩어져서 번식한 것이라고 합니다.

그래서 벼락으로 태어났다가 벼락으로 죽은 이 사생아의 이야기는 〈원형의 전설〉이라기보다 〈복숭아의 유래기〉라고 하는 것이 더 어울릴지도 모르겠지만, 그것은 보는 사람의 취미 나름일 것입니다.[108]

이 예문은 각각 장편소설 「원형의 전설」의 첫 부분과 마지막 부분이다. 주인공인 사생아 이장의 일생 이야기를 통해 펼쳐질 현대사

---

107) 장용학(1962), 「원형의 전설」, p.11.
108) 장용학(1962), 위의 책, p.301.

를 먼 과거의 전설로 돌려버리기에 효과적인 외부 화자의 이야기는 의도적으로 현대사를 '전설' 속의 이야기인 것처럼 덮어씌워 이야기하는 방법으로 서술되고 있다. 이런 방식을 택했기 때문에, 독자들은 화자가 유도하는 대로 더 먼 미래의 어느 한 시점에서, 곧 현대가 전설이 되어버릴 정도로 오랜 시간이 지난 후에 과거의 한 시공간성에 대해 마음대로 비판할 수 있는 위치에 들어서게 되는 것이다. 장용학이 전설을 이야기하는 외부 화자를 가장 바깥의 액자에 위치시키는 것은 바로 그런 동기에서이다. 이 화자는 내킬 때마다 스토리의 흐름에 개의치 않고 개입하여 마음껏 현대사를 지배한 담론으로서의 이데올로기, 인간론, 언어관 등에 대해 독설과 비판을 가한다.

조선이라는 나라는 동양에 있는 나라였고 '자유'와 '평등'은 서양에서 생긴 물결이었습니다. 이 자유와 평등이 핵전쟁을 일으켜 결국 인류전사(人類前史)에 종언을 고하게 하는데, 6·25 동란이라고 하는 그 전초전과 같은 전쟁이 벌어진 곳이 바로 이 조선이라는 땅이었습니다. 그런데 족보를 따지면 르네상스를 어머니로 하는 프랑스 혁명이 낳은 남매라고 할 수 있는 '자유'와 '평등'이 어찌하여 생면부지라고 할 수 있는 조선이라는 엉뚱한 나라에 가서 충돌하게 되었는가 하는 것을 이해하기 위하여, 우리는 세계사라고 할 수 있는 서양사의 흐름을 더듬어 볼 필요가 있겠습니다.

(……)

자유와 평등의 대립은 고양이 한 마리도 죽을 필요가 없는 대립입니다. 그것은 남매라기보다 하나로 결합해서 서로 자기를 완성시키는 부부와도 같은 것이었습니다. 그런데도 그들은 자유를 취하려면은 평등을 버려야 하고, 평등을 취하려면은 자유를 버려야 한다고 했습니다. 그러나 자유가 없는 평등이라면 우리 속의 돼지에게 더 있을 것이고, 평등이 없는 자유라면 산에 사는 늑대를 따를 것이 없을 것입니다. 인간은 돼지도 아니고 늑대도 아니고, 인간이어야 하는 것입니다.

(……)

'민족이냐! 계급이냐!' '자유냐, 평등이냐!' 하고 다투는 것은 마치 '원형이 더 크다. 아니다, 사각형이 더 크다' 하고 싸우는 것과 무슨 다름이 있겠습니까. 이 이야기를 '원형(圓形)의 전설(傳說)'이라고 이름한 것은 쑥스러운 시절에 있었던 이야기라는 것이고 무슨 딴 뜻이 있는 것이 아닙니다.[109]

장용학이 여기에서 '인류전사(人類前史)'라는 단어를 구태여 쓰는 데에는 이유가 있다. 불완전했던 현대의 인류가 모두 멸망했기 때문에 그 이야기는 전설이 되어버렸고, 화자와 독자는 그 후에 태어난 진정한 인간으로서의 신인간이기 때문에 지금 말하려고 하는 과거의 이 전설과는 아무 상관도 없다는 것이다. 이렇게 분리시켜 바라봄을 전제로 해야만 현대사를 전설의 대상으로 만드는 것이 가능해 지기 때문이다. 이 첫 번째 외부 화자는 전설을 이야기할 수밖에 없는 동기와 함께 동시대를 먼 과거의 이야기로 치환시키면서 자신이 가지고 있는 세계관이나 개념에 비추어 현실 비판을 마음껏 할 수 있는 담론의 공간을 소설 속에 확보하고 있다. 또한 이 화자는 소설의 의사소통 구조 바깥에 존재하는 실제 작가로서의 장용학의 목소리와 상당히 겹쳐지는 인물이다. 이것이 장용학이 흔히 '관념서술'이라고 일컬어지는 그의 이야기 방식을 미학적으로 처리하는 서술방식이다.

---

109) 장용학(1962), 위의 책, pp.11-16.

이런 서술방식을 이해하기 위해서는 언어형식과 관련되는 화자와 청자의 관계, 화자와 청자의 인지방법, 언어 상황, 화자의 태도 등을 복합적으로 살펴보아야 한다.110)

전설을 전하는 첫 번째 외부 화자는 언제나 "–습니다"체의 경어를 사용함으로써 독자를 존중하는 제스처를 취한다. 그러나 그것은 사실 존중이라기보다는 무지한 대중을 상대로 한 설득이 주목적임을 은폐하려는 동기에서 경어체로 포장한 것에 불과하다. 따라서 지도자적 위치에서 거리를 두고 독자 대중을 설득하려는 이 첫 번째 외부 화자의 존재가 바로 장용학 소설의 두드러진 특징 중의 하나가 된다.

그러나 장용학의 소설 속에는 전설을 전하는 외부 화자 말고도 한층 더 들어간 깊이, 곧 액자 내부의 전설 속에 또 다른 외부 화자가 이중적으로 존재하고 있다. 이 외부 화자도 일종의 전지적 화자이지만 첫 번째 화자와 구분되는 역할을 수행한다. 그는 주인물인 이장의 내면의식을 서술하거나 스토리의 전개를 서술해 나감으로써 이루어지는 두 번째 액자를 담당한다. 이 외부 화자 역시 "–습니다"와 같은 경어체를 쓴다는 것이 특징적이다.

> 현화백에게서 〈현만우〉를 확인하게 된 이장은 그 후 오늘까지 석달이 넘도록 〈흑나비〉에 나가지 않았습니다. 스스로는 〈현만우〉라는 과거를 더듬고 싶지 않기 때문이라고 했습니다. 사실 과거를 끊어버리고 살아온 이장이기도 했습니다.111)

---

110) 김영배. 신현숙(공저), 「현대한국어문법–통사현상과 그 규칙」, (서울: 한신문화사, 1987), pp.209-19.
111) 장용학(1962), 「원형의 전설」, p.110.

이 예문은 외부 화자가 이장의 의식세계를 전달하면서 함께 스토리 전개를 하는 대목이다. 외부 화자로서의 위치를 철저하게 지켜서 이장의 내면세계는 "‒라고 했습니다", "‒기도 했습니다"처럼 간접적으로 전달하는 형식을 채택하고 있다.

다음에 나오는 이 예문은 평범한 사건의 전개이다. 그러나 외부 화자의 징후로서 "‒습니다"체가 그대로 유지되고 있다.

"거짓말이면 없어! 알았소!"
헤식은 고함을 지르면서 유치장에 집어넣는 것이었습니다.
그 후 일주일이 지나고, 열흘이 가까이 되어도 불러내는 일도 없었습니다.
그보다, 그가 그 유치장에 들어갔을 때 서너 명 있었던 유치인이 그 이튿날 저녁때쯤 한꺼번에 불리어 나가선 다시 돌아오지 않았고, 뿐더러 새로 들어오는 유치인도 그 후 없어서 이장은 죽 혼자 있게 된 것입니다.
여드렌가 아흐레째 되는 날에야, 해가 다 진 무렵 그 유치장에서 불리어 나갔습니다.[112]

아래의 예문은 인물들 간의 대화이지만, 주인물인 이장이 다른 등장인물인 안지야를 상대로 해서 자신이 가지고 있는 관념과 세계관을 설명해 주는 대목이다.

"지야는 사차원이 어떤 건지 잘 모르겠지?"
"알고도 싶지 않아요."
"선이라는 것은 점이 이어진 것인데 이 선은 일차원이라고 하

---

112) 장용학(1962), 위의 책, pp.173-4.

지. 이 선은 아무리 일차원의 방향, 즉 선의 방향으로 연장을 시
켜두 선은 언제까지나 선이오. 이것을 그리지 않고 옆으로 이동
시키면 거기에 면이 생기는데 이것을 이차원이라고 하오." 113)

이 예문은 등장인물들 간의 대화이지만 주인물인 이장의 기본적인
태도는 외부 화자가 무지한 대중 독자에게 향해 알고 있는 지식을
설파하려는 태도와 크게 다르지 않다. 그만큼 삽화로서의 첫 번째
액자를 유지해 나가는 외부 화자와 소설 속 세계의 주인물인 이장
사이에는 일치하는 의식세계가 있다. 이 장면이 바로 그것을 단적으
로 보여주는 것이며, 백만 달러짜리 육체를 갖고 있어도 무식하기
그지없는 마담 버터플라이 안지야는 바로 설득되어야 할 독자에 대
한 알레고리이다.114)

여기에서 이장의 언술은 일상적인 대화의 반말체에서 갑자기
상대를 존중하는 "－오"라는 하오체 스타일의 문어체적 존대어로

---

113) 장용학(1962), pp.280.
114) 알레고리는 상호 지시 관계를 가지고 있는 명백한 이중구조물로써,
    상호 연관적 의미를 가지고 이차 수준을 의미하는 일관된 연속적 상
    황을 서술하는 것이다. 알레고리의 범주는 협의적 의미에서 축어적인
    것과 광범한 의미의 알레고리가 있는데, 후자는 축어적 서술에 근거
    한 지시 관계의 기능에 따라서만 그 알레고리적 지시 관계가 확정될
    수 있는 종류이다.
    한편 은유, 알레고리, 상징은 다음과 같은 점에서 변별될 수 있다. 은
    유는 두 개의 독립된 의미론적 단위들을 통합함으로써 구성되며, 알
    레고리와 상징은 한 단위의 의미를 심화시킴으로써 구성된다. 따라서
    이 변별은 통합축과 계열축의 조직화 사이의 차이와 상응하는 것이다.
    Abrhams, "알레고리(Allegory)", 「문학비평용어사전」, 최상규(역),
        (서울: 대방출판사, 1981), p.8.
    Macqeen, John, 「알레고리」, 송낙헌(역), (서울: 서울대학교 출판부,
        1984).

그 형태를 슬쩍 바꿔버린다.[115] 인물 간의 대화에서도 관념서술을 위한 서술전략은 이런 방식을 통해 동일하게 드러나는 것이다.

그 이장을 공산주의에 그대로 머무르게 하고 있는 것은 신의 때문이었습니다. 그것은 그에게 남겨진 유일한 덕목이었습니다.
그 시절에는 덕목과 덕목 사이에도 대립이 있었고, 싸움이 있었습니다. 미와 선의 대립은 일상으로 있는 것이고 충과 효, 정의와 정직도 일치되지 않는 경우가 보통으로 있는 일이었습니다. [116]

위의 예문은 외부 화자가 전지적 화자로 인물의 의식세계를 서술하다가 바로 다변적인 관념의 전개로 전환되어 넘어가는 부분이다. 「원형의 전설」에서 관념의 서술 부분은 화자를 기준으로 해서 두 종류로 나뉘는데, 하나는 이렇게 외부 화자에 의해 서술되는 경우이고, 나머지는 내부 화자, 곧 이장의 의식세계가 직접 표출되는 경우이다. 그럴 때는 경어를 쓰지 않고 평어체로 서술됨으로써 화자가 여기서 교체되었음을 명확히 표시한다.

2. 말투의 교체

장용학 소설의 서술구조에서 화자의 교체는 곧 말투의 교체현상으로 연결된다. 또한 동일한 화자라도 말투가 교체된다면 그것은 초점화의 대상이나 청자가 교체되고 있다는 것을 표시하는 현상이 된다.[117]

---

115) 김영배. 신현숙(공저), 위의 책, pp.157-169.
116) 장용학(1962), 위의 책, p.111.

(1) 여행에서 어제 돌아왔다면서 급히 만나야 하겠다는 것이었습니다.

(2) 가을빛이 어린 고궁은 시간의 낙차 속에서 조는 듯했습니다.

(3) 오백 년 후에는 어떤 가을빛이 시간의 낙차 속에서 졸고 있어야 할 것인가. 담 너머 보이는 저 빌딩이 고궁이 될 때 사람들은 어떤 옷을 입고 무엇을 걱정하며 무엇에 관심을 두고 살 것인가. 그리고 싸움이 있다면 무엇을 위하여 싸울 것인가? 빵이다, 자유다 하는 동물적인 싸움이 아닐 것만은 확실하다. 그런 것은 공기처럼 되어서 빼앗기려고도 하지 않을 것이고, 뺏으려고도 하지 않을 것이다.

(중략)

(4) "이동무!"

(5) 옆에 와 앉아서 담배를 피워물고 주위를 완상하는 시늉을 하면서 김사장은 오래오래 요 한마디를 벼르고 있었다는 듯이 뱃속으로부터 발성하는 것이었습니다.[118]

(1)은 사건의 전개를 담당한 내부 액자의 외부 화자의 목소리로서 간접화법과 줄거리의 전개를 "–습니다"로 수행한다. (2) 역시 내부 액자에 위치한 두 번째 외부 화자의 목소리로서 장면 묘사를 하는데 "–습니다"를 쓰고 있다. 그러나 (3)은 주인물인 이장의 내면의식이다. 액자로 따지자면 세 번째에 해당하는 것이며, 전지적 외부 화자는 인물의 내면의식과 밀착하여 인물 화자로서 해당 인물의 사유를 전달한다. 이것이 바로 세 번째 화자로서 인물의 내면을 서

---

117) 유제호(1984), "화법전환에 따르는 의미상의 제약과 언표행위", 『불어불문학연구』 14집, 한국불어불문학회, pp.351-67.
118) 장용학(1962), 위의 책, pp.133-5.

술해 나가는 인물 화자의 역할을 수행한다. 이 세 번째 화자의 징후는 바로 "－다"체의 반말 문장이다. (5)에 이르면 다시 내부 액자의 외부 화자로 돌아오면서 문체도 "－습니다"로 다시 바뀐다. 인물 화자의 내면의식 서술도 간단한 연상이나 독백에서부터 시작하여 주로 상당히 관념적인 내용이 많은데, 이 부분이 인물의 의식세계에 의해 별도로 구별되는 세 번째 액자가 된다. 이렇게 이 예문만으로도 종결어미를 어떤 것을 사용하느냐에 따라 이 소설에서 경어체의 외부 화자 서술과 평어체의 인물 화자 서술 부분이 확연히 구분된다는 것을 알 수 있다. 이렇게 보면, 「원형의 전설」은 전통적인 이야기꾼 스타일의 외부 화자와 현대적인 심리소설의 내부 인물 화자, 그리고 두 가지 사이에서 절충적인 전지적 외부 화자라는 세 가지 형태의 화자에 의해 전체 서술이 구성되고 있다는 점을 알 수 있다.

그의 소설 중에서 「요한시집」의 경우는 앞부분의 토끼 이야기가 독립된 삽화형식으로 도입부를 이루고 있다. 그 부분은 경어체로 거리를 유지하고 있는 외부 화자에 의해 서술되고 있으며, 나머지는 모두 평어체로 전지적 외부 화자와 인물 화자에 의해 그 서술이 구성되고 있다. 「원형의 전설」에 비한다면 보다 단순화된 형태라고 할 수 있을 것이다. 「요한시집」은 초기작에 속하는 것이며, 또한 중편에 다소 못 미치는 규모를 가지고 있는 작품이다.

'나면서부터 이곳에서 산 것이 아닌 것만 사실이다.'
그는 결국 이렇게 결론을 내리지 않을 수 없었습니다. 그래야 바깥세계가 있다는 것이 확실해지는 것이기도 하였습니다.[119)]

---

119) 장용학(1955), 「요한시집」, pp.303.

이 부분은 「요한시집」 앞부분의 토끼우화에서 인용한 것이다. 이 지문은 화자의 서술문장을 경어체의 "-습니다"로, 토끼의 생각이나 말은 "-다"의 평어체로 서술해 나가고 있다. 그러나 「요한시집」 전체에서 우화는 앞부분에만 분리되어 들어가 있고, 전지적 외부 화자의 특징인 "-습니다"의 문체는 우화에서만 국한되어 사용되고 있다. 우화, 상, 중, 하, 누혜의 유서 등의 부분으로 구성되어 있는 「요한시집」이지만, 전체 소설에 대한 외부 액자인 우화에만 이 문체가 국한되어 사용되는 것이다.[120]

그것은 바로 장용학이 실제 설명을 하고 싶은 것은 이 우화 부분이었고, 현실은 이 우화를 설명하는 부분이라는 태도이다. 그것은 마치 현실이 우화를 위해 존재하는 알레고리라는 식으로 뒤집힌 사고방식을 표현하는 것이다. 일상적으로 알레고리 형식은 현실을 가리키는 또 다른 방식으로 우화를 채택하는 것이기 때문이다. 「요한시집」에서는 그래서 우화가 가장 앞부분으로 튀어나와 프롤로그처럼 전경화되어 있는 형태를 취하고 있다.

장용학은 현실의 문제를 다루는 상, 중, 하와 누혜의 유서 부분은 처음부터 끝까지 "-다"로 서술해 나가고 있다. 화자도 상황에서만 다를 뿐 같은 '나'로서 서술됨으로서 누혜와 동호의 일치를 추구한다. 거기에 비해 우화에서만 "-습니다"를 쓰고 있다는 것은 같은 전지적 외부 화자이지만 담당한 액자가 다르기 때문에 그것은 서술 전략에서 이렇게 구분되어야 한다는 것이다.

---

120) 이인섭, "「요한시집」의 문체-작가의 언어심리와 문장의식", 『한양어문연구』 13집, 한양대 한양어문연구회, 1995, pp.175-212. 주제와 문체가 유기적 관계를 가지고 있다는 관점에서 우화, 상, 중, 하에서 작가와 독자, 인물과 독자, 설화자와 청자의 관계에서 3중, 4중의 구조로 나뉨을 고찰하였다.

　내 손은 나도 모르게 돌멩이를 움켜쥐고 있었다. 몸이 추워진다. 볼을 만져 보는 것이 두렵다. 무르팍을 만져 보는 것이 무섭다.
　설마라구? 그렇기는 하다. 그러나 그렇게 되어 버리면 그렇게 되어 버리는 것이다! 한번 그렇게 되어 버리면 그만이다. 이런 것을 사실이라고 한다. 진실은 사실을 가지고 고칠 수 있지만, 사실은 천재의 진실을 가지고도 하나 고치지 못하는 것이 현재 우리가 살고 있는 이 세계였다. 세계는 그렇게 바윗돌 같으면서 달걀처럼 취약하다.[121]

　이것은 상 부분에서 동호의 독백 부분이다. 화자 '나'는 물론 동호이고, 앞부분의 사건 전개, 중간 부분의 인물의 내면 느낌, 뒷부분에서의 사실과 진실의 상관관계에 대한 긴 논의 부분으로 이루어져 있다. 인물 화자인 동호가 이 소설의 표면에 떠오른 가장 대표적인 화자이다. 그러나 위의 밑줄 친 부분에서 인물 화자의 내면의식은 인물의 생각에 밀착하여 드러내는 것에 그치고, 사실과 진실의 관계에 대한 부분으로 넘어가면 인물 화자의 생각이라기보다는 전지적 외부 화자로서 작가의 생각을 대변해 주는 역할을 한다.

　이렇게 전설을 이야기하는 방식과 화자의 교체를 소설의 서술구조로 끌어들인 경우의 장점은 다음과 같다. 소설 전체를 각각 전설, 사건 전개, 인물의 내면세계라는 세 개의 액자형태로 나누고, 서술대상도 분리시킨다. 그리고 다시 이 세 층위에 따라 비판적인 이야기꾼 외부 화자, 스토리와 내면의식을 전달하는 전지적 외부 화자, 그리고 이장의 내면 독백과 의식의 흐름을 보여주는 내부인물 화자라는 세

---

121) 장용학(1955), 위의 책, p.312. 밑줄 필자.

명의 화자가 각각 따로 존재하게 한다.[122]

이렇게 전설을 이야기하는 이야기꾼 외부 화자라는 장치의 도입은 그러나 「원형의 전설」뿐만 아니라 「요한시집」에서도 나타난다. 「요한시집」의 경우에서도 그것은 장용학 소설의 우화에 의한 다중구조, 화자의 교체와 말투의 교체가 효과적으로 어울리는 서술구조를 이루고 있다. 그것은 서사적 모형이라는 관점에서 그의 소설을 볼 때, 작가나 인물의 세계관을 충분히 피력해 줄 수 있는 공간을 소설 속에 마련해 줄 수 있는 효과적인 장치[123]라고 평가 된다.

다른 누구의 소설에서도 발견하기 힘든 독특하고 복잡한 서술자의 교체 전략을 장용학은 왜 「원형의 전설」과 「요한시집」에서 서사적 모형으로 활용했을까를 생각해 봐야 할 것이다. 가장 큰 이유는 이와 같은 서술전략에 의존할 때 작가의 의식이나 인물 의식의 관념적인 긴 서술도 분할하여 효과적으로 전달해 줄 수 있다는 점에서 전략적으로 장점이 있다는 것이다. 「요한시집」은 초기작에 속하지만 그의 스타일을 가장 전형적으로 보여주는 작품이다. 반면에 「원형의 전설」은 장편이고 1962년 작이므로 그의 소설들 중에서 가장 방대한 규모로 원숙기에 창작된 소설이다. 그러므로 「원형의 전설」과 같은 경우는 미학적으로도 비교적 다양한 기법구사를 할 수 있는 시간

---

122) 김병로, "장용학의 「원형의 전설」 분석-다중적 전후인식의 다성담론 양상을 중심으로", 『한남어문학』 20집, 한남대 국어국문학회, 1995, pp.451-77.
　　　서사소통구조에서 액자구조, 전지적 작가, 인물 화자의 중첩과 전이 양상에 처음으로 주목한 글이다.
123) 로트만(Y. Lotman)은 '장치'(device)를 '구조적인 요소 및 그 기능' 혹은 '한 구조 내에서 하나의 기능을 가지는 요소'라고 정의한다. 포케마 & 쿤네-입쉬(1977), 「현대문학이론의 조류」, 윤지관(역), (서울: 학민사, 1983), p.60.

적, 공간적 여유를 가진 소설이었다는 셈이다. 그것은 그의 다른 소설들이 취하고 있는 서술전략과 비교해 볼 때 더욱 선명해진다.

B. 삽화적 구성과 알레고리

장용학 소설의 서술구조에서 중요한 틀을 이루었던 삽화의 도입과 화자의 교체현상은 작가가 무엇인가 말하고 싶은 것이 많다는 창작 동기의 부분과 통하는 데가 있다. 작가의 의도가 강하면 강할수록 의미를 명확히 드러내는 손쉬운 형상화 방식으로 알레고리를 채택하기 쉽다. 일례로 1950년대 작가들은 자신의 강렬한 체험을 소설로 표현할 때 알레고리를 자주 사용하는 경향이 있었다. 장용학 역시 소설의 의미를 강렬하게 지시하는 방법으로 알레고리를 사용했다. 그러나 알레고리는 다양한 형태로서 존재하는 광범위한 개념이기 때문에 그가 사용한 알레고리의 범주는 주로 명명법의 범주와 삽화의 채택, 그리고 삽화와 소설 본문을 풀어나가는 연결고리로서의 관념적인 사변의 전개라는 것으로 느러나게 된다.

1. 제목과 이름에 나타난 알레고리

장용학의 소설에서는 인물들의 이름을 짓는 것과 소설 제목 붙이기가 마치 그 소설의 내용과 형식을 지시하는 알레고리와도 같다.

「원형의 전설」이라는 제목을 예로 들어보자. 본시 전설은 먼 과거의 이야기이며, 자아와 세계와의 관계에서 비극적으로 끝나는 결말구조와 구체적인 물증을 필요로 한다. 이 소설에 등장하는 죄악의 현실 세계를 상징하는 출발점의 벼락 맞은 나무나 현대사를 전설로 만들어주는 마지막의 복숭아나무는 이 이야기가 전설이 될 수 있도록 물증으로 뒷받침해 준다. 그러나 계속 순환되는 '원형'의 상징구조는 '전설'의 직선적인 결말구조에 비추어 볼 때 모순이 된다. 여기에서 장용학의 '원형'에 대한 해석은 좀 다르다. 그가 말하는 '원형'은 핵전쟁과 복숭아나무가 나오기 이전 시대, 곧 지금의 현대사가 전설로서 '인류전사(人類前史)'로 평가되는 그 시대의 관점에서 지금의 인류에 대한 비판을 담은 단어이다. 중심이 없는 '원'처럼 근본을 놓치고 산 그들은 말도 안 되는 '어불성설(語不成說)'과 같은 존재라는 뜻이다[124]. 그러나 대립이 없다는 의미에서 원형과 전설이 결합되어 '원형의 전설'이라는 역설로 융합되었을 때, 이 소설의 내용과 형식은 제목에 의해 단일하게 상징적으로 결합된다.[125]

장용학은 소설의 제목과 등장인물들의 이름도 꼭 한자로 표기를 했다. 그는 항상 소설에 한자를 써야 사상성을 넣을 수 있다고 주장했는데,[126] 일반적인 어휘는 그렇다 해도 이름 짓기에서는 그의 이

---

124) 장용학(1962), 위의 책, p.76.
125) 장혜경, "「원형의 전설」에 나타난 원형적 심상과 그 비극적 세계관",『국어국문학』16집, 부산대 국문과, 1979.
　　　장혜경은 이 글에서 「원형의 전설」이 집단 무의식 속에 잠재된 "잃어버린 낙원에의 회귀"에 대한 꿈을 현대 상황과의 관련 아래 상징적으로 제시한다고 보았다.
126) 장용학, "나는 왜 小說에 漢字를 쓰는가",『세대』, 1963 9.
　　　여기서 장용학은 한자 사용의 기준을 세 가지로 잡고 있다. 첫째는 뜻을 강조할 때 쓰고, 둘째는 무슨 말인지 몰라 문맥이 얼른 통하지 않을까 걱정하는 말에 쓰고, 셋째는 한자가 한곳에 몰려 시각적으로 우중충해지지 않게 배려한다고 한다.

야기가 상당히 높은 미학적 효과를 거두고 있다.

예를 들어 李章, 安芝夜, 마담 버터플라이, 吳起美, 吳澤富, 玄公子, 玄晚雨, 倫姬가 그렇다. 이 이름들에는 각자의 역할이 이미 암시되어 있다. 어머니 오기미는 타고난 아름다움 때문에 불행을 맞은 사람이고, 오빠 오택부는 부와 권력을 선택한 사람이다. 오기미를 사랑했지만 뒤늦게 사실을 안 사람은 현만우 화백이고 현명하고 아름다우며 이장을 사랑한 현공자는 현명한 공주 스타일의 적자(赤子)로서 이 세계의 법칙에 맞추어 살기에 아무 문제가 없는 여자이다. 산 속에서 만난 윤희는 비록 아버지에게 강간당해 임신을 했을망정 윤리적으로 살고자 나무에 목을 매달아버린, 그러나 불륜의 상징으로 죽을 수밖에 없었던 그런 삶을 이름에 담고 있다. 이장의 이름은 제1장으로서의 이 세계를 끝내고 제2장으로서의 신세계를 추구한다는 이름이고, 안지야는 아무것도 모르는 무식한 여자로서 교양미가 넘치는 이중적인 여자이며, 타락한 성녀처럼 백만 달러짜리 육체를 지닌 흑나비 다방 마담 버터플라이의 또 다른 이름이다.

「요한시집」의 제목 또한 상징적이다. 관능적인 살로메에게 목이 잘려 죽은 요한은 예수의 길을 먼저 예비한 선구자이다. 누혜는 마치 동호에게 새 세계에로의 길을 예비해 주고 죽은 요한과 같은 역할을 했으며, 누혜에게 있어서 요한은 토끼이다. 살로메와 요한의 관계는 마치 어머니와 아들 사이의 근친상간적 관능의 관계와 같으며, 어머니도 죽는다는 사실이 어머니에 대한 집착을 털어버리고 새 세계로 가는 것을 가능하게 해준다. 우화와 현실의 복잡한 상관성처럼 누혜와 누에, 누혜와 동호, 토끼와 버섯, 살로메와 요한, 어머니와 고양이, 어머니와 동호, 동호와 도인(道人) 등 여러 관계가 마치 여러 편의 시가 모인 시집처럼 같은 주제로 변주되는 것이다.

「요한시집」에 등장하는 인물들의 이름은 기본적으로 동음이의어의 언어유희가 바탕이 된다. 누혜라는 이름은 벌레의 모습을 하고 있지만 무지개 빛 비단을 만들다가 탈피하여 나비가 되어 날아가는 누에라는 존재로, 동호는 누혜에게 동조하는 자의 역할로서 그 이름값을 한다.

「현대의 야」는 말 그대로 현대의 야만성을 보여주는 아이러니이다. 어머니의 부고장을 돌리러 가다가 징발되어, 전쟁으로 죽은 수많은 시체를 치우게 된 주인공 玄宇가 실수로 시체더미에 굴러 떨어졌을 때, '시간이 없으니까 그냥 같이 묻힐' 뻔하다가 구더기에 놀라 겨우 시체더미를 헤치고 살아나온다. 그 후 자기 집도 버리고 하숙에 살면서 朴萬同으로 이름을 바꾸고 은행에 취직한 그는 돈 계산은 잘하는데 항상 지각하는 이상한 행동을 하게 된다. 나중에 간첩혐의로 재판을 받게 되었을 때 그는 검찰의 논리에 "식은 맞는데 답은 틀리는"127) (상황 논리적으로는 자신이 간첩이 맞는데 한 번도 간첩질을 한 기억이 없는) 이상한 현대의 희생이 된다.

인물의 이름으로 보아 현우는 온전한 세계, 우주이지만 박만동은 현실에 타협하고 동화를 희망하는 인물이고, 그 주변의 聖喜는 성스러운 동시에 性喜의 의미도 된다. 현대성을 잘 보여주는 도시가 아니라 그 속에 존재하는 야만과 들판의 야성, 그 공간과 시간이 없다면 이 소설과 같은 사건은 벌어지지 않을 것이기 때문이다.

「비인탄생」이라는 제목 역시 인간과 현대성에 깊은 관계를 맺고 있다. 도시와 문명은 '악덕의 분지'라는 단어로 표현되고, 주인물 지호는 그곳을 벗어나 병든 어머니를 모시고 산속에 있는 방공호에서

---

127) 장용학(1960), 「현대의 야」, 『한국소설문학대계29』, (서울: 동아출판사 1995), p.509.

산다. 인간적이라는 이름으로 가장 비인간적인 도시에 비해 방공호의 세계는 동화 속의 세계와도 같다. 地瑚의 이름은 그가 항상 마주칠 때마다 불운을 불러오는 '쥐'의 시체를 연상시킨다. 이 소설의 '쥐'는 죽음의 페스트를 불러오는 시체로서의 쥐이며, 현대의 법과 제도에 도전하다가 결국은 패배하는 지호를 상징한다. 화가인 지호에게 終姬는 그림을 그만두게 하는 동기가 되며, 종희의 쌍둥이 동생이자 장님인 惟姬는 아름다우면서도 세상에 눈감고 있기 때문에 이 세상을 가장 잘 꿰뚫어보는 동시에 성희란 이름과 함께 유희, 즉 성적 유희를 암시하기도 한다. 소설 중간에 나타나는 녹두대사는 동학과 불교의 선구자적 성격, 인도자로서의 종교적 성격을 가진 인물이며, 삼수라는 지호의 아명, 어머니가 부르는 그 이름은 세상일에 둔하고 적응하지 못하는 그의 성격을 잘 보여준다.[128]

도둑누명을 쓰고 경찰서에 잡혀 있다가 무죄 방면되어 돌아온 그가 목격한 어머니의 비참한 죽음은 그에게 '인간'이라는 것이 허위에 불과하며, '非人'이야말로 '人間'[129]이라는 것을 깨닫게 하는 계기가 된다. 지호는 어머니의 시체와 방공호 등 모든 것을 불태우는데, 이 '입화는 세계와 인간의 매듭을 태워버리는 哭'[130]으로서 초월에 이르게 하는 수단이 된다.

「喪笠神話」도 「비인탄생」과 비슷한 맥락에 서 있다. 어머니가 복막염으로 하루하루 죽어 가는데, 불효자처럼 어머니를 부려먹던 무

---

128) 김미영, "장용학의 「비인탄생」, 「역성서설」", 『한양어문연구』 13, 한양대 한양어문연구회, 1995, p.3-22.
    융의 아니마, 아니무스론을 통해 본 작중인물들의 자아 분열과 통합에 대한 연구이다.
129) 장용학(1956), 「비인탄생」, 위의 책, p.398.
130) 장용학(1956), 위의 책, p.223.

능한 아들이 효자처럼 병간호를 하는 이야기이다. 아들의 이름은 人後인데, 非人과 같은 의미로서, 가장 인간적인 깨달음을 얻은, 이른바 초인적 존재를 암시하는 이름이기도 하다. 어머니의 병을 낫게 하려고 한방과 양의, 불교와 천주교를 오가는 그는 종교적 노력도, 정을 가지고 사회에 동화하려는 인간적인 노력도 현실의 부정부패에 타협하는 것으로 간주하기 때문에 차라리 '도깨비'와 같은 존재가 되겠다고 하는 것이다.131) 어머니의 죽음을 통해서 기존의 종교가 아니라, 초월적인 신화의 세계에 도달하게 되는 인간의 이야기인 것이다. 신은 아니지만 인간 이후의 존재인 셈이다.

제목과 인명이 그의 소설에서 하는 역할은 이처럼 소설의 내용과 인물 역할을 압축하여 지시하는 알레고리의 역할이다. 기표와 기의의 관계132)가 비교적 명확하게 드러나는 명명법의 채용으로 장용학은 소설의 서사적 모형에서 상징성 밑에 감추어진 명확한 지시대상을 보다 쉽게 담지해 낼 수 있게 된다. 그런 이유로 타 작가들에 비하여 그가 채택한 소설의 명명법은 확실히 강한 의도와 상징성을 함

---

131) 장용학(1964), 「상립신화」, 위의 책, p.264.
132) 소쉬르의 기의와 기표 관계에 대한 개념과 달리 라캉은 기호를 이루는 기의와 기표 사이에 있는 선을 의미의 저항선으로 간주한다. 따라서 기표는 연쇄관계를 만들면서 의미의 저항선 아래로 끊임없이 미끄러질 뿐 결코 기의에 도달할 수 없다. 비록 기표들의 차이관계와 변별성이 기의를 가능하게 해준다고 하더라도 기표는 계속 미끄러져 나간다. 라캉은 기호를 이루는 기의와 기표 사이에 있는 선을 의미의 저항선으로 간주한다. 따라서 기표는 연쇄관계를 만들면서 의미의 저항선 아래로 끊임없이 미끄러질 뿐 결코 기의에 도달할 수 없다. 비록 기표들의 차이관계와 변별성이 기의를 가능하게 해준다고 하더라도 기표는 계속 미끄러져 나간다.
김연권, "기의의 정신분석이냐? 기표의 정신분석이냐?", 『현대비평과 이론』 12. 1996. 가을·겨울.

게 지니고 있다고 할 수 있을 것이다.

대상을 압축한 제목과 이름, 삽화가 먼저 소설의 표면에 제시된다면, 그 내용을 풀어나가는 과정이 그 후에 필연적으로 뒤따르게 된다. 장용학 소설의 삽화가 소설 전체에 대해서 하고 있는 기능이 바로 그것이다. 삽화는 일종의 은유이고, 도입된 삽화와 소설의 관계는 환유적 관계에 의해 조직화된다.

이와 같은 방법이 소설 전체의 내용을 압축해서 보여주기 때문에, 현실에 대한 계열체적인 등가관계에 서는 은유적 표현이라면,[133] 그의 스토리 전개 방식은 통사적인 계기성에 의존하는 환유적 연상 작용[134]에 크게 기대고 있다. 은유나 환유는 모두 통사론적 배열에서

---

133) 야콥슨에 따르면, "은유는 계합체의 축을 통합체의 축 위에 투사하는 것"이기 때문에, 어떤 표현이 은유적이기 위해서는 통합체적 결합행위가 필수적으로 전제되어야 한다. 그러므로 은유와 환유는 우열관계가 아니라 언어 행위 속에서 끊임없이 나타나는 상호 의존 관계라고 한다. 라캉 역시 이런 점에 주목하여, 환유는 두 기표의 결합으로 이루어진 한 통합체에서 하나의 기표가 생략됨으로써 의미작용에 저항하는 방식이라고 정의했다. 라캉에 따르면 같은 방식으로 은유는 기표의 연쇄상 동일한 위치에서 한 기표가 다른 기표를 대체함으로써 기의를 창조하는 방식이라고 정의될 수 있다. 따라서 애초에 환유가 있었으며, 은유를 가능케 하는 것도 환유가 된다. 임진수, "은유와 환유─라캉의 이론을 중심으로", 『현대비평과 이론』 11. 1996. 봄·여름, pp.35-54.

134) 라캉은 프로이드와 야콥슨의 개념을 합쳐서 은유와 환유에 대해 새로운 개념을 제시한 바 있다. 기존의 언어학에서는 계열체와 통합체의 두 축을 나누고, 계열체의 통합체적 결합행위에 의해 언어가 조직된다고 생각했다. 야콥슨 언어학에서는 계열체적 등가물에 해당하는 것이 은유이며, 계열체의 연결을 통해 통사를 이루어 나가는 것을 환유라고 했다. 따라서 "은유는 계합체의 축을 통합체의 축 위에 투사하는 것"이라고 정의 내릴 수 있었다. 이는 프로이드 심리학에서 압축과 이동이라고 불렸던 것과 거의 상응하는 것이다.

기표의 조직화를 전제로 한 것이기 때문에 이 둘의 관계는 우열관계로 평가되기는 어렵다. 그러나 기존의 수사학과 언어학자들은 은유의 우위성에 대해 일종의 환상을 갖고 있었다고 생각된다. 그들이 은유와 환유를 정의할 때, 기표에 우선하는 기의 존재의 절대성에 비추어서 기의 차원에서만 정의했기 때문에, 그런 입장에서 본다면, 환유는 언제나 빈약한 은유로서만 존재하게 되기 때문이다. 그러나 장용학의 소설은 서사적 모형의 구성에서 삽화를 도입하고 그것에 대한 풀이로서 관념적인 사변을 소설 속에 전개해 나감으로써 양자의 관계를 성공적으로 연결시킬 수 있었다.

또한 '말 옆에 말'로서 통합체적 결합을 이루는 환유가 프로이드의 이동에 해당하고, '말 대신에 말'로서 결합체적 선택을 하는 은유는 기표의 포개기 구조라는 점에서 프로이드의 압축과 유사하다고 하였다. 라캉식의 정의에 따르면 환유는 두 기표의 결합으로 이루어진 한 통합체에서 한 기의가 생략됨으로써 의미작용에 저항하는 방식이며, 은유는 기의의 연쇄상 동일한 위치에서 한 기의가 다른 기의를 대체함으로써 기호내용을 창조하는 방식이 된다. 보통 라캉의 개념에서 기의에 대한 기표의 우위를 논의하는 것처럼 은유에 대한 환유의 우위를 이야기하기도 하는데, 그것은 바로 환유나 은유가 기존수사학에서 이야기한 것처럼 독립적인 것도 아니고, 환유를 전제로 해야만 은유가 성립된다는 그의 견해 때문이다. 은유나 환유는 독립적으로 존재하는 것도 아니며, 하나만 일방적으로 우월한 것도 아니다. 이 둘은 서로 다른 차원에 속해 있으면서도 다른 하나가 없으면 나머지 하나도 제 기능을 발휘할 수 없는, 그런 관계이다. 그래서 라캉에게는 "애초에 환유가 있었으며, 은유를 가능케 하는 것도 환유"라는 것이 올바른 명제가 된다.
박혜영, "라깡의 이론을 통해서 본 주체형성에 있어서 언어의 역할과 은유, 환유의 기능", 『불어불문학 연구』 26집, 한국불어불문학회, 1991, pp.109-137.
임진수, "은유와 환유 – 라캉의 이론을 중심으로 – 특집 문학언어와 은유", 『현대비평과 이론』 11. 1996. 봄·여름, pp.35-54.

2. 관념의 전개와 알레고리

　과거로부터 장용학 소설의 큰 특징 중의 하나로 자주 거론되어온 관념적 다변성[135]은 주로 환유적 계기성에 의존하여 이루어진다.[136] 그러나 그 환유적 계기성은 바로 은유적 상징물이나 알레고리에 의해 더욱 강화된다.

　「요한시집」의 한 장면을 예로 들어보자. 포로수용소에서 나온 동호는 누혜의 어머니 집을 찾아가는데, 그 집에 들어가기 전에 집을 바라보면서 여러 가지 상념에 잠긴다. 판자집인 그 집 근처에는 고목나무가 있다. 그 고목나무는 고향의 상징으로, 할아버지 산소가 있는 고향집을 연상시키고, 그 장소가 또 하나의 고향인 것처럼 느껴져 동호는 '동호야' 하고 내 이름을 불러보다가 다른 사람이 자기를 부르는 것 같아 깜짝 놀란다. 그리고는 그동안 고향집에서 떨어져서 나 자신이 어디에 있었던지 사념이 시작된다.

　　나는 나의 일부분을 살고 있는 셈이 된다. 나는 나의 일부분에 지나지 않는다. 그림자에 지나지 않는다. 그래도 동호는 나인가? 나는 나인가? 아까 동호를 불렀는데도 내가 끝내 대답하지 못한 것은 이 때문이 아니었을까? …… [137]

---

135) 김교선, "심리적 지적 사색과 소설적 형성 -「원형의 전설」의 현대적 의미와 표현상의 맹점", 『현대문학』, 1964, pp.275-84.
　　개념과잉에 리얼리티의 빈혈증에 걸린 소설이라 평가했다는 점에서 대표적이다.
136) 황순재, "장용학의 「원형의 전설」 연구", 『국어국문학』 29집, 부산대 국문과, 1992.
137) 장용학(1953), 「요한시집」, 위의 책, p.311.

이때 눈에 들어온 레이션 상자는 이야기의 시공간을 단숨에 누혜 어머니의 집과 동호의 고향집에서 과거의 포로수용소로 돌려버리고 만다.

> 생각하면 한이 없다. 그저 모든 것을 보류해 두면서 따라다 니고 기다리고 하는 수밖에 없다. 생이란 모든 것을 보류하기 로 한 약속 밑에 이어받은 것인지도 모른다. 그래서 이러다가 죽으면 모든 것을 보류해 둔 채로 죽는 것이 된다.
> 아직도 손에 쥐어져 있는 돌멩이를 거기에 버리고 하꼬방으로 내려갔다. 이제 보니 지붕까지 '레이션'상자가 아닌 것이 없다. 집으로 변장한 레이션 상자 속에 누혜의 어머니는 살고 있었던 것이다.
> 내 눈망울에는 레이션 상자가 여기저기에 널려있던 전쟁터의 광경이 떠오른다.[138]

돌멩이 하나를 쥐고 자신의 존재와 세계의 불확실함을 고민하 던 동호는 이 부분에서 돌멩이 하나를 매개로 전 세계와 자신의 존재를, 고목나무를 매개로 누혜의 어머니 집과 자신의 고향집을, 누혜 어머니와 자신의 할아버지를 동일시하게 된다. 이런 은유적 인 동일시 과정은 바로 연속적인 계기적 연상으로 이어진다. 동호 자신, 또 다른 동호 자신의 분열, 레이션 상자로 만든 집, 레이션 상자와 전쟁포로로 잡히게 된 사건, 포로수용소, 비인간적인 상황, 누혜와의 만남, 이렇게 연속적으로 여러 시퀀스가 계기적으로 일 어난다. 「요한시집」의 경우에는 연속적인 계기성이 비교적 긴밀하

---

138) 장용학(1953), 위의 책, p.313.

게 연결되어 있고, 계기가 되는 사건의 핵심에는 항상 상황에 대한 압축적 상징물이 놓여 있다. 그리고 그 상징물을 놓고 해석해 나가는 화자의 말하기가 시작되는 것이다. 따라서 토끼 우화가 경계가 명확한 삽화로서 제시된 알레고리라면, 동호와 누혜의 이야기는 그 알레고리를 1950년대 현실의 차원에서 풀어나가는 해법의 과정이 된다. 토끼우화는 누혜에 대한 알레고리이며, 누혜 자신도 동호에 대한 또 다른 알레고리로서의 기능을 수행한다.

장용학의 처녀작인 「육수(肉囚)」 역시 언청이로 태어난 주인공이 육체의 콤플렉스에 갇혀 사는 모습을 통해 '갇혀 사는 세계'의 알레고리를 보여준다. 이 제목은 육체에 갇힌 죄수라는 뜻으로서 전체 이야기를 상징하는 것이다. 그 상징물을 놓고 이야기가 시작되며, 몸과 제도, 주체성에 대한 이야기가 연속적으로 제시된다. 따라서 장용학 소설에서 이야기를 풀어나가는 전략으로 도입되는 것 중의 하나가 바로 이런 상징물이나 알레고리를 통해 관념을 자유스럽게 전개해 나가거나, 소설의 플롯 전개를 의탁하여 계기적으로 구성하는 것이다.

그것은 때로는 망상이나 공상, 백일몽, 환상과 같은 방식으로 전개되는데, 이런 백일몽에는 항상 촉발시키는 계기가 소설의 서사구조에서 중요한 기능을 하기 마련이다.

서산에 기울어 버린 햇발이었지만 이렇게 지붕 위로 보니, 내려앉으려던 황혼은 뒤로 밀려가고 하늘이 도로 밝아오르는 것 같다. 곳에 따라 시간이 이렇게도 느껴지고 저렇게도 느껴진다. 어느 시간이 정말 시간인가?

시계가 가리키는 시간과 위치가 빚어내는 시간. 이 두 개의 시간 사이에 가로놓여 있는 빈터. 그것이 얼마나한 출혈을 강요하든 우리는 이러한 빈터에서 놀 때 자유를 느낀다. 우리에게 두 개의 시간을 품게 한 이러한 빈터가 결국은 '나'를 두 개의 나로 쪼개 버린 실마리였는지도 모른다.

(……)

비행기는 자꾸 날아오른다. 지상에서 시간이 거꾸로 흐르는 것이 보인다. 과거 쪽으로 흘러가는 사건의 흐름이 보인다.

거기서는 밥이 쌀이 된다. 입에서 나온 밥이 숟가락에서 그릇으로 내려앉고, 그릇에서 솥으로, 그 솥이 끓어올랐다가 아주 식어진 다음 뚜껑을 열어보면 물 속에 가라앉은 쌀이다.

(……)

'어떻게 되는 것이 창조이고, 어떻게 되는 것이 멸망인가?

어느 쪽으로 흐르는 시간이 과거이고 어느 쪽으로 흐르는 시간이 미래인가…….'

망상에 사로잡혔던 내 몸이 갑자기 경련을 일으킨다.[139]

햇살과 비행기 소리만이 인물 화자의 현실을 구성하는 실재들로서 관념을 촉발시키는 계기 역할을 한다. 나머지 부분들은 '망상'이라는 이름으로 제시되는 관념의 전개 부분들이다. 그러나 그것도 사실은 두 부분으로 나뉜다. 첫째는 시간과 역사에 대한 추상적인 개념이 전개되어 나가는 부분이고, 둘째는 ' ' 속에 묶여진, 동호의 회의적 관념이 제시되는 부분이다. 첫째 부분은 인물 화자의 목소리라기보다는 작가의 관념을 대변하는 부분이고, 두 번째 부분이 인물 화자의 목소리로 제시되는 관념의 전개 부분이다. 그러나 자세히 보지 않으면 알아채기 어려울 정도로 두 방식의 거리는 가깝다.

---

139) 장용학(1953), 위의 책, p.306-8.

그의 소설 중에서 가장 느슨하게 자유연상이 전개되는 것은 바로 「사화산(死火山)」(1951)이다. 전쟁의 혼란 속에서 썼음을 입증이라도 하듯, 실제 장면이나 플롯은 최소화된 상태에서 환상과 몽상, 자유연상이 대부분을 채우고 있다. 반면에 바로 다음해에 발표한 「미련소묘(未練素描)」(1952)는 두꺼비를 둘러싼 상징에 대한 이야기인데도 간략한 스토리를 가지고 짧게 쓰였다는 점에서 대립적이다.

모든 서사체가 보편적으로 환유적으로 이어지는 성격을 가지고 있다고 하더라도, 장용학의 소설은 압축된 상징과 함께 사념의 진술이 공존할 수 있는 방식으로, 알레고리적인 명명법과 삽화의 제시, 그리고 그것이 알레고리화된 과정을 풀어나가는 환유적 계기에 의한 자유연상으로 소설의 서사적 모형을 구축했다. 환유적 계기성에 의해 소설의 담론을 구성한다는 것은 전쟁의 참상을 목격한 자로서 파편화된 세계를 배경으로 관념서술을 통해 세계를 총체적으로 재구성하려는 노력의 한 표현이기 때문이다. 그것이 1950년대 전중파의 위치를 점하고 있는 장용학 소설의 특징이고, 1962년에 쓰인 「원형의 전설」이 50년대의 연장선상에 놓이는 이유이기도 하다.

C. 새 차원 구축의 서사구조

장용학 소설의 서사구조는 우화나, 전설, 신화와 같은 보편적 원리의 세계[140]와 한국전쟁이라는 구체적이고 역사적인 현실의 세계가

---

140) 홍성암, "장용학의 소설연구 – 시간구조를 중심으로", 『한양어문연구』 13집, 한양대학교 한양어문 연구회, 1985, pp.163-74.
　　홍성암은 이 글에서 장용학 소설의 시간구조는 현실에 대한 부정

교묘히 맞물려 돌아가는 게 특징적이다. 그중에서 「원형의 전설」은 근친상간으로 벼락 맞은 나무와 인간의 전설이, 「요한시집」에서는 자유를 찾아 굴을 나오는 토끼의 전설과 누혜, 동호의 포로수용소 경험이 병행해서 나온다. 그 외에도 「비인탄생」에는 9시가 되면 배가 아파오는 9시병 이야기가, 그리고 「현대의 야」에서는 무덤에서 살아 돌아오는 현실의 신화가 등장한다. 이런 삽화의 도입은 소설의 서사구조에서 인물들이 현실의 불합리성을 인식하고 새로운 세계를 추구하는 것에 대한 압축적인 해설을 제시한다. 여기에서는 서사구조를 통해 어떤 세계가 추구되고 있는지 살펴보기로 한다.

1. 죽음을 통한 파괴와 초월

「요한시집」은 가장 다층적으로 포개진 서사구조를 가지고 있다고 보이는데, 우선 소설의 앞부분에 프롤로그 형식으로 수록되어 있는 토끼우화가 특징적이다. 굴속에서 살던 토끼가 무지개 빛이 스며드는 것을 보고 바깥세계를 동경하여 온몸이 피투성이가 되도록 바깥을 향해 기어나가지만 밖의 빛을 보는 순간 장님이 되었고, 죽을 때까지 굴 입구를 떠나지 못하다가 죽은 후에 그 자리에서 자유의 버섯이 피어났다는 이야기이다. '-습니다'체로 서술된 토끼의 이야기는 바로 '上'의 '-다'체로 바뀌면서 동호가 누혜의 어머니를 찾아가 만나고, 어머니가 죽는 이야기가 된다. '中'에서는 포로수용소에서 누혜와 동호의 만남, 그리고 살로메와 요한의 이야기가 나온다. '下'로

적 인식에서 출발하여 작품 전체를 상징하는 신화적 시간구조를 선택하였기 때문에 현실을 토대로 하는 실존주의와 무관하고 정지된 공허한 시간만이 있다고 하였다.

가면 누혜의 죽음과 유서에 나타난 누혜의 삶의 이야기가 실려 있고, 마지막으로 초월을 향해 가는 동호의 이야기가 있다.

이렇게 「요한시집」에는 여러 종류의 이야기가 서로 얽혀 있음을 알 수 있는데, 가장 일반적으로 역사적인 현실 층위는 바로 포로수용소이고, 개인사의 층위에서 누혜의 개인사와 동호의 개인사, 그리고 누혜 어머니와 동호 두 사람의 만남으로 이루어지는 개인사가 있다. 현실 층위의 모든 것은 절박한 현실 상황을 초월하기 위해서 자유를 추구하다가 맞는 '죽음'이라는 점에서 그 행위요소의 공통점을 가지고 있다. 이 공통점은 일종의 원형과 같은 것으로서 신화나 전설, 우화의 속성에 나타나는 일반화의 원리와 연관성을 지니고 있다. 따라서 앞부분에 실린 토끼의 우화는 현실 층위의 공통분모를 제시해 주는 동시에 현실과 신화적 세계를 연결시켜 주는 다리로서의 기법적 장치가 된다.[141] 토끼는 자유를 추구하는, 그럼으로써 현실을 초월하기를 갈구하는 인간형의 원형으로서 제시된다. 토끼의 뒤를 쫓는 요한과 같은 존재가 누혜이며, 선각자 요한이(누혜) 닦아 놓은 길을 가는 뒷사람이 바로 예수인 동시에 동호로서 초월에 이르는 존재이다. 따라서 1950년대 시공간성이 만들어낸 역사적 현실, 토끼 우화, 요한과 예수의 신화는 초월을 갈구하는 개인으로서의 한 인간 존재에 의해 공통성을 지닌 가능성으로 통합된다.

누혜는 토끼처럼 자유를 추구하다가 철조망에 목을 매고 매달려 죽는, 초월을 상징하는 수직적 죽음을 택한다. 요한의 목을 탐낸 살

---

141) 우미영, "「요한시집」의 서술거리와 무의식의 원리", 『한양어문연구』 12집, 한양대한양어문 연구회, 1994, pp.273-93.
　　　무의식에 주목하면서도 전망과 통일을 요구하는 시각이 병행하였기 때문에, 현실 대응에서 확실한 태도를 취하지 못하고 갈등만 하고 있다고 결론 내렸다.

로메를 꿈속에서 만난 누혜는 살로메가 자신을 껴안는 꿈에서 어머니도 죽는다는 사실을 깨닫는데, 그것이 누혜의 초월을 재촉한 원인이 된다. 어머니의 죽음은 그에게 자신을 존재하게 한 근원이 무너지는 것과 같은 것이고, 욕망하고 행위하는 인간존재의 붕괴를 상징하는 것이기 때문이다. 어머니와 밀착된 누혜는 자신의 근친상간적 욕구를 포로수용소에서 만난 동료 동호에게 투사하며, 동호는 누혜가 죽은 후 누혜의 어머니를 찾아가 누혜와 자신을 동일시하여 그의 어머니를 어머니라고 부르게 되는 것이다. 누혜 어머니의 비참한 죽음은 이와 같은 욕망의 말로를 보여줌으로서 한 개인에게 역사적 현실을 벗어나 신화적 세계를 추구하게 만드는 각성요인이 된다.

토끼가 굴속에서 살았던 것처럼, 누혜와 동호가 거처하는 공간은 '섬'이라는 닫힌 공간이고, 심지어 포로수용소의 '철조망' 안이다. 누혜가 죽은 후 버려진 공간은 더 폐쇄적인 화장실 안이며, 그들이 사는 수용소는 물리적인 공간으로서 닫힌 곳인 동시에 인간들이 만들어낸 이데올로기 관념에 의해 더 닫힌 장소가 된다. 누혜가 죽은 후 인민을 배반한 반동이 되어 그나마 인민의 영웅으로 누려오던 최소한의 자유조차 상실하고 화장실 안에 토막으로 버려진 것이 바로 이데올로기에 의한 현실의 폐쇄성을 극단적으로 드러내는 것이다.

그러나 굴속에 살던 토끼가 무지개 빛을 추구하면서 자신의 죽음과 초월을 맞바꾼 것처럼 포로수용소에서 '누에'라고도 불린 누혜는 '죽음'으로서 초월을 한다. 포로수용소를 나온 동호는 누혜의 어머니를 찾아가 자신과 누혜를 동일시하면서, 중풍 들어 고양이가 잡아다 주는 쥐를 먹으며 비참한 생명을 연장해 온 어머니를 죽임으로써 둘 다 초월에 이르기를 소망한다. 그래서 동호는 소설의 마지막에서 밤에 누혜의 '비단옷'을 빌려 입고 고목나무 아래서 해가 뜨기를 기다린다.

현실에서 비롯된 원리의 세계는 살로메의 이야기처럼 근친상간적 욕망에서 출발하여 비단을 만드는 누에(고치 속에 갇혀 있다가 비단을 만들고 나비가 되어 날아가 초월에 이르는 존재인 누에는 항상 인간 누혜와 동일시된다), 자유를 찾는 토끼, 종교적 차원으로 대접받은 자유의 버섯에 이르기까지 신화적 차원의 초월로 점차 확대된다. 신화적 차원으로 간다는 것은 현실의 부조리를 벗어나려고 하기 때문이며, 그 통로가 바로 죽음이다. 따라서 죽음이라는 것을 통해 현 세계와의 완전한 단절을 추구하며, 죽음을 통해 모든 것을 폐기할 때에야 초월에 이를 수 있다는 것이다.

그래서 장용학 소설에 나오는 인물들은 항상 초월을 지향하고, 그 초월을 위한 통로로 죽음을 선택하게 된다. 장용학 소설에서 죽음으로 초월에 이르는 인물들은 「원형의 전설」의 이장, 안지야, 「요한시집」의 토끼, 누혜, 동호, 「현대의 야」의 현우, 「상립신화」의 인후 등이 전형적이다. 이들은 모두 초월을 지향하는 주인물들이다. 그러나 다른 인물들의 죽음은 이들처럼 초월로 연계되지 않는다. 예를 들어 「비인딴생」의 도사나 「요한시집」의 어머니, 「현대의 야」의 어머니, 현우의 가짜 죽음을 통해 새 세상을 경험하는 박만동 등이 그러하다.

이처럼 장용학의 소설들에서는 현실과 신화적 세계의 연계가 죽음을 통한 초월 지향의 서사구조로서 서로 얽힐 수 있게 된다. 이것은 소설 안에 드러난 공간성이나 시간성의 차원에서도 마찬가지이다. 「요한시집」의 경우, 토끼가 죽은 굴 입구나 누혜가 죽은 철조망, 누혜 어머니가 죽을 때의 동물적인 상황 등은 모두 현실과 새 세계와의 사이에 존재하는 경계공간이나 경계시간에서 벌어진 일들이다. 자유와 노예상태, 생과 사, 인간과 동물, 새벽이나 황혼의 죽음, 유한성과 초월성, 안과 밖 사이로 구현되는 이런 경계영역의 시공간들은 토끼나 누혜처럼 초월적 세계를 지향하려는 인간의 한계와 방황을 구체적인 역사적 필연성으로 바꾸어 보여준다.

2. 근친상간과 새 차원의 구축

「요한시집」이 다소 복잡한 서사적 모형의 구조를 가지고 있는 데 비해 「원형의 전설」은 「요한시집」에 비해 더 명확하게 한계선이 그어지는 액자스타일의 다중구조를 가지고 있다. 「원형의 전설」 서두에서 한국전쟁의 유래를 설명하는 부분과 마지막의 서술 부분은 아주 먼 과거의 일처럼 전설을 이야기하는 태도로 서술된다. 그리고 주인공 이장의 내면의식을 서술하는 관념적인 부분과 소설의 스토리를 전개해 나가는 부분은 현재의 일로서 서술되는데, 특히 스토리 전개 방식에서, 근친상간에 관한 여러 이야기가 역사적 상황과 관련지어 계속 끼어든다. 장용학의 소설에서 '근친상간'은 여러모로 의미가 있다. 윤리적으로는 금지되어 있는, 그래서 인간 문화의 출발점이라 생각되는 가장 원초적인 금기가 장용학에게는 새로운 차원의 세계로 가기 위해서는 의도적으로 깨어져야 할 첫 번째 대상으로서 간주되는 것이다. 특히 「원형의 전설」에서 근친상간은 여러 사건들을 한데 묶어주는 중요한 연결지점이 된다.

「원형의 전설」에 나타난 근친상간으로는 의용군으로 나간 이장이 어머니의 고향을 찾으려고 국군 이등병으로 위장하고 다니다가 만난 털보 영감과 딸 윤희의 근친상간이 첫 번째이다. 또 이장은 체포되어 포로수용소에 갔다가 간첩으로 남파된 후에 어머니 오기미와 외

삼촌 오택부의 근친상간으로 자신이 탄생했음을 알게 된다. 오빠에게 강간당한 어머니는 사생아로서 이장을 낳은 후 집 근처 나무에 벼락이 떨어져 쓰러질 때 그 나무에 가슴을 찔려 세상을 떠났다. 이장은 남한에서 국회의원이 되어 행세하는 오택부를 찾아갔다가 동굴 속에 감금되지만 동굴생활에서 탈출한 후 오택부의 딸 안지야와 함께 다시 동굴 속에 스스로 들어간다. 이장과 이복동생 지야의 사랑 역시 근친상간이며, 오택부가 권총 오발로 죽은 후에 두 사람이 들어간 동굴 위의 나무가 벼락을 맞아 동굴이 붕괴된다.

「원형의 전설」에 나타난 근친상간의 이야기는 크게 세 가지로 다시 모아진다. 첫째가 바로 사생아 이장을 탄생케 한 오기미와 오택부 남매간의 근친상간이며, 두 번째는 털보 영감과 딸 윤희의 부녀간의 근친상간이다. 남매와 부녀라는 이 두 경우는 모두 남성에 의해 주도되고 여성의 경우는 일방적인 피해자였다. 그러나 마지막 세 번째인 이복형제 이장과 안지야의 근친상간은 기존 윤리의 틀을 깨고 새 세계를 열기 위한 의도적인 것이다. 그들이 근친상간으로 한 세계를 무너뜨린 후에 핵전쟁이 지나고 복숭아나무가 나와 복숭아가 열렸으니, 이것이 바로 오늘날에 전해지는 원형의 전설이고 복숭아의 유래기라는 것이다. 선악과로 상징되는 사과를 먹고 낙원에서 쫓겨난 서구의 신화와 달리 '복숭아'로 신세계의 유래를 설명하는 동양적 전설 속에 이장의 일생 이야기가 들어 있다. 그것은 근친상간으로 인한 현 세계의 파괴와 그 후 새 생명의 부활한다는 전설을 축으로 하여, 중간에 각각 털보와 윤희, 오기미와 오택부, 이장과 안지야의 세 가지 근친상간 이야기가 끼어든 형태이다. 근친상간에 대한 죄의식과 처벌의 상징인 벼락 맞은 나무는 바로 동족 간의 근친상간적 전쟁이었던 한국전쟁에 대한 은유이며, 사생아 의식을 가지고 방황하는 이장이라는 인물은 역사와 이념, 이상과 현실 사이의 결과물로서, 신화와 전설의 세계와 현실 세계를 연계시켜 주는 중간지점인 것이다.

위의 두 소설에 비해 「비인탄생」이나 「현대의 야」, 「상립신화」 등은 신화적인 세계나 근친상간으로 초월을 지향하는 형태가 그리 뚜렷한 편은 아니다. 그러나 「상립신화」나 「비인탄생」은 어머니의 비참한 죽음을 통해 현실의 부조리함과 초월의 필요성을 더 부각시키며, 「현대의 야」는 시체 치우는 데 징발된 주인공 현우가 시체더미 속에 굴러 떨어져 그대로 묻힐 뻔하다가 살아난 이야기를 토대로 죽음의 경험이 현실 세계를 얼마나 판이하게 바꾸는지 간첩재판을 통해 이야기한다. 특히 「현대의 야」의 현우는 박만동이란 이름으로 그 후의 새 인생을 살다가 간첩으로 오인받아 10년형을 선고받고 형무소에 갇히는 그날 철문에 손가락이 끼어 문에 매달린 채로 죽고 만다. 마치 「요한시집」에서 누혜가 철조망에 목을 매달아 자살한 것처럼 경계의 시공간에서 수직적 죽음을 맞는 것이다.[142]

어머니들의 죽음이 동물적으로 비참한 상황에서 수평적으로 누워 죽는 것에 비하면, 아들들의 죽음은 이렇게 경계의 시공간에서 수직적으로 일어서서 다른 세계를 지향한다. 이 소설들에서 어머니와 같은 타자의 죽음은 그 자체로 신화적인 상징의 역할을 수행하며, 현재의 세계를 자의적으로 파괴시킴으로써 새 세계를 인식시켜 주고, 그 세계로 초월해 넘어가게 하는 동기를 부여한다. 「원형의 전설」이나 「요한시집」 등에 나타나는 것처럼, 1950년대의 현실은 '부조리한 3차원의 세계'로 규정될 수 있다. 이 세계에 사는 인간은 근친상간이

---

142) 천이두, "안타오스의 자유 — 장용학 씨 「현대의 야」를 중심한", 『현대문학』, 1960. 11. pp.274-84.

나 죽음으로 현 세계를 소멸시키고 새로운 '4차원'의 세계로 갈 때 인간은 초인이 되거나 진정한 인간이 될 수 있다는 것이다[143]. 그러나 그가 말하는 새 세계는 구체적으로 가시화될 수 있는 그런 세계가 아니다. 그 세계는 주체를 구성하고 있는 언어로 인식하고 해석할 수 있는 세계 너머의 불가지 세계이기 때문이다.

장용학의 소설세계를 이루고 있는 서사적 모형에 있어서 소설의 형태와 그의 세계인식은 전혀 별개의 것이 아니며 동일시되고 있다는 것을 알 수 있다. 현실의 부조리함에 대한 인식이 현 세계를 지배하고 있는 가치관을 폐기할 것을 요구하며, 그가 찾아낸 것은 그런 점에서 보편화될 수 있는 다른 법칙에 의해 세워진 세계였다. 그는 새 차원을 구축한다는 의미에서 현실의 3차원과 다른 4차원의 세계라고 그것을 명명했다. 그의 소설에 차용된 전설이나 우화, 신화의 도입은 그런 세계를 지향하기 때문에 차용된 것은 아니다. 오히려 그것은 현 세계가 파괴되는 방식, 그리고 인물이 초월한 후에 도래하는 신세계에 대한 기대의 방식으로 채택되어 알레고리로서 사용된 것에 불과하다. 결국 현실과 신화적 세계에 대한 그의 인식은 현실을 신화로 만들고, 신화적인 세계를 현실로 끌어내린다는 점에서 뒤집힌 상상력을 발휘하게 하는 것이다. 장용학이 그의 서사적 모형에서 강력하게 제기한 새로운 언어와 세계, 주체의 개념은 바로 이런 뒤집힌 상상력과 역설로부터 제시된다.

---

143) 장용학(1962), 「원형의 전설」, pp.280-1.

D. 새 언어관의 추구

장용학의 소설은 지금까지 논의한 대로 자연스럽게 작가와 인물의
사변이 전개되는데, 형식적인 면에 주목한 것은 별로 많지 않았다.
그러나 그 내용이 극히 특이하여 지금까지 이 내용에 대한 평가도
여러 가지였다. 소설구성 방법이 미숙하기 때문이라거나, 작가의 지
나친 다변 때문에 사건전개를 따라가는 데 방해가 된다든지 하는 평
가가 많았다. 그리고 그 내용에 대한 평가도 실존주의적[144]이라거나
허무주의,[145] 저항의 세계,[146] 또는 휴머니즘[147] 쪽으로도 논의가
되어 왔었다. 그러나 이제 여기서는 좀더 구체적으로 그의 소설 속
에 드러나는 세계관을 분석해 보면서 그가 꿈꾸고 제시하고 싶었던
이상향의 성향과 그가 역설을 통해 제기한 새 언어관을 이야기해 보
고자 한다. 그럼으로써 1950년대를 살았고, 그 현실에 대해 작품으
로서 할 말을 남긴 장용학의 소설세계를 보다 더 잘 이해하게 될
것이다.

1. 인간과 세계

장용학 소설에 나타나는 사고방식은 종종 코페르니쿠스의 변환이

---

144) 김상선, 「신세대 작가론」, (서울: 일신사, 1964).
    김치수, "인간의 실존적 탐구", 「원형의 전설」, (서울: 삼중당, 1977).
145) 이정숙, "코페르니쿠스적 전회와 관념의 소설화 – 장용학론", 「한국'전
    후문학'연구」 구인환 외, (서울: 삼지원, 1995), pp.260-284.
146) 김용구, "장용학 소설에 나타난 저항의 문제", 「한국현대소설사연구」,
    전광용 외, (서울: 민음사, 1984), pp.463-75.
147) 엄해영, 「한국 전후 세대소설연구」, (서울: 국학자료원, 1994).

라거나 지동설의 발견에 비유되기도 한다.

> 세계만이 세계가 아니다. 인간의 가능성은 세계보다 크다. 세
> 계에는 〈변화〉만이 있지만 인간에게는 그 위에 〈발전〉이라는
> 것이 또 있다.
> 대괄호의 세계가 있다. 그래야 지구가 움직이는 것으로 하고
> 보니 〈천동〉에서는 모순이었던 천체의 운행에서 그 모순이 덜
> 어졌던 것처럼, 세계의 모순도 비로소 가시어질 수 있는 것이
> 다. 그 이외의 세계가 구제될 길은 없다.[148]

장용학의 기본적인 태도는 이렇게 현실 세계에 대한 비판적 시각에서 출발하여, 그 세계를 부인하고 새 세계를 추구하는 것이다. 이때의 새 세계는 위에서 말한 지동시대에야 인식할 수 있는 대괄호의 세계인 것이다. 이 대괄호의 세계는 또한 사차원의 세계와 동질적이며, 아무도 알 수 없고, 가보지 못한, 그래서 공백으로 남아있는 불가지의 세계와도 같다. 이 세계에 접근하기 위해 그는 현실 세계를 구성하고 있는 요소들을 뒤집어 봄으로써 역설의 논리를 펼친다.

> "이북의 진리가 이북에서 통하게 되면 이북은 없어진다. 이북
> 이 이북이려면 이북의 진리는 이북에서 통하지 않아야 해. 알겠
> 나? 이북이 없어지면 군은 어디로 가겠나? 그러니까 해탈이다.
> 자유주의 사고방식으로 보면 순서가 좀 거꾸로 되지만 순서쯤
> 세계혁명이라는 대목적에 비하면 전등불 앞에 반딧불이야."[149]

---

148) 장용학(1962), 위의 책, p.170-1.
149) 장용학(1962), 위의 책, p.82.

이런 반어적인 논리에 따라 먼저 장용학의 인간에 대한 개념을 들어보자. "인간성은 과장된 인간"150)이고, "인간은 하나의 반어"이며, "'인간적'은 '인간'에서의 퇴거증명서이다. 인간은 이미 폐기되었기 때문에, 인간은 非人으로서 인간이고, 효자가 인간이 아니라 탕아가 인간"151)이라는 역설적인 인간론에 도달한다. 그러므로 이것을 깨달은 사람이라면 인간답게 살든지 超人이 되든지 둘 중 하나를 선택해야 하는 벽 사이에 끼어 있다고 본다.152)

인류 보편에 대한 일반적인 인간관을 뒤집는 그의 논리는 한 개인에 대한 자아의 문제에서 더욱 특이하다.

> 내가 나를 산 것은 나의 일부에 지나지 않는 것이고, 다른 내가 나를 살고 있었다는 것은 썩 전부터 느끼고 있었다. 설마하고 얼버무리면서 살아온 것뿐이다.
> '자아(自我)'에게 속은 것이다! 자아니까 낸 줄 알았다. 나를 희생시켜 가면서 모든 것을 그에게 백지위임(白紙委任)하고 살았다.153)
> 그는 현기증을 느꼈다. 그것이 잔상의 일종이든 無이든 그것은 내가 아니다. 적어도 현재의 나는 아니다. 그런데 그것은 현재로 나를 살고 있는 것이다! 이것이 생이라는 자세인가?
> 무가 유를 제거하고 있다. 과거가 현재에다 구멍을 내고 있는 것이다. 그 구멍을 메우는 작업이 '생'이라는 말인가? 그래서 아무리 나를 꽉 붙잡으려고 나를 꼭 껴안아도 어디론지 내

---

150) 장용학(1960), 「현대의 야」, p.236.
151) 장용학(1956), 「비인탄생」, p.220.
152) 장용학(1956), 위의 책, p.210.
153) 장용학(1962), 위의 책, p.162.

가 흘러나가 버리고 마는 것인지도 모른다. 나는 나의 땅이 아
닌 땅에서 나의 땅을 살고 있는 것이다! 그러면서 나는 거기서
살고 있는 것이 아니라 분명히 나는 여기서 살고 있는 것이다!
나는 여기서 살고 있다. 이것은 나의 신앙이다! 그런데 여기는
여기가 아닌 괴리!

　괴리 그 자체가 내라는 말인가? 〈나는 생각한다. 고로 나는
있다〉 억지로 덮어씌우는 이런 〈나〉가 나에게 무슨 소용이 있
단 말인가. 그렇게 해서 〈있는〉 〈나〉란 모욕이다! 인간이란 모
욕인가? 모욕에 그쳐야 하는 것이 인간이란 이름인가? 154)

　세계와 거리를 두고 자아의 불연속성을 인식한 자아라면 데카르트
식의 자아개념을 부인하게 된다.155) 이것은 마치 주체의 문제를 이
야기할 때 "나는 존재하지 않는 곳에서 생각한다. 그러므로 나는 내
가 생각하지 않는 곳에서 존재한다"156)는 라캉의 생각과 부합된다.
만들어진 에고는 진정한 내가 아니고 무의식이 진정한 자아라는 이
런 자아의식은 자아와 세계에 대한 새로운 인식에서 나온 것임을 반
증한다. 곧 현재의 나는 타인의 시선에 의해 만들어진 것에 불과하
다거나157) 그 시선을 인식함으로써 진정한 자아에 대한 응시가 시
작되는 것이 그것이다.

---

154) 장용학(1956), p.380.
155) 전상기, "새로운 인간형의 모색과 그 귀결-장용학론", 「1950년대
　　　문학의 이해」, (서울: 성대출판부, 1996).
　　　전상기는 이 글에서 장용학의 소설을 근대적 인간 주체의 위기에
　　서 출발하는 새 세계관의 제시라는 차원으로 읽었다. 그에 따르면,
　　장용학 소설은 실존주의와는 거리가 있고, 알레고리적이면서 반어
　　적 구성을 지닌 것이 특징이라고 했다.
156) 르메르, 아니카, 「자크 라캉」, 이미선(역), 문예출판사, 1994, p.192.
157) 장용학(1960), 「현대의 야」, p.247.

그런 역사의 교훈이 있는데도 상기 우리는 '발견' 이전에는 그 '존재'는 존재해 있지 않는 것으로 하고 있다.

존재가 먼저 있고 다음에 그 발견이 있는 것이다. 그런데 우리의 의식은, 발견이 존재에 선행해 있는 것으로 보는 그런 투로 되어 있다. 우리 의식은 세계를 거꾸로 해석하고 있는 것이다. 우리 망막에는 세계가 거꾸로 비쳐져 있는 것이다.

존재는 발견 여하와는 관계가 없다.

따라서 어떤 두 현상 사이의 '관계'란 우리가 그것을 알기 전에도, 안 후에서처럼 있는 것은 있다.

한마디로 말해서 '관계'라는 것도 하나의 의미다. 의미란 인간의 의미이고, 의미는 처음부터 의미인 것이 아니다. 인간이 그 의미의 노예가 되었을 때 비로소 의미는 의미가 된다.

그런데 인간이란 원래가 노예이고, 노예인 것은 인간의 조건이다. 그런 '의미'의 거미줄에 얽힌 나비와 같은 것이 인간이고, 세계란 그런 거미줄의 교향악이다.

그러니 문제는 의미가 있는가 없는가 하는 데에 있는 것이 아니고, 그 노예가 되는가 안 되는가 하는 데에 있다.[158]

1950년대 후반에서 1960년대 초에 현상학이나 라캉의 정신분석학에 대해 한번도 접해 보지 않은 상황에서 이 정도 수준으로 세계와 인간, 의미 부여의 관계에 대한 사유를 끌어낸 장용학은 이런 세계 안에 '나'를 존재하게 만드는 타자성의 관계에 대해서도 언급한다.

못이 없다는 것은 '남의 눈'이 없다는 것이기도 했습니다. 인간이란 '남의 눈'의 소산인데 여기에는 그 '남의 눈'이 없다는

---

158) 장용학(1962), 위의 책, pp.164-5.

것입니다.

내가 먼저 이렇게 있고 다음에 남들이 나를 그렇게 보는 것이 아니라, 남들이 나를 그렇게 보았기 때문에 나는 여기에 이렇게 나인 것입니다. 애초에야 먼저 내가 있고 다음에 남의 눈이 나를 그렇게 보게 되는 것이지만, 일단 '남의 눈'을 의식하게 된 다음부터는 '남의 눈'이 나를 내가 되게 하는 것입니다. 이것은 마치 생각이 먼저 있고 다음에 말이 생겨나는 것이지만, 일단 말이 생긴 다음에는 말이 생각을 이끌어내는 것과 그 순서가 같은 것입니다.

이 '말'이나 '남의 눈'은 인간반도(人間半島)를 정치적으로 이분(二分)하는 삼팔선과 같은 것이어서, 이북의 법은 이남에서는 통하지 않는 것입니다. (……)

인간은 '남의 눈'의 소상(塑像)입니다. 남의 눈이 조각해 낸 예술품인 것입니다. 옷은 내가 입은 것이 아니라, 남이 입혀 놓은 것입니다. 이 유형무형의 옷이 곧 인간입니다. 그 옷이 벗겨졌을 때 그는 인간이 취소되는 것이 됩니다.[159]

타자성이 존재함으로써 만들어지는 자아, 타인의 시선이 만들어내는 것으로서의 자아, 그리고 주체가 주체 자신을 응시함으로써 깨닫게 되는 세계의 허구성, 그렇게 주체와 타자의 관계로서 만들어지는 세계를 그는 시선과 언어의 문제라고 해명한다. 인간, 자아, 타자, 시선, 언어, 이런 것을 다시 뒤집어 역설적인 논리로 추적한 그는 그가 몸담고 있는 현실 세계의 허구성과 모순점에 봉착한다.

이런 역설이 불러내는 것은 바로 새 세계에 대한 갈망이며, 이것은 서구적이고 합리적인 기존 세계관에 대한 그의 반발로 더욱 구체

---

159) 장용학(1962), 위의 책, pp.176-7.

화되어 나타나는데, 그것은 소설 여러 곳에서 서구적인 이념인 자유, 평등, 공산주의, 이원론적 세계관 등에 대한 비판으로 이어진다.[160]

그러나 그가 가장 비판적으로 보는 것은 사실 현 세계를 구성하고 유지시켜 주는 사회제도와 권력, 법의 속성 등이며, 그것을 가능하게 만들고 유지시키는 언어의 기능이다. 사르트르의 실존주의에서 가장 유명한 명제 중 하나인 "존재가 본질에 선행한다"는 것을 뒤집어서 "존재와 본질은 적대관계에 있다"[161]고 그는 단정 짓는다.

장용학에 따르면 존재란 사회적으로 만들어진 후천적인 것이며, 본질은 사회에 구속되기 이전의 인간 본연의 모습이다. 언어에 의해 개인으로 이름 지어진 것이 바로 그 출발점이므로, 진정한 내가 이 세상에서 존재한 것은 호적계에 이름이 오르기 전의 며칠뿐이라는 누혜의 유서가 바로 이 사실을 적나라하게 보여준다.[162]

나는 한 살 때에 났다.
나자마자 한 살이고, 이름이 지어진 것은 닷새 후였으니 이 며칠 동안이 오직 하나의 고향인지도 모른다. 세계는 '이름'으로 이루어진 것이니, 가령 이 며칠 사이에 죽었더라면 나는 이 세상에 존재하지 않은 것으로 되었을 것이다.

---

160) 낙원에서 추방당한 서구 신화에 나타나는 금단의 열매 상징인 사과를 대치해서 구태여 '복숭아'라는 동양적 상징으로 낙원으로의 초월을 주장했던 것처럼, 그의 사고방식에는 동양적인 세계관으로 기울어지는 성향이 있다. 과거 1940년대 모더니스트들이 동양적 세계관으로 경사했던 것처럼, 동양적인 세계관에서 서구의 모순점을 해결하려는 의식이며, 그것은 선과 라캉의 정신분석학이 서로 상통하는 것과도 같다.
161) 장용학(1962), 위의 책, p.335.
162) 장용한(1953), 위의 책, p.185.

이름이 지어지자 곧 호적에 올랐다. 이로써 나는 두꺼운 호적부의 한 칸에 갇힌 몸이 된 대신, 사망계(死亡屆)라는 법적 수속을 밟지 않고는 소멸될 수 없다는 엄연한 존재가 된 것이다.

네 살 적에 젖을 버리고 쌀을 먹기를 비롯했다. 이것이 연대책임을 지게 되는 계약이 되는 것인 줄 몰랐고, 또한 말을 외기 시작하였으니 '유화(類化)작용'을 본격화한 셈이다.

아홉 살이 되매 소학교에 들어갔다. 이렇게, 공민사회의 한 분자가 되는 과정을 나는 나도 모르는 사이에 착착 밟아간 것이다. 학교는 죄의 집이었다. 벌에서 죄를 배웠다.163)

인간성도 진정한 인간의 본질이 아니라 사회에 의해 만들어진 제도적 존재에 불과하다. 이러다 보니, 역설적 논리로 사유하면서 그 허구성을 깨닫는다면, 사회의 구속인 이름을 거부하고 새 세계를 추구할 수밖에 없다.

나는 다시 기다릴 수 없다. 즉시 나는 나를 보아야 한다. 마지막 권리를 가지고 내 눈으로 나는 나를 보아야 할 것을 요구한다! 나를 둘러싼 모든 시신에서 해방되었을 때, 그 시선이 얽혀서 비친 환등(幻燈)의 그림자를 떠낸 윤곽에 지나지 않았던 나는 비로소 나를 볼 수 있고, 나를 탈출할 수 있고, 안개 속으로 나타나는 세계를 볼 수 있는 것이다.

자살은 하나의 시도요, 나의 마지막 기대이다. 거기에서도 나를 보지 못한다면 나의 죽음은 소용없는 것이 될 것이고, 그런 소용없는 죽음이 기다리고 있는 것이 생이라면 나는 차라리 한시 바삐 그 전신을 꾀하여야 할 것이 아닌가…… 164)

---

163) 장용학(1953), 위의 책, p.331.

새 차원을 구축하고자 욕망하는 것, 그게 인간의 본질이며, 뒤집어 씌워진 인간의 존재와 인간의 본질은 서로 적대관계에 놓일 수밖에 없게 되는 것이다. 사르트르 식의 실존주의와 장용학의 주체탐구는 바로 여기서 갈라선다고 볼 수 있을 것이다.[165]

장용학 본인이 사르트르의 「구토」를 읽고 소설 창작의 단서를 얻었다고 말한 적도 있지만,[166] 그 진술 하나만으로 장용학의 이런 인간 본질론이 사르트르의 실존주의와 동궤에 선다고 말하는 것은 분명히 장용학을 오독한 게 될 것이다.[167] 그는 1930년대의 모더니즘의 계승자로서 1950년대 소설에 모더니티를 구현한 작가이며,[168] 더 나아가 1960년대 초에 이미 사르트르를 앞서고 그 이후에 올 리상의 정신분석학적, 철학적 사유의 인간관을 자신의 소설에 서사적 모형으로 형상화시켜 실천한 작가인 것이다. [169]

---

164) 장용학(1953), 위의 책, p.336.
165) 이재전, "「요한시집」과 실존사상", 『수련어문논집』, 9집, 부산여대 국어교육과, 1982, pp.69-88.
　　　장용학과 실존주의의 차이점을 밝히고, 오히려 주객의 통합에서 출발하는 동양사상의 전통성에 지배받고 있는 것이 「요한시집」이라고 평가하였다.
166) 장용학, "나는 왜 小說에 漢字를 쓰는가", 『세대』, 1963. 9.
167) 장용학, "나의 작가 수업", 『현대문학』, 1956.1. pp.154-7.
　　　장용학은 이 글에서 실존주의의 극복과, 시대에 맞는 휴머니즘으로 인간을 인간성으로부터 해방시킬 것을 주장했다. 자신의 사유방식과 문학세계의 생리를 작가 자신이 설명하고 있는 귀중한 자료다.
168) 박배식, "장용학 소설의 모더니티 연구", 『한국언어문학』 38집, 한국언어문학회, 1997, pp.377-395.
　　　박배식은 장용학 소설의 특징으로 모더니티의 수용과 창조적 자유의지의 추구, 사상의 편린성, 알레고리를 통한 인간의 탐구를 들었다.
169) 최혜실, "분단문학으로서 「원형의 전설」", 『국어국문학』 116. 국어국문학회, 1996. pp.445-62.

2. 언어와 주체

적대관계에 놓인 기존 질서의 세계는 새 세계를 위해서는 파괴되어야 할 대상이 된다. 장용학의 소설에서 빈번하게 등장하는 근친상간의 모티브는 바로 이 기성질서에 대한 파괴 행위이다.[170]

장용학의 소설에 등장하는 인물들은 모두 아버지가 부재한 상태의 인물들이며, 어머니에게 밀착하는 대신, 아버지의 이름을 대신하는 사회제도의 구속을 거부하면서 그 상태에 머물러 있으려고 한다. 그들은 모두 국외자이고 항상 사회제도의 중압을 느끼면서 그 불합리

최혜실은 여기에서 기존 50년대 '전후문학'을 폄하시킨 논리들을 반박하고 있다. 첫째는 소설이 현실을 사실대로 그려야 한다는 당위론으로서 허구적 예술이 바로 소설임을 무시하는 것이며, 둘째는 시대가 억압적이면 문학이 쇠퇴한다는 단순논리에 의해 예술의 가능성을 무시하는 것, 마지막으로는 문학이 시대 흐름에 따라 발전해야 한다는 진보사관 논리라고 했다. 그런 점에서 그는 「원형의 전설」의 가장 큰 가능성은 바로 이성중심주의의 전통적 서구 형이상학에 대해 근원적 반성을 한 것이며, 그런 점에서 서구의 지성들보다 오히려 더 선구적이라고 평가하였다.

170) 프로이트 류의 근친상간에 대한 정신분석보다, 그의 소설세계에서 중요한 역할을 수행하는 근친상간을 이해하려면 라깡의 정신분석이 더 유용하다. 또한 그의 소설세계는 인간의 전제조건으로서의 '언어'에 대한 뒤집기가 아주 중요한데, 라캉의 이론에 따르면, 언어에 대한 뒤집기, 주체에 대한 뒤집기, 근친상간에 대한 욕구는 서로 긴밀하게 연결되어 있는 것들이다. 주체는 아버지의 이름, 아버지의 법, 또한 언어문화적 사회에 대한 상징이자 끝없이 미끄러져 나가는 기표로서의 남근에 굴복하면서 주체는 자신의 욕망을 억압하고, 그 결과로 사회문화 세계에 편입된다. 주체는 이 과정에서 어머니에 대한 욕망을 아버지의 남근에 대한 욕망으로 대체하고 억압하게 된다. 이렇게 언어를 사용하면서 무의식을 언어처럼 조직화하게 된다는 것이 라캉의 견해이다. 앞에서 인용한 누혜의 유서는 바로 이 과정을 잘 보여준다.

성을 찾아내는 데 골몰하는 사람들이다. 장용학의 소설에서 새 차원의 세계를 추구하는 인물들은 모두가 다 이런 인물이라는 공통점을 지니고 있다.

라캉의 개념에 비추어 장용학의 소설이 제기하고 있는 새 차원의 세계를 들여다보면 새로 보이는 것들이 있다. 기표가 한 가지 기의에 고정되는 것이 아니라 끊임없이 움직여 나갈 때, 즉 기표만이 존재할 때 그 언어에 의존하여 세계를 파악하고 자기 의사를 표현하는 인간은 항상 기표에 종속될 수밖에 없다. 인간이 언어를 사용하고 언어의 세계 안에서 존재하는 한 인간 주체는 기표의 지배를 받아야 하며 언어처럼 구조화된다. 그러므로 언어가 인간의 조건이며 인간은 언어를 통해 스스로를 구조화하고 무의식을 촉발시켜 구조화한다. 상징계에 들어선 주체가 자신의 욕망, 근친상간적 욕망을 다른 것으로 간접화하기를 요구받았을 때, 주체는 은유와 환유라는 언어의 기본 조직을 이용하여 자신의 무의식 깊숙이 그 욕망을 구조화시킨다. 욕망이 남근이고 기표인 것처럼 욕망은 끊임없이 미끄러져 나가는 환유의 형태를 취한다. 따라서 인간 주체의 무의식은 보통 드러나지 않지만 사소한 말실수, 농담, 꿈, 망각 등을 통해 의식의 균열을 뚫고 자신의 존재구조를 드러낸다.

그러므로 장용학 소설의 인물들은 상징계로 편입되는 것을 거부하는 대신에 어머니에게 밀착하여 외디푸스 콤플렉스를 더욱 강화하려고 한다. 그러나 아버지의 이름으로서의 사회 제도를 거부하고 어머니와의 개인적인 관계가 친밀해질수록 그들은 사회적인 관계에서 고립되고, 어머니와의 관계는 더 비참한 종말을 향해 치닫는다. 「상립신화」에서 어머니의 죽음을 눈앞에 두고 더 효자가 되는 인후나, 어머니의 비참한 죽음을 슬퍼하는 「비인탄생」의 지호, 「요한시집」의 누혜 어머니와 누혜나 동호, 「원형의 전설」에서의 이장의 어머니에 대한 집착 등은 모두 어머니의 처참한 죽음을 목격하며, 어머니와의 그 관계가 깨어졌을 때 이 세계와 인연을 끊고 초월을 통해 새 세계를 추구하는 것으로 끝을 맺는다. 어머니의 죽음은 항상 예정된 것이지만, 인물들은 미처 예상하지 못한 상태에서 그것을 맞게 되고, 어머니의 죽음은 인물들을 완전히 다른 세계를 찾아 초월하도록 동기를 부여하는 사건이 된다.

따라서 세계와 등장인물들의 관계는 아버지의 부재와 편모슬하의 사생아 의식과 유사하고, 어머니와 아들의 근친상간적 관계는 아버지를 거부하고 타자인 어머니의 욕망을 자신의 욕망으로 동일시하는 게 된다. 라캉 식으로 표현하자면, 이 인물들은 상징계로 편입되는 것을 거부하고 상상계의 언저리에서 방황하다가 끝내는 불가지의 세계인 실재계로 들어가 버리는 것과 같다.[171] 인간의 욕망은 끊임없이 미끄러지는 기표와 같아서 현 세계에서 욕망의 종착점을 찾거나 완전한 해결을 보기 어렵기 때문이다.

라캉에게 있어 무의식은 의식 외부에 존재하는 이물질적 존재가 아니다. 오히려 존재의 본 영역에 속하는 곳이다. 그는 상상계, 상징계, 실재계 세계[172]를 나누어서 이야기하는데, 이것은 서로 억압관계라거나 우열관계로 생각될 만한 것이 아니다. 주체의 성장과정에서 각 계들은 서로 변증법적으로 연결된다. 대상을 실재라 믿고 고착화하려는 과정, 자아의 담론이 상상계이고, 그 대상을 얻었다고 오

---

171) 르메르, 아니카, 「자크 라캉」, 이미선 역, 문예출판사, 1994.
172) 라캉의 세계와 주체의 구분은 마치 프로이드의 주체를 이루는 세 요소를 설명한 것을 연상시킨다. 이른바 초자아와 상징계, 에고와 상상계, 이드와 실재계는 서로 연관성이 있는 것처럼 보인다.

인하는 것, 법과 무의식의 구조화가 상징계, 그리고 욕망의 다른 대상을 찾아 나서는 그 너머의 세계가 실재계이다. 특히 실재계는 인간의 언어구조로서는 도저히 파악할 수 없는 세계, 곧 플라톤의 이데아나 칸트의 물자체, 그리고 프로이드의 무의식세계에 해당되는 불가지의 세계이다.[173]

이렇게 해서 진정한 자아를 탐구하는 주체는 새 세계를 지향하는데, 장용학의 표현에 따르면 이것은 사차원의 세계이다.[174]

> "사차원의 세계가 어떻게 생겼는지, 볼 수도 만질 수도 없지만 하여간 지금 이 현재에도 우리는 그 사차원의 세계 속에 살고 있는 것으로 되어 있는 사실이오. 그러면 말이오, 그러면 인간의 사차원은 어떤 것인가? 〈금지〉〈죄〉〈신〉, 이 삼차원을 어느 방향으로 遊牧시키면 그 사차원이 출현할 것인가? 아무도 몰라. 몰라야 하고 알 도리가 없지만, 한 가지 움직일 수 없는 사실은 그 방향은 현재도 보고는 있으면서도 보지 못하고 있다는 것, 더 정확하게 말하면, 눈이 없어 못 보는 것이 아니라 비겁해서 보려고 하지 않아서 못 보고 있다는 사실이오. 그리고 그 방향은 공간에 대한 시간처럼 전연 대립되는 방향이어야 한다는 것이오."[175]

---

173) 이미선, "자끄 라깡: 문학과 정신분석", 경희대 석사학위 청구논문, 1987.

174) 문홍술, "양식파괴의 소설사적 의의－장용학론", 『관악어문연구』 19집, 서울대 국문과, 1994. pp.57-74.
  사차원의 세계는 반문명적인 비인왕국으로 후퇴한 것에 불과하기 때문에, 근대소설 수준에서 함량 미달이며, 실존주의의 한국적 변형으로서 그 유효성이 상실되었다고 평가하였다.

175) 장용학(1962), 위의 책, p.318.

불가지의 세계와 같은 사차원의 세계에 도달하는 방법은 현 세계를 파괴하고 자신도 파괴하면서 초월하여 초인이 되는 것인데, 그 통로가 바로 죽음이며 또 광기이다.

지금까지 살펴본 장용학 소설들은 1950년대 현실에 대한 강한 비판의식을 토대로 하여 세계와 자아의 갈등관계를 이야기한 소설들이었다. 장용학 소설들은 전쟁으로 전통이 파괴된 와중에서 절박한 현실에도 불구하고 누구보다도 철저하게 자아의식을 탐구했다는 점에서 1950년대 한국소설에서 신세대 의식을 잘 대변해 주는 전중파 작가라고 할 수 있다. 장용학의 새로운 개념 탐구와 그 소설적 양식은 후대 최인훈이나 허윤석과 같은 관념적 소설을 창작한 작가들에게 많은 영향을 주었다고 할 수 있다.

특히 소설의 기법적인 면이 주제의식과 잘 조화되는 그의 소설들은, 화자와 말투의 교체에 의한 서술구조와, 우화나 전설, 신화와 소설의 복합적인 서사구조를 통해 새로운 차원의 세계를 추구하는 것을 보여준다. 신화나 전설을 전달해주는 이야기꾼 외부 화자와 사건 전개를 담당하고 전지적 작가 시점에서 관념을 서술하는 외부 화자, 그리고 인물의 의식을 전달하는 내부의 인물 화자 등으로 화자의 역할을 나누고, 화자에 따라 경어나 평어 등을 써서 비판적 거리 유지에 효과적이게 하는 서술전략을 쓰기도 한다. 이런 서사적 모형을 채택함으로써, 장용학은 소설을 통해 현실에 대해 거리를 유지하면서도 더 비판적인 시각을 유지할 수 있었다. 그리고 은유적인 상징에 의존한 제목이나 등장인물들의 알레고리적인 명명법은 삽화의 도입에 따른 풀이과정으로서의 자유연상이나 내면의식 서술 등의 환유적 전개 방식과도 잘 조화되어 소설의 서사적 모형을 보다 치밀하게 전체적으로 구성해 주는 방식이 된다. 장용학의 이와 같은 기법에 의한 주제의식의 표현은 궁극적으로는 자아와 세계와의 관계에서 진정한 자아와 주체의식을 탐구하려는 작가의식의 표현이기도 했다.[176) 사회적 제도의 세계에 편입되는 것을 구속으로 여겨 거부하고, 역설적 논리에 의해 현 사회나 제도권의 모순을 들춰내며, 아버지의 이름으로 표현되는 그 세계보다는 어머니와의 개인적인 관계에 친화하는 것이 그의 소설 속 인물들의 관계이다. 아버지의 부재 속에서 그들의 의식은 일종의 사생아 의식과 근친상간으로 표현되는데, 이와 같은 가족관계의 결여는 곧 우리 사회의 동족상잔 격인 전쟁이라는 현실의 다른 이름이며, 알레고리가 된다. 이렇게 해서 알레고리는 그의 소설에서 중요한 비중을 차지하는 기법으로 성립되는 것이다.

이것은 장용학의 소설에서 현실 세계에 대한 그의 사유가 서사적 모형을 통해 소설 속에 효과적으로 도입되었으며, 소설세계에서 나름의 독자적인 기법양상을 통해 상동성을 얻고 있다는 것을 보여주는 것이다. 이런 점에서 실존주의의 수용이나 전후의 허무주의를 언급하는 수준에서 장용학의 소설세계를 논의하는 것은 그의 소설을 표면적으로만 읽는 것이 될 수도 있다.

만약 장용학의 소설이 이렇게 다르게 읽혀질 수 있다면, 다른 1950년대 전후소설들도 이렇게 다른 방법으로 읽혀질 수 있을 것이다. 1930년대의 모더니즘과 리얼리즘 논의에서 1940년대 현실의 탐구, 그리고 1950년대의 현실에서 배출된 소설과 산업화 시대 이후의

---

176) 정영곤, 「현대소설의 인물 정체성」, (서울: 세종출판사, 1995).
    정영곤은 세계와 자아의 관계로서 소설세계를 파악하면서, 장용학의 「원형의 전설」은 영원한 어버이를 추구하는 자아의 소설이라고 하였다.

7, 80년대 소설 사이에 공통적인 토대를 찾는 것이 바로 우리 소설 사에서의 해결방법이 될 것이기 때문이다.

Ⅳ. 손창섭 소설의 서사적 모형

　　1950년대에 소설을 창작한 신세대 작가로서 선두에 서는 작가 중에 손창섭이 있다. 그는 일제시대에 교육을 받은 작가였으며, 일제시대의 경험을 해방 후 소설화하기 시작한 작가들의 첫 대열에 끼는 작가이기도 하다. 그러나 손창섭은 1950년대 초기에서부터 1960년대 초까지의 시기에 집중적으로 창작하다가 절필한 후 일본으로 귀화하였다. 그의 전기적 사실로 미루어 볼 때 1950년대의 현실은 그에게 문학의 출발점이자 종착역이었을 것이다. 특히 그의 소설에는 자아와 세계에 대한 인식 그리고 그 인식을 소설이라는 형태의 이야기로 풀어낼 수밖에 없었던 그의 욕망이 아주 강렬해서 이미 당대로부터 세인의 주목을 끌었다. 이 글에서는 소설가 손창섭의 자아와 세계인식이 소설 속에서 어떤 서사적 모형으로 구조화되어 나타나는지 그의 소설세계가 보여주는 특징들을 통해 다시 읽어보고자 한다.

　　먼저 소설 속 세계가 형상화된 서사적 모형을 통해 손창섭의 소설이 드러내는 세계를 살펴보려고 한다. 기존의 연구에서 손창섭은 자폐적인 세계를 그렸다고 평가받거나, 그의 소설에 등장하는 병적이고 불구인 등장인물들의 신체가 특이한 경우로서 주로 눈길을 끌었다.[177] 그러나 여기에서는 그의 소설의 특징이라고 표면상 이야기되어온 것의 이면에 존재하는, 그의 소설에 특징적인 작가와 화자와의 거리, 화자와 서술의 방식을 서술구조의 측면에서, 그리고 인물들의 특징과 유형화, 알레고리와 반어, 공간성과의 상관관계 등의 서사구조에 주목하려고 한다. 이런 특징들을 추출함으로써 손창섭이 목격한 1950년대가 그의 소설세계 속에 어떻게 드러나는지 살펴보려고 한다. 이로써 그가 욕망하였던 소설 쓰기의 정체를 그의 작품에 드러난 서사적 모형 속에서 다각적으로 검토해 볼 수 있을 것이다.

A. 이중화의 서술구조

1. 이중적 태도의 화자

장용학 소설에 나타난 서술구조가 화자의 교체와 거기에 따른 말투의 교체현상을 특징으로 하고 있었다면, 손창섭 소설의 서술구조는 화자의 태도와 말투가 양가적이라는 것이 특징이다. 또 특이한 인물과 특유의 탄탄한 문장은 이미 당대에서부터 손창섭 소설의 특

---

177) 조연현, "병자의 노래", 『현대문학』, 1955. 4.
　　　윤병로, "혈서의 내용", 『현대문학』, 1958. 12.
　　　김우종, "야유의 인생, 야유의 문학", 『사상계』, 1959. 1.
　　　유종호, "모멸과 연민 – 손창섭론(상, 하)", 『현대문학』, 1959. 9. 10.
　　　김상일, "손창섭 또는 비정의 문학", 『현대』, 1961. 7.
　　　이광훈, "패배한 지하실적 인간상", 『문학춘추』, 1964. 5.
　　　정창범, "손창섭론 – 자기 모멸의 신화", 『문학춘추』, 1965. 2.

징으로 꼽혀온 것이다.[178] 그의 소설을 읽어 보면 상당히 긴 문장을 탄력적으로 구사하고 있다는 인상을 받는데, 그것은 주로 관형절과 쉼표의 유효적절한 구사에 의해 만들어지는 느낌인 것이다.

> 그렇지마는 남녀간의 애정이라는 것이, 아기자기하게 얽혀지려면 여자의 솜씨에 달렸다고 믿고 있는 금순은 가라스(유리) 양말이라나 뭐라나 그 살이 몽땅 드러나 보이는 양말을 신은 발을 스커트 밑으로 감추려는 노력조차 가져보지 않고, 될 수 있는 대로 도일에게 바싹 다가앉아 분 냄새인지 향수 냄새인지, 혹은 여자의 살 냄새인지 하여간 말하자면 그것들이 혼잡된, 젊은 여자만의 전용 냄새를 보자기로 뒤집어씌우듯, 머리가 다 쩔 정도로 풍겨 주어, 도일의 그 어떤 감정을 자극시켜 놓는 것이 이제 머지 않아서 부부가 될 수 있는 저희들끼리만의 오붓한 비밀이라고 믿고 있는 모양이었다.[179]

이 긴 문장은 모두 한 문장으로만 이루어진 글이다. 수식어와 관형절을 다 빼고 나면 "금순은 - 믿고 있는 모양이었다"가 핵심이다. 이렇게 간단한 문장을 길게 늘여나간 긴 문장인데도 전혀 무리 없이 한 문장에 불과한 것처럼 쉽게 읽히는 이유는 관형절과 쉼표의 적절

---

178) 백　철, "상반기 신구의 창작계 - 월간지의 작품을 중심", 『사상계』, 1957. 7.
　　　안수길, "9월의 창작평 - 구성에 중점을 두고", 『사상계』, 1960. 2.
　　　이어령, "1957년의 작가들", 『사상계』, 1958. 1.
　　　＿＿＿, "1958년의 소설 총평", 『사상계』, 1958. 12.
　　　김동리, 백철, 안수길, 최정희, 황수원, "제4회 동인문학상 수상작품 선고", 『사상계』, 1959. 10.
179) 손창섭(1952), 「공휴일」, (서울: 동아출판사, 1995), p.15.

한 배치에 따른 것이다. 그의 소설에서 다른 문장을 하나 더 찾아보기로 한다.

그런 날이면, 도일은 대개로 사방 여섯 자 몇 치밖에 더 안 되는 자기의 자유스러운 생활의 영토 안에서, 은행장의 이름으로 신문이나 잡지에 게재할 경제 논문을 쓰거나 최근에 바다를 건너온 각종 잡지며 신문을 뒤적이거나, 그러다가 좁쌀 개미떼 같이 자디잔 활자에 신경이 지치면 어린애처럼 책장에서 별별 종류의 서적을 다 끄집어내다가는 그림이랑 사진이랑 실컷 구경도 하고, 거기에도 싫증이 나면, 어항 속에서 노상 호기를 피우는 두 마리의 미꾸라지와 한 마리의 붕어 새끼를 상대로 무엄한 희롱을 걸어보기도 하는 것이었다.[180]

이 예문을 보면 긴 문장의 중간 중간에 쉼표와 함께 몇 종류의 연결어미가 사용되고 있는 것을 알 수 있다. 이렇게 손창섭 소설의 긴 문장들을 서로 탄력 있게 이어주는 연결어미들은 예문에서 보는 바와 같이 주로 "-면, -거나, -다가, -고, -며."와 같은 종류들이다. 이런 연결어미의 종류들은 대등한 연결관계이든 종속적인 연결관계이든 간에 문장을 길게 만들어가면서 말을 나열하기에 효과적인 부류들이다.[181]

솔직하게 실제대로 일러주<u>었더니</u>, 준석은 담박 얼굴을 붉혀 <u>가지고</u>, 이 자식아, 어서 죽어라, 죽어, 공부고 뭐고 다 집어때리고 어서 군대에 나가서 공산군의 총알받이나 되라고 고함을

---

180) 손창섭(1952), 「공휴일」, p.12.
181) 김진수(1987), 「국어 접속조사와 어미연구」, (서울: 탑출판사).
　　　최재희(1991), 「국어의 접속문 구성 연구」, (서울: 탑출판사).

질렀다. 도대체 이런 자식이 이십여 년이나 세상에서 살아왔다
는게 아주 기적이라고 하고는, 마치 음식에 관격이라도 된 때
처럼, 아이구 답답하다, 그렇게 소리를 지르고는 주먹으로 제
가슴을 난타했던 것이다. 그러나 역시 달수는 이십삼 년 동안
을 이만큼 살아온 것이다. 악성 전염병이 그렇게 무섭게 창궐
한 해에도 그는 병사하지 않았고, 수없이 많은 생명들이 애매
히 또 무참히 쓰러져간 육이오도 그는 무사히 넘겼고, 해마다
발표되는, 교통사고로 인한 사망자의 엄청난 숫자 속에도 그는
끼이지 않았고, 그렇다고 준석이처럼 한쪽 다리를 절단되는 일
조차 없이, 지구상에 있는 이십여 억 인구의 그 누구나와 꼭
마찬가지로 그도 역시 '우연히 살아 있는 인간'임에는 틀림없는
것이다. 어디 그뿐이냐. 달수는 군대에 나가기 전에 대학교 법
과를 마치고 싶었고, 그 뒤에는 고시에 합격하여 판사나 검사
가 되었다가, 국회의원으로 당선되려는 뚜렷한 희망조차 품고
있는 것이었다.[182]

효과적인 나열을 위해 "-더니, -가지고"와 같은 종류도 많이 쓰
인다. 그런 이유에서 "-도 -고"와 같은 연결형도 그의 소설에서
자주 눈에 띄는 종류이다. 그러나 손창섭의 소설에서는 "그런데, -
는데"와 같은 종류는 눈에 잘 띄지 않는다. 위에 든 예문들처럼 그
의 소설세계는 한쪽으로 점점 심화되는 세계의 편향성을 주로 다루
고 있기 때문에, 상황의 반전이나 대조, 설명을 위한 종결어미는 그
리 많이 쓰이지 않는 것이다.[183] 대립이나 반전을 표시하기 위한 것
으로 많이 쓰이는 것은 "-고는"과 같은 종류들이며, "그렇다고, 마

---

182) 손창섭(1955), 「혈서」, p.100.
183) 최재희(1991), 「국어의 접속문 구성 연구」, (서울: 탑출판사), pp.85-9.

찬가지로"와 같은 부사어가 흔히 나타난다.

또한 손창섭은 소설 문장에서 " - 는 것은", " - 는 것이었다."를 특징적으로 아주 많이 사용한다.184)

> 너희의 주인이, 혼자만의 세계와 시간을 침범당했는데 어찌 너희들만이 무사해서 될 법이냐고, 너희들도 어디 좀 그래 보라고 하며 도일은 펜대 꼭지로 어항 속에서 공격을 가해 보는 <u>것이었</u>다. 그러나 미꾸라지와 붕어 새끼는 그 행동이 도일이보다는 훨씬 민첩한 데가 있어 날쌔게 몸을 뒤채, 상하 좌우로 용하게 펜대 끝을 피해 버리<u>는 것이었다</u>. 도일은 더욱 고놈들의 재빠른 동작이 얄미웁기까지 하여 무도한 폭군처럼 펜대를 물 속에서 마구 휘저어 <u>보는 것이었다</u>. 난데없이 재난에 부닥친 요 조그만 생명체들은, 과연 당황해서 연방 흰 배때기를 뒤집어 보이며, 유리벽에 대가리를 들이받을 뻔도 하는 것이었다.185)

이 부분은 인물의 행동을 서술하는 부분이다. 그러나 인물의 행동 묘사는 처음부터 끝까지 간접화법인 ' - 냐고', ' - 라고'와 ' - 는 것이었다'라는 어미를 통해서만 일관석으로 진술이 되고 있다. 종결어미 중에서 가장 흔하게 사용되는 일상적인 ' - 하였다' 류의 종결어미는 이 부분에서 거의 쓰이지 않고 있음을 알 수 있다. 그러나 50년대 후반에서 60년대 초에 창작된 소설들에 가면 이런 현상이 줄어들고 일상적인 ' - 습니다'의 유형이 증가하는 것을 알 수 있다.

---

184) 김해옥, "손창섭의 〈공휴일〉에 나타난 소외의식과 문학적 언어의 표현론적 기능에 관한 연구", 『연세어문학』 19집, 연세대 국어국문과, 1986, pp.101-16.
185) 손창섭(1952), 「공휴일」, p.19.

일반적으로 간접화법이나 '-는 것이었다'는 말하는 사람이 과거의 경험이나 정보를 전달할 때 거리감을 두려는 태도를 반영하는 것이다.[186] 이미 시간적으로 과거에 진행되어 끝난 일임을 전제하면서, 일상적인 것에서 벗어난 사실을 보다 일반화시키거나 비일상적인 일을 강조하면서 전달할 때도 유용하다. 또 한국어에서의 간접화법은 이미 지나간 과거의 사건을 묘사하거나, 타인으로부터 얻은 정보를 또 다른 타인에게 전달할 때 유용한 방식이다.

> 어딘가 발음이 이상했다. 동주가 <u>그렇다고 하니까</u>, 그러면 미야다 도시오를 <u>알겠느냐고 물었다</u>. (……) 그러면 당신은 미야다 도시오의 여동생이 <u>아니냐고</u> 그제서야 놀랐다. 여자는 이번에는 일본말로 자기는 미야다의 누이동생인 <u>하루코노라고 했다</u>. (……) 현재는 어떤 피복공장에 다니며 간신히 입에 풀칠을 <u>해 간다고 했다</u>. 춘자는 동주를 <u>오빠라고 불렀다</u>. 이런데서 오빠를 만나게 되니 물에 빠진 사람이 배를 만난 것같이 <u>든든하다는 것이었다</u>. 동주는 솔직히 지금의 자기 처지를 말하고 나서 힘이 되어주지 못해 <u>유감이노라고 했다</u>. 춘자의 얼굴에는 일시 실망의 빛이 어리었으나, 자기는 무슨 물질적인 조력을 바라는 것이 아니니, 정신적으로나마 극력 <u>붙들어 달라는</u> 부탁이었다.[187]

여기에서는 소수의 몇 문장을 제외한다면 밑줄 친 '-노라고 했다', '-다고 했다', '-고 물었다'와 같은 간접화법의 문장으로 채워져 있다. 보통 소설가들 같으면 이런 만남의 장면은 장면 묘사와 함

---

186) 김영배, 신현숙(1987), 「현대 한국어 문법 – 통사현상과 그 규칙」, (서울: 한신문화사), p.102.
187) 손창섭(1954), 「생활적」, p.71.

께 대화문으로 처리하는 것이 더 효과적이라고 여길 것이다. 그러나 손창섭은 이 사건을 지나간 과거의 일로서 간주하고 처음부터 끝까지 독자에게 말을 전달하는 화자의 존재를 전제로 해서 연속되는 서술문의 형태에 대화문을 묻어버리고 있다. 이것은 화자의 시각, 보는 행위, 말로서 전달하는 행위, 화자가 은밀하게 보이지 않도록 어떤 공간을 차지하고 있다는 등의 전제가 먼저 존재할 때 가능한, 보고 형식의 서술행위이다. 실제 대화 장면의 두 인물인 동주와 춘자는 화자에 의해서 관찰당하고 있다는 것을 전혀 의식하지 못하게 닫힌 세계에서 대화를 하고 있으며, 화자는 인물들이 모르게, 그러나 독자들은 보는 눈을 의식할 수 있게 이런 문체를 써서 유표화시키는 것이다. 보이지 않는 '눈', 그러나 관찰이 진행되고 있다는 것을 암암리에 입증하게 되는 이런 말투는 소설 속에 나타나는 화자의 양가적이고 이중적인 태도로부터 나온다.

간접화법을 사용하든지 '-는 것이었다' 유의 연결어미를 사용하든지, 이것은 전지적 작가의 위치에서 소설세계로부터 보다 거리를 두고 자신과 분리된 것으로 일반화시키려는 욕구와 태도를 반영한다고 보인다. 그의 소설이 지전적 색채를 띠고 있다는 것, 그리고 「신의 희작」처럼 소설과 자신의 인생 사이를 연결짓고 정리하는 소설을 노골적으로 발표하기도 한 그의 성향을 고려해 볼 때, 그의 소설 문체가 반영하고 있는 이와 같은 태도는 현실을 살아내기와 소설 쓰기 사이에서 이율배반적으로라도 거리를 유지하려고 노력하고 있는 태도이다. 소설 속에서 손창섭이 이런 화법에 크게 의존하고 있다는 것은 역시 그의 서술태도와 말투를 관련지어 설명할 때 시사하는 바가 크다.

2. 판단유보와 단정 짓기의 말투

손창섭 소설에 나타난 소설세계와 서술태도가 이렇게 거리두기를 이중적으로 하고 있는 것은 필연적으로 판단 내리기를 주저하는 판단 유보의 말하기 방식으로 드러난다.

> 오래간만에 맞이하는 휴일이라서 별로 좋을 일도 없지만, 그렇다고 또한 안 좋을 것도 없었다.
> 조그마한 자기의 세계에서 아무데도 국척(跼蹐)되는 일 없이, 멋대로 하루를 경영할 수 있는 것이 짜장 즐겁지 않은 바는 아니었다. 그러면서도 조반상을 물리고 나면 옷을 바꾸어 입기가 바쁘게 가방을 들고 은행으로 나가는 틀에 박은 듯한 생활을 기계처럼 움직여 오는지 근 십 년—이제는 완전히 습관화되어 버린 일과에서 하루를 거른다는 것은 어딘가 허수한 맥 빠진 감이 아주 없지도 않았다.[188]

"별로 좋을 일도 없지만 그렇다고 또한 안 좋을 것도 없었다"처럼 계속 겹쳐지고 꼬이면서 반복되는 이중부정의 문장들은 이것도 아니고 저것도 아닌, 어정쩡한 상태로 계속 판단을 미루는 양상을 보여준다. 이럴 때 단정적인 진술은 항상 회피되고 있으며 '-는 것은' 식으로 거리를 두고 어떤 사건을 정의라도 내리는 것처럼 일반화시키거나 화자 자신을 개인의 영역으로, 사건은 보편적 원리의 영역으로라는 식으로 나누어 버린다. 그 결과 전지적 작가 자신과 독자를 소설세계 속에서 벌어지고 있는 사건으로부터 멀리 떨어뜨려

---

188) 손창섭(1952), 「공휴일」, p.11.

놓는다.

그러나 이율배반적으로 거리를 두면 둘수록 전지적 화자와 작가의 거리는 더욱 가까워지고, 사건으로부터는 멀어져서 사건 자체에 대한 당위론적 판단이나 일반화는 더 쉬워진다. 그것은 '-는(것은) - 이다'라는 판단 내리기 문장의 이중적 태도로부터 비롯된다. 그러나 전지적 화자 자신과 인물의 의식 사이의 거리가 가까워지는 대목에서는 여전히 이렇게 판단을 미루고 유보하는 문체가 표면으로 떠오른다.

그의 소설 속에 나오는 인물의 이름이나 소설 제목에 작가의 가치판단이 이미 은폐되어 있다는 것을 상기한다면, 그의 이와 같은 서술태도는 역시 작가의 관점을 은폐하면서도 은근히 드러내는 이중적인 태도이다. 전지적 작가는 관찰하는 인물의 등 뒤에 숨어서 인물의 심리 상태에 밀착하여 잘 알고 있는 사실인 것처럼 표현한다. 그럴 때 주로 쓰이는 방식이 이중부정의 어정쩡한 진술이다. 그러나 인물의 어정쩡함을 누구보다도 잘 이해하는 것 같은 화자가 인물의 행동에 대한 진술에 이르면 갑자기 한 걸음 뒤로 물러서 거리를 두고 "-냐고 -는 것이었다" 식의 진술로 바뀐다.[189]

화자는 인물과 떨어져서 그를 바라보고 있으며, 누가 자신을 보고 있다는 것을 모르고 있는 인물을 독자들에게 말하기로 전달하는 행동을 시작한다. 그것은 작가와 화자, 인물, 독자 사이의 거리에 따라 판단을 유보하는 태도와 단정 짓는 태도 사이의 이중적인 오고 감을 의미하는 것이다.[190]

---

189) 유제호, "화법 전환에 따르는 의미상의 제약과 언표행위", 『불어불문학 연구』 14집, 한국불어불문학회, 1984, pp.351-67.
190) 유제호, "화용론의 문학이론적 성과", 『현대비평과 이론』 7, 1994.

그것은 화자와 인물 간의 거리, 그리고 어떤 인물들이 어디에서 무엇을 어떻게 보고 누구에게 전달하고 있느냐의 '보다'와 '말하다'라는 두 행위의 문제와 직결되어 있으며, 이것은 알레고리의 구성문제와 함께 손창섭 소설의 서사적 모형을 재구성하는 데 중요한 단서가 된다.

B. 상징화된 알레고리

알레고리(Allegory)를 간단하게 정의하자면, 비유적으로 말하거나 혹은 다른 말로 말하는 것이다.[191] 더 구체적으로 본다면 알레고리는 행위자와 행동, 때로는 그 배경까지가 축어적이거나 일차적 수준에서 일관된 의미를 구성하게 되어 있으며, 그것을 통해 행위자와 개념과 사건의 이차적이고 상호 연관적인 수준을 의미하도록 고안된 서사물이라고 할 수 있다.[192] 가장 대표적인 것이 우화의 형태이며, 대개 이차적 의미는 작가가 말하고 싶은 교훈적 의미나 풍자로 향해진다.

이것은 알레고리가 가지고 있는 장점인 동시에 단점이 된다. 무엇인가 이야기하고 싶은 욕구가 강한 작가는 알레고리 형식을 통해 일차 굴절시킴으로써 대상에 대해 대놓고 손가락질하는 생경한 말하기

봄·여름, pp.55-74.
191) 신광현, "알레고리-용어해설", 『현대비평과 이론』 7, 1994, 봄·여름, pp.308-15.
192) 방민호, "전후 알레고리 소설에 관한 연구-장용학, 김성한, 유주현 소설을 중심으로", 『외국문학』 39, 1994. 여름.

를 피할 수 있다고 보기 때문이다. 시대에 대해, 그리고 그 시대가 야기한 인간조건에 대해 누구보다 할 말이 많았던 50년대의 작가들은 전면적이든 부분적 차용이든 알레고리의 수법을 자주 사용할 동기를 충분히 가지고 있었다. 장용학이 그랬던 것처럼 손창섭의 경우도 예외는 아니어서 그는 소설의 제목이나 등장인물의 이름에 알레고리를 자주 사용하였다.

1. 제목과 이름의 알레고리

손창섭은 제목을 거의 한자어 명사구로 지었으며, 등장인물의 이름이 처음으로 나올 때에는 항상 친절하게 한자로 그 이름을 표기해 주었다. 제목과 이름의 명명법이 지니는 상징성의 무게, 소설전체의 압축이라는 그 비중을 생각해 본다면, 이런 작가의 행동이 지시하는 바를 추측해 보기란 그리 어렵지 않을 것이다. 손창섭 소설의 제목과 등장인물의 이름을 나란히 놓고 보는 것은 그래서 의미 있는 일이 된다.

그를 문단에 처음 등단하게 만들어준 추천작 「공휴일」의 주인물은 도일(道一)이다. 오래간만에 맞은 휴일에 약혼녀 금순(琴順)이 찾아와도 반가워할 줄 모르고, 파혼한 아미(娥美)의 청첩장을 받아도 별 느낌이 없는, 그래서 하루 종일 방 안에 박혀 꼼짝도 안하면서 매사에 애착도 관심도 없는 그런 사람으로 묘사된다. 그가 갈 만한 길은 오직 하나, 그런 상태로 그 세계에 머무르는 것뿐이다. 그가 마지막에 집을 나서는 것도 약혼녀 금순을 만나러 가는 게 아니라 파혼하고 싶어서 가는 것일 뿐이다. 그러나 정작 그 집에 가서도 파혼말을 꺼내는 행동성이 진짜로 이루어질 가망성은 별로 없어 보인다. 그의 이름 道一 그대로 그와 같은 인물들에게 삶의 길은 한 가지뿐이다. 본시 '길'이라는 것은 들어옴이나 나감의 통로로서 내부에서 외부로, 혹은 외부에서 내부로의 이동과 진행을 전제로 하기 마련이다. 그러나 도일의 경우에는 외부로 나가려고 해도 결국은 폐쇄적인 자기 내부로 돌아와 빙빙 돌게 되는 칩거와 구심의 세계에 빠져버린다. 그것이야말로 그가 걷는 길이 만들어내는 칩거의 세계인 것이다.

도일을 버리고 미국 유학이 약속된 모 미국 기관에 일하는 다른 청년에게로 나비처럼 날아간 아미(娥美)의 이름은 "나의 아름다움(我美), 철없는 어린아이의 아름다움(兒美), 가난하지만 아름다운(餓美)" 등 여러 가지로 해석될 수 있을 것이다. 그녀는 현실논리를 따라 행동성을 발휘하다가 상대가 결혼식장에서 유부남임이 밝혀지는 낭패를 당한다. 도일의 누이동생 도숙(道淑)도 정숙하게 도를 지키는 것이 아니라 짙은 화장을 좋아하며, 오빠 앞에서 웃통을 절반이나 벗고 열심히 화장하는, 그런 존재로 그려진다.

소설 「공휴일」에서 등장인물들의 이름은 그래서 현실에 대한 뒤집기 풍자를 통해 역설적인 세계를 지칭하는 알레고리가 된다. 행동성을 표방하는 인물들, 주로 여성들이지만 그들은 모두 역설의 방식으로 이름이 지어진다. 주인물이자 행동성이 없다는 것이 특징인 도일의 이름만이 그의 내면세계를 압축적으로 보여주는 이름을 가진다.

제목 「공휴일」 역시 "마치, 언제고 같은 박자로만 움직이고 있던 시계추가 잠시 정지되어 있는 상태와도 흡사한 것"193)에 비유된다. 습관적인 관성으로만 운위되던 사회생활이 잠시 정지된 틈바구니에서 도일은 개인으로서의 하루를 운영하기가 힘겹고 피곤하다. 도일

---

193) 손창섭(1952), 「공휴일」, 『잉여인간 외』, (서울: 동아출판사, 1995), p.11.

에게 있어서 공휴일은 '공연히 있는 휴일'이고, '주변인물들과의 의무적인 관계를 유지하기는 것만으로도 전신의 피로를 느끼곤 해서' 혼자 자기 세계에 처박혀 쉴 수 있는 휴일을 공쳐버리는 그런 날인 것이다.

1953년에 발표된 「사연기」(死緣記)의 제목은 일상적인 단어 사연(事緣)의 글자를 바꿔 "죽음에 이르기까지의 기록"이란 의미로 만들었다. 여기에 등장하는 인물은 관찰자인 동식(東植)과 아랫방에 얹혀사는 성규(聖奎), 정숙(貞淑) 부부이다. 학교 교사인 동식은 과거 고향에서 정숙을 사랑했지만 성규에게 정숙을 빼앗겼고, 지금은 피난지에서 폐결핵 말기에 걸려 오늘내일하는 성규와 정숙, 두 아이를 경제적으로 부양하는 처지에 놓여 있다. 이 소설에서 성규는 죽음을 앞두고 초조해하다가도 초연해지는 양가적 태도를 보여준다. 마치 거미처럼, 귀신처럼 생명이 꺼져가는 성규는 삶에 집착하면서도 동식에게 정숙을 부탁하기도 하는 것이다. 그러나 성규에 대한 묘사는 이름에 있는 성스러움하고는 거리가 멀다. 속된 욕망이 그의 규범(規範)과도 같다. 따라서 성규의 이름은 역설적인 이름이다. 정숙은 성규의 괴롭힘이나 생활고 속에서도 언제나 침착하고 정숙하다. 그러나 이야기의 마지막에서 정숙의 큰아이는 성규와 결혼하기 전에 동식과의 사이에서 태어난 아이임이 암시된다. 그러므로 정숙의 이름 역시 진실을 은폐한 이름이다. 그러나 관찰자인 동식의 이름은 두 아이를 맡아 키우고자 하는 희망, 곧 '동쪽에 심은 나무'로서의 미래에 대한 희망을 담지하고 있다.

「비 오는 날」(1954)에 이르면 양상이 조금 달라진다. 소설의 제목은 전체 분위기를 압축한 상징으로 바뀌고, 등장인물로는 원구(元求)와 동욱, 동옥(東玉) 남매가 등장한다. 불운한 처지에 놓인 동욱과 동옥 남매에게는 가끔 들러주는 관찰자 원구가 구원자와도 같다. 또 원구 자신도 암담한 처지에서 두 남매를 찾는 것은 일종의 탈출구와도 같은 전환이다. 따라서 원구 자신에게는 두 남매를 방문하는 것이 '救'를 '願'하기 때문인 것이 된다. 원구의 이름을 거꾸로 읽으면 두 남매의 희망이고, 원구의 '원'자를 다른 글자로 바꾸면 스스로에 대한 이야기가 된다.

손창섭이 쓴 다른 소설 제목들도 비슷한 알레고리 형식을 가지고 있다. 「생활적」은 전혀 생활에의 의욕이 없다는 점에서 반어이고, 「혈서」는 혈서를 쓸 만큼 삶에의 의욕이나 목적성이 전무하다는 점에서 역시 반어이다. 그의 소설 제목은 명사구의 형태를 취하고 있지만 대부분의 소설 제목이 알레고리의 형태를 통해 작가가 내린 가치판단을 이미 자체적으로 내포하고 있다.[194] 「인간동물원 초」, 「육체추」, 「미해결의 장」, 「잉여인간」, 「신의 희작」, 「낙서족」, 「치몽」, 「유실몽」 등의 제목이 그렇다. 겉으로는 객관적인 현실에 대한 판단을 담고 있는 것 같지만 사실은 작가의 가치판단은 이미 역설적으로 내려져 있다. 「인간동물원 초」는 겉보기에 동물적 인간만 모인 교도소 풍경이지만 그러나 작가는 그 속에 이미 인간의 그런 요소를 긍정하고 있다. 「육체추」 또한 마찬가지 논리 위에 서 있고 「잉여인간」, 「신의 희작」, 「낙서족」 같은 경우는 더욱 선명하다. 낙서로 써 갈긴 것 정도의 가치를 가진 인간, 신의 희작품에 불과한 인간, 쓰레기같이 쓸모없는 잉여인간이라는 그의 소설 제목은 소설 속에 상대적으로 드러난 대조적 인물들에 비해 오히려 긍정적인 작가의 판단을 드러낸다. 마치 '그래, 우리는 이런 사람이다. 그래도 우리 역시 인간

---

194) 강태근, 「한국현대소설의 풍자」, (서울: 삼지원, 1992).

이고, 저런 인간들에 비해서는 우리도 나름대로의 가치는 있는 사람들이다'라는 선언과도 같다. 「유실몽」, 「치몽」 등은 겉으로는 인생은 헛된 꿈이라고 말하지만 감추고 내포된 의미는 그래도 꿈이 가치 있다고 생각하고 아쉬워하는 태도이다.

손창섭 소설의 역설적이고 알레고리적인 인명과 제목의 명명법은 1968년 「청사에 빛나리」까지 이어진다. 계백장군의 역사적인 행동에 대해 그의 부인 보미부인이 항변하는 내용의 이 소설은 청사에 빛나는 그의 행동을 가족과 국민의 입장에서 바라보면서 이데올로기에 희생되는 개인의 입장을 강변하는, 그러면서 냉소적으로 빈정대는 반어법의 제목으로 이루어졌다.[195]

소설 제목들이 보여주듯이 손창섭 소설의 가장 큰 관심사는 '인간'에 대한 것이다. 그의 소설 중 '인간'이라는 단어를 직접 제목으로 달고 있는 것은 상당수 있는 것은 그 사실을 반증하는 것이다. 그러나 그것은 휴머니즘으로만 해석될 것도 아니며, 인간이란 단어가 흔히 그렇듯이 가장 고귀하다는 추상적인 의미와 동시에, 비꼬는 세속적인 의미가 같이 들어 있는 단어이다. 인간적일 수 없는 상황에서 인간적인 것을 추구하는, 혹은 인간은 인간인데 전혀 인간적일 수 없는 상황으로 가는 것, 그게 바로 손창섭이 보는 인간의 의미이다. 1950년대 현실에 대한 관찰 결과 종합적으로 얻어진 이 제목들의 이런 양가적인 태도는 그의 소설을 구성하고 있는 서술구조가 보여준 서사적 모형의 특징과도 부합하는 바가 있다. 관찰하기 위한 특유의 거리두기, 판단 내리기의 유보, 주저하는 태도의 문장들의 성향이 바로 그런 것이다.

---

195) 김순희, "아이러니의 화행 분석", 대구 효성 가톨릭 대학교 석사학위 청구논문, 1997.

손창섭 소설의 알레고리 구조에서 또 하나 중요한 것은 명명법의 차원이 아니라 공간의 차원에서 알레고리가 이루어진다는 사실이다. 그의 소설 속에 등장하는 인물들의 신체적 표지인 불구성, 그리고 그들이 칩거하는 공간, 그들이 살았던 시대와 공간의 폐쇄적 속성 등은 모두 시대에 대한 손창섭의 인식을 드러내는, 폭넓은 알레고리의 성격을 가지고 있기 때문이다. 따라서 명명법의 차원에서의 알레고리가 장용학과 손창섭의 공통점이라면, 장용학은 경계가 명확한 삽화의 끼워 넣기를 서사적 차원의 알레고리로 차용하고, 손창섭은 고도로 상징화된 공간성을 알레고리로 차용하여 서사적 모형을 구성하고 있다는 것이 차이점이 될 것이다.

2. 소설의 공간성과 알레고리

손창섭 소설은 인물의 신체와 주거 공간에서 공간적 특이성을 지닌 소설이다.[196] 그의 소설에 나오는 인물들의 불구성은 언제나 뚜

---

[196] Zoran은 공간적 구조화의 세 층위를 변별함으로써 서사문학 내에 재구성된 공간질서를 규명하였다. 텍스트 내에서 공간은 위상적(位相的) 층위(the Topographical Level)와 시공복합적 층위(the Chronotopic Level), 텍스트의 층위(the Textual level)로서 구성된다. 위상적 층위는 상(上) : 하(下), 내(內) : 외(外) 등 존재론적 대립원리에 입각하여 장소(place)와 그 경계, 인물, 플롯 등과 관련을 맺는다. 반면 시공복합적 층위는 움직임 : 정지에 따른 공시적 관계와 영향, 축, 힘에 따른 통시적 관계에 의한 힘의 역학인 세력의 장(field of powers)을 나타낸다. 따라서 이 층위는 행위 영역인 동시에 사건과 관계된다. 텍스트의 층위는 언어의 선조성에 따른 선택, 시점, 재구성된 세계의 원근화법 구조를 포함하는 비전의 장(field of vision)을 구성한다. 동시에 이 세 층위는 텍스트 내에서

렷하고, 그것은 바로 기능마비로서 정상적인 인간의 신체와 대비되면서 곧바로 좌절과 연결된다. 「육체추」, 「인간동물원초」, 「비오는 날」 등에 나오는 인물들이 그런 특징을 지니고 있다. 이런 좌절은 곧 1950년대의 현실에 대한 '사회적 불구성'에 대한 인식에서 나온다.197) 인물의 정신적, 신체적 불구성은 사회적 불구성으로 연결이 되고, 사회적 불구성은 그의 소설에서 공간적 배경의 형성에 제약을 가한다. 그의 소설들은 대부분 스케일 큰 공간이 아니라 특정의 협소한 공간을 배경으로 한다. 그 공간들은 또한 집안, 방, 감옥 안과 같은 폐쇄적인 공간이다. 「인간동물원 초」의 감방이나 「육체추」처럼 강제로 닫힌 공간도 있지만, 한 개인에 소속된 폐쇄 공간일 뿐 강제성이 없는 공간에서도 인물들은 항상 폐쇄적으로 스스로를 가두고 살려고 한다.

「생활적」의 동주는 항상 방안에 누워서만 지내며, 옆방의 순이도 항상 누워서 신음소리만 낸다. 「공휴일」의 도일도 자신의 방안에 꼼짝 않고 앉아 있는 편이고, 「광야」에서도 춘화, 승두, 동오 세 사람은 춘화의 집안에 모여 하루 종일 앉아 있다. 「유실몽」의 철수도 그렇고, 「비오는 날」의 동욱이 또한 그렇다. 이 공간 안에서 외부 세계의 요소와 부딪힐 때, 인물들은 더욱 움츠러들고 위축된다. 무기력함과 견딤이 그들이 할 수 있는 유일한 행동일 뿐이다.198)

수평적 질서에 따라 상호간 복합적으로 구현됨으로써 세계를 재구성하게 된다.
Zoran, Gabriel(1984), "Toward a Theory of Space in Narrative", *Poetics Today*, Vol.5: 2, pp.309-335.
197) 이부순, "한국소설 연구-전도적 상상력을 중심으로", 서강대 국문과 박사학위 청구논문, 1995.
198) 조현일, "허무주의의 심연과 극복의 노력", 「한국 전후문학연구」, 구인환 외(공저), (서울: 삼지원, 1995).

춘자의 정력적인 육체를 바라보다가 부지중 '아아!' 하고 절
망을 발음하는 것이다. 그러고는 누가 발길로 지르기라도 하듯
맥없이 모로 쓰러지는 것이었다. 사지를 오그리고 눈을 감았다.
무덤 속에 들어가면 이렇게 흙으로 덮어주리라 느껴지듯, 산다
는 것의 무의미와 우울이 꽝꽝 소리를 내어 다지는 것처럼 전
신을 내려누르는 것이었다. 동주는 사뭇 안간힘을 하다시피 무
엇을 참고 견디어 내는 것이었다.[199]

외부 세계로부터 큰 상처를 받고 욕망이 좌절된 이들에게 가장
필요한 공간은 자기 회복을 할 수 있는 칩거의 공간이다. 이것은 한
개인이 가지고 있는 소외의식과도 연관이 있다.[200] 이들에게는 외부
세계와 별 상관하지 않고 큰 행동 없이 스스로를 은폐함으로써 편안
함을 누릴 수 있는 공간이 필요한 것이다. 「미해결의 장」에서 이 가
족의 집은 지상에겐 불편하기만 하며, 그는 항상 창녀 광순의 집에
가서 거기가 편하다는 이유로 그녀의 이불을 쓰고 누워서 잠을 보충
하기도 한다. 그들에게는 이런 공간이 칩거라는 형태로 세계와 단절
되는 공간인 동시에 보호와 재충전의 공간이 된다.

아침이 되어도 동주는 일어날 생각을 하지 않는다. 송장처럼
그는 움직일 줄을 모른다. 그만큼 그의 몸은 지칠 대로 지쳐
버린 것이다. 몸뿐이 아니다. 마음도 곤비할 대로 곤비해 있었
다. 심신이 걸레 조각처럼 되는 대로 방 한구석에 놓여 있는

---

199) 손창섭(1954), 「생활적」, pp.76-7.
200) 민경환, "소외의 심리학적 개념화", 『한국심리학회지: 사회』, 1993.
　　　Vol.7. No.1., pp.71-88.
　　　심리학적 정의에 따르면 소외는 "자기와 행동 간의 통합의 상실
　　　혹은 부재"라고 정의될 수 있다.

것이다. 걸레 조각처럼! 이것은 진부한 표현일지 모른다. 그렇
지만 동주의 주제를 나타내는 데 이에서 더 적절한 말은 없을
것이다.[201]

여기서 묘사하는 대로 이런 공간은 마치 동굴과 같은 것이고, 인
물이 무기력하게 칩거하면서 바깥세계를 거부하는 공간이다. 그러나
옆방에서 들리는 순이의 신음소리만은 그 공간으로 자유롭게 드나든
다. 그 신음소리야말로 죽음을 기다리는 소리이면서도 역으로 순이
가 자신과 타인에게 살아 있음을 확인케 해주는 생명에 대한 갈구의
소리이다.[202] 동주도 자기 방에 누워 순이의 신음소리가 그치기를
은근히 기대해 보기도 하지만, 정작 소리가 그치고 그녀가 죽었을
때는 죽음만이 자기가 확신할 수 있는 단 하나의 장래라는 것을 알
게 됐기 때문에, 그녀의 주검에 키스하면서 눈물을 흘리는 양면성을
보여주게 되는 것이다.

이렇게 이 공간에 들어간 인물이 외부와 소통할 수 있는 통로는
주로 "소리"의 형태를 통해 이루어진다. 그것도 밖에서 일방적으로
들려오는 소리지만 일상적이거나 정상적인 소리들이 아니라 일탈된
소리들이다. 그 소리들은 신음소리, 울음소리, 종소리, 끊임없이 내리
는 빗소리 등 현실의 고통이나 죽음과 연관된 소리들이다. 그러나
이런 소리들은 외부와 차단된 칩거의 내부 공간으로 뚫고 들어올 수
있는 유일한 소리들이고, 이 소리와 반복적으로 접하거나 소리에 끌
려 엿보기의 행위를 함으로써, 그 공간 안에 위치한 인물들은 공간

---

201) 손창섭(1954), 「생활적」, p.61.
202) 이인복, 「한국문학에 나타난 죽음의식의 사적 연구」, (서울: 열화
당, 1979).

의 안팎이 뒤집히는 것을 알게 된다. 이 소리들은 "보다"의 행위와 결합될 때, 칩거의 공간을 파괴하고 새로운 세계로 인물들을 끌어내는 역할을 한다. 그런 의미에서 칩거공간에 있을 때의 '소리'들은 외부 공간과의 소통로 역할을 한다고 볼 수 있을 것이다.

> 마침 실내에는 아무도 없었다. 나는 아무런 분별도 없이 덮어놓고 방 안에 들어서 보았다. (……) 나는 꿈속을 헤매는 사람이 되어 버리고 말았다. 정신없이 나는 비틀비틀 침대 위로 다가갔다. 그러자 누가 떼다밀기나 하듯이 내 몸은 저절로 쓰러지듯 침대 위에 누워 버렸다. 귀가 와앙 울도록 뛰는 가슴을 두 손으로 누르고 나는 한참이나 생각 없이 누워있었다. (……) 층층다리를 조사해야 할 것을 그만 깜빡 잊고 있었기 때문이다. (……) 층층다리 쪽에서 발소리가 났다. (……) 피한다는 것이 나는 무의식중에 방으로 되들어와 버리고 말았다. (……) 나는 어찌할 도리가 없었다. 방문을 닫았다. 다행히 안으로 고리가 있었다. 급히 그놈을 잠가 버렸다. 다음 순간 나는 모든 것을 단념한 듯이 천천히 걸어서 침대 위에 가 누웠다. 이불 속에 몸이 푹 잠기었다. 문 밖에서는 황급히 문을 흔들어 보고 아래층을 향해 소리를 지르고 법석이었다. 나는 할 수 없다고 체념했다. 이 삼층 건물의 내부구조와 함께, 사회의 일분자로서의 나라는 개체가 풍기는 생명의 비밀이, 외부와 차단된 채, 영원히 이대로 누워 있어도 좋다고 나는 생각하는 것이다.[203]

「층계의 위치」라는 소설 마지막 부분의 이 예문은 시야에서 보이는 층계의 공간적 배치를 탐구하는 인물의 행위를 통해, 손창섭이

---

203) 손창섭(1956), 「층계의 위치」, pp.270-1.

파악한 1950년대 현실에서 공간성의 의미를 패러디로서 보여준다. 인물이 내부 공간에 칩거를 하게 되는 이유와, 외부와의 차단성, 그럼에도 뚫고 들어오는 외부의 소리, 이 공간으로부터 끌어내어지는 인물, 무기력한 상태의 칩거 등 손창섭 소설의 공간이 가지는 의미가 이 소설에 압축적으로 표현되고 있다.

그러나 그의 소설에 특징적인 칩거공간은, 본질적으로 그 공간을 점유한 인물 개인에게 소속된 공간이 아니다. 그것은 그가 외부 상황에 쫓겨 타인 소유의 공간을 일시적으로 점거한 것에 불과하다. 「미해결의 장」에서 창녀 광순의 이부자리에 가 눕는 지상, 「광야」에서 춘화의 집에 모여드는 지주의 아들 동오와 춘화 부녀를 고용한 고용주의 아들 승두 역시 그렇다. 그들이 선택한 칩거의 공간이 본래 그들에게 속한 공간이 아니라는 것은 「유실몽」에서 철수의 입을 통해서 명백히 선언된다.

그렇지만 솔직히 나는 이런 스포츠를 구경하기 위해 누이네 집에 와 있는 것은 아니었다. 그러기 위해서 내가 세상에 태어난 것은 더더구나 아니었다. 나는 지금 하늘옷을 잃어버린 선녀처럼 되어 있는 것이다. 그놈의 찬란한 옷을 찾아 입지 못하는 한 나는 영 다시는 하늘로 올라가지 못하고 말 것이다. 나는 새삼스레 방안을 둘러보았다. 마치 하늘옷을 찾아내려는 듯이.[204]

칩거공간 안에 머무르는 인물은 그곳을 임시 머무는 장소로 생각하며, 스스로를 "하늘옷을 잃어버린 선녀"로서 나무꾼 집에 머무르는 것이라 생각한다. 그곳은 감추어진 하늘옷이 있는 장소이기 때문

---

204) 손창섭(1956), 「유실몽」, p.177-8.

에 그것을 찾는 동안만 있을 가치가 있는 장소인 것이다. 선녀는 하늘옷을 찾는 즉시 하늘로 승천해 버릴 것이며, 인물들은 전후의 비참한 상황을 나무꾼 집으로, 스스로를 이 세계를 벗어나 다른 세계로 가야 하는 존재로서 규정하는 것이다. 그러나 이들은 초월을 본격적으로 꿈꾸지 않는다. 현실의 부정성을 인지하고 있되, 초월에 대한 욕망은 드러나지 않는 것이다.

> 나는 모로 움직거려 상반신을 벽에다 기대었다. 바위처럼 내리누르는 피로를 감당할 수가 없어서였다. 나는 눈을 감고 열병 환자처럼 엉뚱한 소리를 중얼거렸다.
> "하나두 나의 죄는 아닙니다. 그렇다구 물론 춘자 씨의 죄두 아닙니다. 정말입니다. 누구의 탓두 아닙니다. 춘자씨의 부친이나 우리 누이의 잘못도 아닙니다. 그저 명확한 사실은 우선 나에게는 <u>한 벌의 신사복이</u> 필요하다는 것뿐입니다. 그뿐입니다. 나는 언제까지나 <u>염색한 군복만을</u> 입구 있을 수는 없으니까요"
> (……)
> 땅속으로 길을 찾아 흐르는 물줄기처럼 가느단 울음소리는 어둠 속을 새어왔다.[205]

염색한 군복은 바로 나무꾼의 옷이고, 한 벌의 신사복은 선녀의 날개옷을 지칭한다. 1950년대를 지칭하는 대표적 환유로서의 '염색한 군복'은 군인도 민간인도 아닌 어정쩡한 상태를 가리킨다. 그것은 사회로의 편입이 불가능하며 전쟁으로부터의 회복이 아직 이루어지지 않았다는 상태이기 때문이다. 그러나 '한 벌의 신사복'은 일반 사회

---

205) 손창섭(1956), 「유실몽」, p.185.

로의 복귀이자 정상화를 상징하며, 그것은 곧 수직 상승할 수 있는 '날개옷'의 역할을 수행한다. 그럼에도 불구하고 철수는 날개옷을 마련할 기회가 될 외부 세계와의 만남을 내리누르는 압박감으로, 육체적, 정신적인 '피곤함'으로 표현한다. 그리고 그런 상황은 누구의 잘못도 아니라고 하면서 자신이 일시적으로 머무를 뿐이라는 것을 강조한다. 그것은 바로 현 상태에서 벗어나 변화를 도모하려는 욕구의 다른 표현인 동시에 현재 처한 공간에 웅크리고 칩거하려는 태도의 반영이다.

이에 반해서 「공휴일」의 도일이 자기 방을 칩거공간으로 사용한 것은 다소 예외적이다. 도일의 방처럼 그 공간이 자신에게 속한 곳일 때는 인물들은 변화를 통해 그 공간을 벗어날 의사가 없다. 그러나 대부분의 소설에서 그 공간은 인물 자신의 것이 아니며, 이렇게 일시적인 머무름의 공간에 불과하다. 따라서 손창섭 소설의 변모 가능성은 이렇게 공간적인 위상을 토대로도 충분히 점쳐질 수 있다.

손창섭 소설에는 내부 공간의 동굴과 같은 이미지와는 대조적으로 적대적이자 파괴적인 세계로서의 외부 공간이 병치되어 있다. 장용학의 소설 같은 경우에는 「원형의 전설」에서처럼 동굴적인 내부 공간이 외부 공간을 파괴시키는 단서로서 주어졌던 것과는 차이가 있다. 장용학의 내부 공간은 외부 공간을 소멸시키고 영구적인 또 다른 제3의 공간으로 가기 위한 일시적 수단으로서의 내부 공간이다. 그러나 손창섭의 내부 공간은 영구적인 것도, 파괴를 위한 수단도 아니다. 그것은 외부 공간의 영향력에서 벗어나기 위해 임시로 머무르는 공간이며, 항상 외부 공간과의 소통로가 미약하게나마 열려 있다. 그리고 그 소통 때문에 내부 공간은 결국 외부 공간으로 안팎이 뒤집혀져 버린다. 그 결과로 그 안에 거주하던 인물들은 항상 외부 공간으로 다시 내보내지는 것이다. 이 내부 공간은 겉보기에는 행동이 결여된 정태적인 폐쇄공간이지만 언제나 역동적인 변화가능성을 전제로 일시적으로 점유된 공간의 성격을 지닌다.

손창섭 소설의 특징적인 폐쇄적 내부 공간은 그래서 언제나 한시적인 것에 불과하며, 결과적으로는 외부 세계로 나갈 수밖에 없는 인물들에게 일시적 피난처의 역할을 수행하는 하나의 '과정' 정도의 의미를 가지는 것에 불과하다. 손창섭의 소설이 초기에서 후기로 가면서 변모하는 양상을 잠재적으로 가지고 있다고 평가된다면, 그것은 바로 이런 이유에서일 것이다. 그의 소설 속에 나타난 특징적인 세계도 그의 인생로에서 변화를 내포할 수밖에 없는, 이동로로서의 '길' 위의 한 단계, 한 과정을 반영하고 있는 것에 불과하기 때문이다.

C. 인물 유형과 서사구조

장용학 소설의 서사적 모형에서 중요한 서사구조의 특징이 우화나 액자 등과 같은 삽화적 형태의 삽입을 통해 새 차원의 세계를 구축하는 데 초점이 맞추어져 있었다면, 손창섭의 서사적 모형은 인물의 유형과 행위의 양태에 서사구조의 초점이 맞추어져 있다고 볼 수 있다. 손창섭에 대한 기존의 평가도 대개 자폐적 세계, 불구적 인물,[206] 인간에 대한 모멸과 희화화 쪽으로 초점이 맞추어져 왔다. 위에서 언급한 이중적인 서술구조나 고도로 상징화된 공간성의 알레

---

206) 조연현, "병자의 노래 – 손창섭의 작품세계", 『현대문학』, 1955. 4. pp.74-9.

고리와 함께 그의 소설세계가 보여주는 것을 자세히 읽어본다면, 작가가 소설에서 화자와 초점 인물 간의 보기와 말하기 행위를 통해 이중적 서술태도라는 장치에 의존해서 일종의 트릭을 사용하고 있다는 것을 발견할 수 있다. 그 트릭은 인물의 유형화에 따른 작가의 가치판단을 제시하는 것, 그리고 인물의 보기와 말하기 행위를 통해 1950년대의 현실을 압축시켜 드러내는 행위를 통해 나타난다.

1. 인물의 유형화와 가치판단

손창섭 소설의 인물 유형화는 두드러지는 특징을 가진 특정한 인물들에게 독자들의 시선이 쏠리도록 만들어 놓는 데서부터 출발한다.[207] 그의 소설에서 유별난 특징으로 떠오르는 불구적 인물의 경우를 예로 들어보자. 이 인물들의 외모와 성격이 워낙 특이하기 때문에 대부분의 독자는 소설을 읽는 동안 그들에게서 눈을 떼지 못한다.

우선 외모상 불구자인 인물들이 상당수 등장하는데, 「비오는 날」의 여동생 동옥이, 「혈서」의 외다리 준석, 「피해자」의 곱사등이 병준, 「광야」의 벙어리 춘화, 「육체추」의 그 수많은 불구자 수용자들, 백치인 만실 등이 그들이다. 이 밖에도 심각한 질병 상태에 있기 때문에 사회활동이 불가능한 인물들로서 「사연기」의 폐병말기 환자 성규, 이름모를 병을 앓다가 죽는 「생활적」의 순이가 바로 그렇다. 이들은 선천적이거나 후천적으로 신체의 기능에 장애를 입게 된 사람들로서 정상적인 사회생활이 어렵거

---

207) 황도경, "주인공의 공간적 위상을 통해 본 손창섭의 작가의식", 『이화어문논집』 11집, 이화여대 한국어문학연구소, 1990, pp.129-46.

나 불가능하기 때문에, 일반인들의 시각에서는 일차적으로 또렷하게 불구적 인물로 잡혀드는 경우이다. 「육체추」처럼 이들에 대한 묘사는 육체적인 그로테스크 현상에 집중된다. 그러나 그것은 세계에 대한 불만을 표현하기 위한 수단으로서의 풍자와 연계된다.[208]

그러나 신체상 이런 불구의 표식을 가지고 있는 사람들 말고도, 손창섭의 소설 속에는 정신적인 상태에서 불구적인 상태에 빠져 있는 인물들이 나타난다. 이들은 모두 어느 정도 신체적인 징후를 함께 동반하게 되는데, 대표적인 경우가 심한 무기력증이다.[209] 신체적인 불구가 아니더라도 이들은 신체 표식을 가지고 있는 사람들보다 더 심각한 사회적 장애요소를 안고 있는 사람들이다. 이들은 죽음의 문제와 연관된 소외의식이나 좌절감의 인물들로서 그동안 설명되어 왔다.[210] 「공휴일」의 도일, 「사연기」의 동식, 「생활적」의 동주, 「유실몽」의 철수나 「미해결의 장」에서의 지상, 「광야」의 동오, 「포말의 의지」에서의 종배, 「잉여인간」에서 실의의 인간 천봉우가 그렇다. 이들은 대부분 겉으로도 멀쩡하고 심지어는 좋은 학력과 실력조건을 갖추고 있는 데도 불구하고, 이 인물들은 사회에 나가서 참여할 의욕도, 남들처럼 아등바등 돈 잘 벌어서 잘살겠다는 의욕도 없는 사람들이다.[211]

---

208) 유종영, "문학에서 그로테스크 – 문학작품 분석방법으로서의 그 개념",『독일문학』35 집, 한국독어독문학회, 1985, pp.212-36.

209) 박동규,『전후 한국소설의 연구』, (서울: 서울대 출판부, 1996).

210) 김윤정, "손창섭의 소설 – 나르시시즘과 죽음의 문제",『한양어문연구』13집, 한양대한양어문연구회, 1995, pp.55-74.

211) 한상규, "손창섭 초기 소설에 나타난 등장인물의 유형화",『관악어문연구』18집, 1993, pp.299-316.

과거 손창섭 소설이 인물에 대한 모멸과 희화를 하고 있다는 근거로 제시된 대부분의 이야기는 바로 그의 소설에 이런 무기력하고 좌절에 빠진 인물들이 눈에 띄게 많이 등장하기 때문이다.[212] 그러나 이런 두 유형의 인물들이 전면적으로 배치되어 있는 그 이면에는 두 번째 유형의 인물과는 정반대되는 유형의 인물들이 위치하고 있다. 그들은 어떻게든지 이 세상에서 잘 살아보고자 노력해 보지만, 좌절을 겪는 인물들이다. 그들은 정상인에 비해 무엇인가 부족한 부분이 있고, 그들의 부족한 부분들은 항상 작가의 시각에서 우스꽝스러운 아이러니로서 그려진다. 이런 인물들은 항상 노력하고 사회 속에 파고들려고 애는 쓰지만 항상 겉돌 수밖에 없다. 그것은 그들의 신체적인 특징으로 발현되어 더욱더 그들을 일반인들과 구별 지어줄 뿐 실제 사회생활에 도움이 되지 않는 것이다.

이 세 번째 유형의 인물들로는 「비 오는 날」의 동욱, 「혈서」의 준석, 달수, 규홍이, 「미해결의 장」에 나오는 가족들이나 진성회의 회원들, 「치몽」의 세 소년들, 「낙서족」의 도현, 「신의 희작」에 나오는 소설가 S씨가 바로 그렇다. 그들은 아웃사이더지만 그들의 행위는 항상 사회에 흡수되는 것을 희망하고 있다.[213] 그들은 여러 가지 행위를 통해서 자신의 내면 욕구를 충족시키기 위해 적극적으로 사회에 참여하고 싶어 하지만 그 행동과 그들의 실제 현실과는 항상 괴리가 있기 때문에, 그것이 제대로 될 리가 없다는 것은 명약관화한 일이다. 그러나 그것은 이 인물들 본인으로서는 절대로 인식할 수 없고, 오히려 이 인물들을 바라보고 있는 두 번째 인물들이나 전지

---

212) 김동리, "1959년의 소설", 『사상계』, 1960. 1. pp.306-7.
213) 이선영, "아웃사이더의 반항 – 손창섭과 장용학을 중심으로", 『현대
　　　문학』, 1956. 9. pp.241-50.

적 화자가 그들의 신체적 표지를 통해 시각적으로 더 잘 파악할 수 있다. 이런 인물들에 대한 묘사는 그래서 대부분 신체적 상상력에 의존하여 구체화된다.

동욱의 경우는 신학대학에 가서 목사가 되겠노라고 하면서도 친구인 원구를 만나면 항상 술을 마신다. 전에 영문학을 전공했고, 성가대 지도자였던 그는 자신의 꿈과 미군부대에 들어가 초상화 주문을 받아와야 생계를 이어갈 수 있게 된 현실 사이의 괴리를 전혀 문젯거리로 의식하지 않는다. 그 기이함은 그의 이상한 '옷차림새'와 '닝글닝글한 웃음'이라는 장치를 통해서 신체상 표지로 드러난다.

> 동욱은 소매와 깃이 너슬너슬한 양복저고리에 교회에서 구제품으로 탄 것이라는, 바둑판처럼 사방으로 검은 줄이 죽죽 간 회색 즈봉을 입고 있었다. 무엇보다도 그의 구두가 아주 명물이었다. 개미허리처럼 중간이 잘록한데다가 코숭이만 주먹만큼 뭉툭 솟아오른 검정 단화를 신고 있었다. 그건 꼭 채플린이나 신음직한 괴이한 구두였기 때문에, 잔을 주고받으면서도 원구는 몇 번이나 동욱의 발을 내려다보는 것이었다. (……) 상대방을 조롱하는 것 같은, 그러면서도 자조적이요, 어쩐지 친애감조차 느껴지는 그 닝글닝글한 웃음은 원구에게 어떤 운명적인 중압감을 암시하여 감당할 수 없이 마음이 무거워지는 것이었다. (……) 동욱은 음식집을 나와 헤어질 무렵에 두 손을 원구의 양 어깨에 얹고 자기는 꼭 목사가 되겠노라고, 했다. 그것이 자기의 갈 길인 것 같다고 하며 이제 새학기에는 신학교에 들어가겠다는 것이었다. 어깨가 축 늘어져서 걸어가는 동욱의 초라한 뒷모양을 바라보고 서서 원구는 또다시 동욱의 과거와 그 집안을 그려 보며, 목사가 되겠노라고 하면서도 술을 사랑하는 동욱을 아껴 줘야겠다고 생각하는 것이었다. [214]

이런 인물들 중에서 신체적 표지가 뚜렷한 사람으로는 「혈서」의 준석이가 있다. 그는 항상 행동 과잉의 인물이다. 행위 면에서 손창섭 소설의 인물들은 양 극단을 달리는데, 첫 번째와 두 번째 유형처럼 사회와 아무 상관없이 진공 상태처럼 사는 사람들하고, 적극적으로 행동하는데 항상 어긋나고 과잉행동이 되어 역효과를 부르는 세 번째 유형과 같은 사람들이 있다. 과잉행동을 하는 사람들은 동욱처럼 현실과 자신이 가지고 있는 꿈에 대한 괴리를 스스로 인식하지 못하는 사람들이고, 그들은 항상 아이러니로서 희화화되는 존재들이다.

덕기의 편지는 도현에게 무거운 압박감을 가중해 주었다. 그것은 모친이나 자신이 어떤 거대한 바위 밑에 짓눌리어 있는 것 같은 숨가쁨을 느끼게 했다. 도현은 그 압박감에서 벗어나 보기 위해서 두 차례나 만주로 탈출하려다가 굴욕적인 실패를 맛보고 말았던 것이다. 그렇게 되자 도현은 하루라도 조선에 머물러 있을 마음의 여유를 가질 수가 없어 미칠 듯이 초조한 나날을 보내다가 새로운 앞길을 뚫어보자는 의욕에서 마침내 위험을 무릅쓰고 일본에 밀항해 왔던 것이다. '새로운 앞길' 그것도 역시 '기어코 성공해야 된다'는 생각이나 마찬가지로 너무나 막연한 의욕과 관념에 지나지 않았다. 그래도 도현이 거의 무모할 만큼 구체적인 현실의 장벽에 전신으로 부닥쳐 갈 수 있는 것은 그렇듯 <u>막연한 관념이 말하는 내적 명령에 의해서였다.</u> 거기에다가 '나는 조국 광복에 헌신하고 있는 독립투사의 아들'이라는 정신적인 과중한 부채 의식과 혈통적인 연관성은 결국 그로 하여금 <u>눈물겨운 넌센스를 연출케 하고야 마는 것이다.</u>[215]

---

214) 손창섭(1953), 「비오는 날」, pp.46-7.
215) 손창섭(1959), 「낙서족」, p.395.

준석의 경우나 「잉여인간」의 채익준, 「미해결의 장」에서 나오는 인물들, 「유실몽」의 춘자, 「낙서족」의 도현이나 「신의 희작」의 S 씨도 이 계열에 들어간다.

고학생으로서 취직하려고 분주하게 돌아다니지만 절대로 취직될 수 없게 행동함으로써 그 상황을 계속 연장해 가는 달수, 턱이 짧아 '무턱'이라 불림으로써 신체적 표지를 지닌 달수의 그런 면모를 한편으로는 이해하면서도 항상 소리 지르고 싸움을 걸어오는 외다리 준석, 간질병 환자인 창애, '모가지를 댕강 잘라 혈서를 쓴다'고 시를 쓰면서도 실제 생활력에는 전혀 관심이 없는 규홍이는 각각 세 번째 인물의 유형을 나눠가진 사람들이다. 꿈과 현실의 거리를 좁히지 못하고, 좁히려는 의욕도 없는 달수와, 간질병 환자로서 무기력하기만 한 창애, 외부 세계와 차단되어 자기 세계를 누리고 사는, 그래서 문학이라는 내부적 세계에서만 적극적인 활력을 누리는 규홍이, 외부를 적극적으로 지향하지만 다리 하나가 없기 때문에 꿈을 이룰 수 없는 준석이가 전형적인 관계를 이루고 있다. 그들은 모두 현실에서 좌절을 겪는 인간인 것이다. 도현이 난센스를 연출하면서도 계속 시도하는 것처럼, 달수와 준석, 규홍이 역시 그렇게 행동한다. 「잉여인간」의 채익준과 천봉우, 서만기의 관계는 여기서 좀더 변형된 것이다. 행동 과잉의 채익준과 꿈과 현실 사이에서 행동이 결여된 천봉우의 틀은 변화하지 않았지만, 서만기라는 중립적이고 완벽한 인간형이 등장해서 「혈서」가 보여주는 세계의 긴장 속의 균형은 파괴된다.

「미해결의 장」에 나오는 다른 주변인물들도 바로 전형적인 세 번째 유형의 인물들이다. 딸 광순이 몸을 팔아 벌어오는 돈으로 온 식구가 겨우 먹고 살면서 그 사실이 진성회 회원들에게 알려지는 것을 몹시 부끄러워한다.

진성회(眞誠會)의 회합 때에도, 문 선생만은 고개를 푹 떨어 뜨리고 앉아서 한 번도 자기를 주장하는 일이 없는 것이다. 그 렇다. 나는 진성회에 관해서 여기에 몇 마디 적어 두어야 하겠 다. 그것은 정말 견딜 수 없이 나를 무의미하게 만들어주기 때 문이다. 진성회의 회원은, 현재, 나의 대장(父親), 문 선생, 장 선생, 이렇게 세 사람뿐이다. 진실하고, 성실한 사람들끼리 모 여, 국가민족과, 인류사회를 위해서 진실하고 성실한 일을 하다 가 죽자는 것이 소위 진성회의 취지인 것이다. 그들은 이 지구 상에서 자기네 세 사람만이 가장 진실하고 성실한 인간이라고 자처하고 있는 것이다. 따라서 민족과 인류를 위해 진실하고 성실한 일을 할 수 있는 인재도 역시 자기들뿐이라고 자신하고 있는 것이다. 그들은 한 달에 한 번씩 정례회의를 열고 세상이 자기들을 몰라주고 하늘이 때를 허락하지 않음을 개탄하는 것 이다. 그러다가 진주는 땅에 묻혀도 썩지 않는다고 자위하고 헤어지는 것이다.[216)]

이 사람들은 항상 기존의 윤리적 가치관을 지속시키려고 노력한 다. 한국전쟁을 통해 1950년대의 현실이 일으킨 지각변동을 애써 외 면하면서 과거의 세계 속에서 그대로 살아가려고 하는 것이다. 그러 다 보니 현실과의 거리는 점점 멀어지고 그 괴리감은 아이러니로서 표출된다. 문 선생의 상황에 못지않게 장 선생도 돈을 버는 아내를 대신해 집에서 앞치마나 두르고 아이들을 돌보는 사람이고, 대장은 그 큰 덩치에 쪼그리고 앉아 미싱을 돌리는 딸에게 구박이나 받아가 면서 누더기나 자르는 시다 역할을 하고 있는 사람이기 때문이다. 그러나 이 사람들은 비록 현재는 비참해도 자신의 삶이 가장 훌륭하

---

216) 손창섭(1955), 「미해결의 장」, pp.132.

다고 믿고 있고, 해야 할 위대한 일을 위해 현재를 희생한다고 생각한다.

반면에 그것을 바라보는 화자로서의 '나'는 50년대의 현실이 불러온 좌절감과 상황을 누구보다 더 잘 이해하는 자로서 거기에 맞는 방식으로 무기력하게 대응하며 사는 사람이다. 그래서 화자인 '나'와 아이러니 속에서 사는 이 유형의 인물들은 서로 양 극단에 서서 50년대의 현실과 과거의 현실 간의 관념과 행동의 대립을 적나라하게 보여주는 것이다.

세 번째 유형의 인물들은 기존의 한국소설에 나온 속물의 유형들과는 좀 다르다. 그들이 자기 이익을 추구하는 반면에, 이 인물들은 개인 이익보다는 대의명분이라는 기존 가치관을 대변하는 관념에 모든 것을 건다. 그들은 이상적인 관념을 추구하는 것으로서 현실의 비참함을 덮을 수 있다고 믿는 것이다. 그러나 현실과 이상은 항상 괴리되어 있고, 괴리가 크면 클수록 아이러니만 커진다. 그것을 바라보고 인식하는 화자들은 두 번째 유형의 인물들이 많은데, 무기력한 화자의 시각을 통해 이런 인물들을 바라보게 되면 그 괴리감이 더 극대화되는 장치가 된다.

첫 번째 유형의 신체적 불구자들과 두 번째 유형의 무기력한 지식인들이 인간에 대한 모멸감을 표상한 인물로 해석되어 왔지만, 실제로는 과거의 현실에서나 살아남을 수 있는 가치관에 충실한 세 번째 인물들이야말로 작가가 드러내고 싶었던 인간에 대한 역설적 이야기를 대변하고 있다고 보인다. 「신의 희작」에서 보여주는 것처럼 작가 자신의 자전적 요소와 결부되어 나르시시즘을 파괴하는 행위가 이루어져야 정상적으로 사회에 편입해 들어가면서 글쓰기가 가능해지기 때문이다. 작가의 이런 시각을 보여주는 전형적인 유형이 바로

「미해결의 장」과 같은 소설이다.

사실 첫 번째 인물들이 손창섭 소설에서 화자가 되는 경우는 드물다. 대부분은 그 인물들을 관찰하는 또 다른 인물이 있고, 신체적인 불구자로서 뚜렷한 신체적 표징을 가진 인물들은 주로 관찰과 서술대상에 불과하다. 실제로 서술의 주체가 되는 인물들은 비교적 온건하고 정상적인 인물들처럼 보이는 두 번째 유형의 인물들이다. 「사연기」, 「생활적」 등에 등장하는 인물들이 그렇다. 만약 불구의 인물을 묘사할 때 전지적 외부 화자가 등장한다면, 이 전지적 외부 화자는 위의 두 부류의 인물을 동시에 본다. 불구의 인물들에 대해서는 비판보다는 동조적인 태도를 보이며, 멀쩡해 보이는 인물들에게는 오히려 비판적인 태도를 가지고 본다. 그러나 비정상적인 인물과 정상적인 인물들은 전지적 화자에 의해 이렇게 보이는 것을 모른다. 또 독자 역시 화자의 이야기 어조에 끌려 다니면서 비정상적인 인물만을 주목하다 보면 정상과 비정상 사이의 대조를 통해 실제 작가가 하고 싶었던 이야기는 놓치고 넘어가기 십상이다.[217]

그의 소설 속에서 그동안 비정상적인 인물로 치부되어 왔던 인물들은 크게 이렇게 세 유형으로 나누어질 수 있을 것이다. 첫째는 신체적인 표징으로 나타나는 불구자들, 둘째는 정신적인 방관자들 셋째는 이상과 현실의 괴리 속에서 아이러니를 겪는 인물들이다. 작가 손창섭의 인물들에 대한 묘사는 그러나 이미 좌절을 겪을 대로 겪은 이 세 유형에 대해 그리 부정적이지 않은 편이다. 외형상 독자들에게 뚜렷한 부정적 특징으로 부각되는 것과 달리, 그가 비판의식으로 바라보고자 하는 것은 다른 곳에 있다. 그는 독자의 시각을 전경화

---

217) 이기인, "손창섭 소설의 미적 구조", 『어문논집』 27집, 고대국어국문학연구회, 1987, pp.635-53.

된 인물들에게 돌려놓고 자신은 다른 세계에 시선을 주고 있으며, 그 세계에 대해 비판을 하고 싶어 한다. 신체적 상상력에 의존한 현실 세계의 드러내기나 폭로가 바로 그것이다.[218]

그 세계는 1950년대가 빚어낸 현실을 대변하는 위의 세 인물 유형과는 대립적인 자리를 차지하고 있는 인물들의 세계이다. 한국전쟁이 빚어낸 좌절과 상관없이 개인의 영화를 누리려고 애쓰는 속물들, 사회의 제도권 안에서 그 권위를 보장받아 온 인간들, 그리고 항상 그 사회의 지배 담론을 추종함으로써 그 위치를 지켜온 사람들. 그것이 바로 작가가 비판적인 시각으로 바라보는 네 번째 유형의 인물들이다.[219]

> 당연히 월급 말이 나왔다. 두달치를 다 받아왔느냐고 아내가 먼저 물었다. 병준은 인제는 별 수 없다고 생각했다. 죽는 수밖에 없다고 각오한 것이다. 그는 아내의 말에는 대답을 않고, 장인 쪽을 향해서 떨리는 소리로, 그 하얀 약을 이리 주시우, 했다. 장인은 경멸을 품은 눈초리로 병준을 힐끔 보고 나서, 암 그래야지, 당연히 죽어야지, 하고, 자기의 조끼 주머니를 뒤지기 시작하는 것이다. 아내가 옆에서 가만하고 있지 않았다. 당신은 죽어버리면 고만이지만, 나는 아이들 데리고 어떻게 하느냐고 앙탈이었다. 처자를 이렇게 궁지에 빠뜨려 놓고 죽는 당신은 결코 죽어

---

218) 정문권, "손창섭 소설의 휴머니즘 연구-현실의 비정성에 대한 극복의지", 『한남어문학』 20집, 한남대 국어국문학회, 1995, pp.479-92.
219) 송기정, "정신분석학적 비평과 발자크 소설 연구", 『불어불문학연구』 26집, 한국불어불문학회, 1991, pp.149-69.
발자크 소설세계를 조직하고 있는 인물 유형을 통해 작가의 개인적 차원과 사회적 연구를 포함한 정신분석적 접근의 가능성을 보여준다.

서도 좋은 곳에 가지 못하리라는 것이다. 과연 지당한 말이라고 병준은 생각했다. 그러나 지금 와서 자기 힘으로 할 수 있는 일이란 죽는 일밖에 없다고 생각하는 것이다.[220]

곱사등이인 병준을 억지로 결혼시켜 등쳐먹다시피 하면서 사는 기생충 같은 인물들이 바로 여기 「피해자」의 장인과 아내이다. 「생활적」에서 치료비가 아까워 의붓자식인 순이가 앓고 있는데도 치료 한번 해 주지 않으면서 죽기만 기다리는 것 같은 봉수, 그와 눈이 맞은 춘자, 「유실몽」에서 매부와 누나, 「신의 희작」에 나오는 어머니도 이런 유형의 속물적인 인물들이다. 인간적인 인물 유형에 비해 비인간적인 전형으로 그려지기 때문에, 손창섭 소설이 휴머니즘의 소설이라 읽혀지는 근거가 되기도 한다. 이들의 속물성은 시대 상황과 무관한, 인간의 본질적인 면과 맞닿아 있는 것으로 그려진다. 이들의 생활태도는 어떤 악조건 속에서도 진가를 발휘할 수 있기 때문인 것이다. 남성으로서는 출세지향주의자가, 여성으로서는 생활과 육체적인 편안함을 추구하는 자들이 여기에 속한다.

누이는 술집 작부였다. 그러한 직업에 누이는 수재적이었다. 그 수재의 힘으로 몇 식구가 살아가고 있었다. 누이의 그 행동성은 강한 생활능력을 보유하고 있었다. 무슨 회사 전무 취체역이니, 상무 취체역이니 하는 명함을 누구 앞에서나 내놓기 좋아하면서도, 몇 달 가야 단돈 십 환을 들여오지 못하는 상근에게 비할 바가 아니었다. (……) 누이에게서는 강한 인간의 냄새가 풍기었다. 나는 그 냄새를 즐기는 것이었다. 참말 세상

---

220) 손창섭(1959), 「피해자」, p.113.

에는 인간 냄새를 풍기지 못하는 인간이 얼마나 많은지 모르겠
다. 내 시선이 자기에게 부어지는 걸 의식한 누이는 얼굴을 돌
리었다. 애교있게 웃었다. 누이는 본시 고민이나 오뇌라는 것을
전연 모르는 기질이었다. 도대체가 숙명적으로 심각해질 수 없
는 인간이었다. (……) 누이에게 있어서는 남녀관계와 돈만이
인생의 전부였다. 누이의 화제는 언제나 그 두 가지 문제에서
만 시작되었다.[221]

여기에서의 누이는 술집 작부이고 타고난 바람둥이 기질을 가지고
있지만, 생활력이 강한 점에서 두 번째 유형인 방관자 철수에게 미워
할 수만은 없는 존재로 비추어진다. 그러나 「신의 희작」에 나오는 어
머니처럼 외간 남자와 눈이 맞아 도망가 버리는 여성에 대해서는 작
가 자신의 미묘한 입장이 드러난다. 무조건 질타할 수도, 그렇다고
해서 옹호해 줄 수도 없는 미묘한 매력이 그들에게는 있는 것이다.
그것은 버림받은 자식의 입장에서 불륜 끝에 도망가 버린 어머니에
대한 애증의 감정과도 겹쳐진다.
「유실몽」에서 네 번째 유형인 속물로서의 누나 부부를 바라보는
두 번째 유형의 인물 철수가 바로 그런 시각을 대변한다.

"철수야, 좀 말려 주렴. 아 얼른 좀 말려 주어."
그 말을 들었을 때 나는 그만 실없이 웃어버리고 말았던 것
이다. 나는 그러한 내 웃음이 잘못이었다고는 생각지 않는 것
이다. 이런 경우에 웃어버리지 않고 어떻게 하느냐 말이다. 나
는 웃을 수 있는 동물이라는 것을 지극히 다행한 일이라고 생
각했다.[222]

---

221) 손창섭(1956), 「유실몽」, pp.178-9.

겉으로 드러난 불구적인 인물보다는 그런 인물에 대비되는 마지막 네 번째의 속물적인 인물 유형이 손창섭이 정말로 이야기하고 싶었던 초점대상자인 인물들이다. 1950년대의 현실 안에서 크게 상처받지 않고, 좌절하면서 존재론적인 위기감을 느끼지도 않았던 그런 인물들에 대한 뿌리 뒤지기야말로 그가 계속 소설 속에서 곁눈질로 지켜보고 있었던 그런 인물들인 것이다. 비판과 동시에 감출 수 없었던 동경의 시선이 그의 소설 속에서 이 인물들에게 행해진다. 마치 판단을 유보하고 주저하면서 망설이는 그의 문체들처럼 인물 유형 역시 겉으로 떠올리는 인물과 속에 감춰놓고 곁눈질하는 인물이 따로 있는 것이다. 그의 이런 시각은 그의 소설 전반을 통해 추출되는 것이기 때문에, 상당히 중요한 의미를 지닌다. 그의 소설에서 보기와 보이기, 그리고 말하기로서의 소설 사이에서 그것은 팽팽한 긴장으로서 나타나기 때문이다.

그러나 이런 인물들로부터 후에 「낙서족」의 상희, 「잉여인간」의 만기를 거쳐 「청사에 빛나리」의 보미부인에 이르면 상황과 관념 사이에서 기존의 아이러니적 관계를 벗어나 도덕적으로 완결성을 갖춘 인물형에 대한 선망으로 포장되어 나타난다. 그러나 이것은 곧 손창섭 소설세계 균형을 깨뜨리는 것이며, 얼마 안가 절필로 이어진다. 도덕적으로 완결성을 지닌 인물은 결국 평면적인 인간이며, 아이러니컬하게도 실제 인간의 본질과 거리가 먼, 가장 허구적인 가공의 인물이 될 수밖에 없기 때문이다. 그것이야말로 손창섭의 소설세계를 지탱해 온 관념과 현실 사이의 팽팽한 긴장을 파괴해 버리는 파괴력을 지닌다.

---

222) 손창섭(1956), 「유실몽」, p.175.

2. 인물의 보기와 말하기 행위

화자의 초점대상 관찰과 전달이 바로 보기와 말하기의 행위성에 의존하는 것이라고 볼 때, 손창섭 소설은 1950년대의 현실을 배경으로, 작가의 주변에서의 체험을 통해 겉으로 드러난 세계를 구축하고 있는 요소가 무엇일까 유심히 관찰하고 말한 소설에 속한다. 따라서 장용학의 소설이 언어로써 1950년대 현실을 구성하고 있는 뒤집힘의 세계를 표현하고자 했다면, 손창섭의 경우에는 보기와 말하기의 '행위'로서 그것을 시도했다고 할 수 있을 것이다.

손창섭 소설의 곳곳에서는 '본다'라는 행위가 중요한 복선으로 등장한다. 그것은 또 대부분이 정상적인 경우가 아니라, 정상에서 일탈한 "보기", 곧 엿보거나 구멍으로 들여다보거나 겉을 뚫고 그 속을 투시하듯이 들여다보는 "보기"이다. 인물들은 그런 "보기"를 통해 세계를 이루고 있는 요소의 허위성을 인식하고 그것을 뒤집어 버림으로써 새 세계를 구축하려고 한다.

> 어머니의 얼굴을 들여다보고 있노라면 어인 까닭인지 이이가 어째 내 어머니일까? 그렇게 도일에게 느껴지는 것이었다. 혈연관계의 인연이 그에게는 어인 까닭인지 도무지 애정적으로 느껴지지가 않았다. 직장에 있어서 자기 위의 과장이나 부장이 갈려 새 사람이 오듯이 부모나 형제라는 것도 그렇게 쉬 바꾸어질 수 있을 것처럼 도일에게는 생각되는 것이었다.[223]

이 예문에서 주인물인 도일은 가족관계라는 뒤바꿀 수 없는 필연

---

223) 손창섭(1952), 「공휴일」, p.21.

을 "들여다보다"라는 행위를 통해 회의하며 의문을 제기한다. 이런 회의는 도일의 성격상 어쩔 수 없는 것이지만, 그러나 가장 밀착해야 할 타자인 어머니마저 "들여다보다"에 의해 그 밀착감을 상실하게 되고, 순식간에 타인의 자리로 거리를 두고 밀려나게 되는 것이다.

도일에게 "들여다보다"가 거리를 두게 되는 전제조건이 된다면, "엿보다"는 행위야말로 세계의 겉포장을 뚫고 은폐된 내부의 진실을 파악할 수 있게 해 주는 행위이다. 그것은 정상적인 "바라보기"가 아니라 비밀에 대한 탐색을 전제로 한 "엿보다"의 행위이며, 그래서 기존 세계의 질서를 뒤집고 새 세계를 드러내는 응시(gaze)의 역할을 하게 된다.

> 그러나 그는 죽은 놈에게 대해서보다 살아있는 놈의 무료에 더 관심이 끌려 <u>어항 속을 엿보는 것이었다.</u> 한 마리의 미꾸라지와 붕어새끼는 전이나 다름없이 제멋대로의 삶을 짊어지고 있었다. (……) <u>문득 자기와 금순과의 관계가 머리에 떠올랐다.</u> 별 수 없는 미꾸라지와 붕어새끼와의 결혼! 도일은 그만 저도 모르게 숨을 몰아 내쉬었다. (……) 어엿이 아내를 두고 새장가를 들려는 배짱도 없이, 미꾸라지와 붕어새끼의 결혼이 가져오는 희비극을 도일은 도저히 감당해 낼 자신이 없었다.[224]

어항이라는 닫힌 세계를 위에서 엿봄으로써 깨닫게 되는 진실은 자신은 미꾸라지고 금순에 붕어새끼와도 같다는 것이다. 미꾸라지는 밑에서 계속 엎드려 꼼짝도 안하고 붕어는 물 위에서 꼬리를 젓고 돌아다닌다는 점에서 두 사람의 성격과 공통적이다. 도일은 투명한

---

[224] 손창섭(1952), 「공휴일」, p.23-4.

어항을 늘 바라보고 있었지만 이것을 깨닫게 되는 것은 오로지 "엿보다"는 행위를 통해서만 가능해진 것이다.

한편 「사연기」에서는 인물이 보는 행위뿐만 아니라 인물 상호 간의 보기, 그리고 타인이 그들을 이해하는 보기, 화자인 동식이 "엿보다"를 통해 파악하게 되는 진실의 세계가 각각 따로 제시된다.

죽음을 앞둔 성규와 그 아내 정숙의 성격은 두 사람의 "눈"에 대한 묘사와 바라보는 행위의 차이를 통해 묘사된다.

> 언제나처럼 성규는 그러한 방 아랫목 벽에 등을 기대고 앉아 들어오는 동식을 노리듯이 지켜보고 있었다. 편포와 같이 엷어진 흉곽과 거미의 발을 생각게 하는 가늘고 길어만 보이는 사지랑, 생기없는 전신에 비하면 이상하게도 그 눈만은 낭랑히 빛났다. 그러나 그것도 생기와는 성질이 다른 안광(眼光)인 듯했다. 온몸의 정기가 눈으로만 몰리어 마지막 일순간에 퍼런 불이 펄펄 타오르는 것 같은, 그러한 눈이었다. 동식은 성규의 그 눈이 싫었다. 성한 사람에게서는 도저히 볼 수 없는 귀기(鬼氣)가 서린 눈이었기 때문이다. 귀신이 있다면 저런 눈이 아닐까 생각해 보는 것이었다.[225]

성규와 동식의 관계에서 밀고 당김은 시선을 주고받는 것, 자리를 어디로 잡고 마주하는가의 시선 주고받기와 공간 배치의 방식으로 드러난다. 두 사람의 사이는 정숙을 사이에 두고 한때 라이벌이었던 고향친구이며, 다른 이데올로기를 신봉했던 사이이다. 그러나 이제 성규는 고향에서 동식으로부터 정숙을 빼앗아 간 승자가 아니라 피

---

225) 손창섭(1953), 「사연기」, p.27.

난지에서 죽음 직전에 동식에게 기대 살고 있는 중병환자에 불과하다. 그러나 그의 생에 대한 집착과 자신이 죽은 후 동식이 정숙을 차지할 가능성에 대한 의심으로, 그의 눈만은 무엇보다 강렬한 힘을 담고 "바라보기"의 행위를 한다. 마치 두 사람이 자신이 모르는 다른 비밀을 감추고 있음을 들여다보기라도 하는 것처럼 강렬한 눈빛으로 계속 "들여다본다".

> 묻는 말에 대답하는 것 외에는 별로 말이 없는 정숙은 키가 작고 통통한 몸집과 가무잡잡한 얼굴에, 이 또한 유달리 새까만 눈이 언제나 젖은 것처럼 서늘하게 맑고, 총기 있게 빛났었다. 입보다도 눈으로 더 많이 감정을 나타내는 여인이었다. 폐결핵 말기의 남편을 위시해서 어린것까지 네 식구의 생활이, 과자봉지를 붙여 약간 보탠다고는 하나, 대부분 동식의 경제력에 의해서 유지되고 있는 요즈음이라, 그렇게 맑기만 하던 정숙의 눈이 차츰 몽롱히 흐려져가는 것 같아, 동식은 동정과 함께 어쩔 수 없는 일종의 의무감을 더한층 아프게 맛보는 것이었다.[226]

정숙도 자신의 눈으로 존재감을 나타내는 여인이지만 그의 눈에는 힘이 없다. 생활고와 함께 동식과 성규 사이에 끼여 불편한 마음으로 생활하는 것이다. 그의 마음은 아직도 동식에게 있지만 성규와의 결혼관계 때문에 동식과는 거리를 두어야 하는 게 그의 처지이다. 그렇다고 남편이 빨리 죽기를 바라는 것은 그의 도덕관이 용납하지 않고, 정숙은 남편과 동식 사이에서, 이상적 관념과 현실 사이에서

---

226) 손창섭(1953), 「사연기」, p.28-9.

갈등함으로써 그의 눈빛은 힘을 잃고 슬픔을 나타낸다.

　강한 시선으로 성규가 동식을 바라보고 동식도 지지 않고 마주 바라볼 때 정숙은 남편의 수발을 든다는 이유로 두 사람 사이를 가려서 그 시선들을 차단한다. 정숙은 세 사람 사이에서 중간자로서의 역할을 수행하는 것이다. 그 결과 동식은 항상 정숙의 뒷모습만 볼 수밖에 없고, 그것은 바로 동식 자신이 고향에서부터 알고 있던 정숙의 모습, 그 귓바퀴의 까만 점에 얽힌 두 사람의 비밀만을 바라보게 된다. 서로 바라보는 세 사람은 다른 사람이 자신을 바라보고 있는 것을 의식하지 못할 때가 많다. 세 사람의 관계는 바로 이런 시선과 응시의 팽팽한 긴장관계로 규정지어진다. 그러나 성규가 세상을 떠난 뒤 남은 두 사람의 관계는 변화가 온다.

> 다음날 저녁때 정숙이하고 나란히 화장터에서 돌아오는 동식은 남이 부부로 보아줄까봐 겁났다. 말없이 옆을 따라오는 사람이 정숙이가 아니라 자기의 그림자처럼 동식은 느끼기도 했다. 그것이 별안간 성규의 그림자 같은 착각도 일었다.[227]

　마침내 성규가 세상을 떠나고 나서 장례식을 마치고 돌아오는 길에 동식은 정숙과 나란히 걸으며 그동안 방안에서 지속되던 두 사람의 위치가 바뀌었음을 알아차린다. 정숙은 이제 동식의 뒤나 옆에서 따라오며, 그것은 바로 부부의 위치이다. 그는 자기의 그림자와 정숙이, 성규와 동일화시키는 착각을 통해 성규와 정숙을 동일시한다. 그리고는 타인들의 시선을 의식하며 지켜야 할 모랄을 내세워 자신은 거리를 두는 위선적인 행동을 한다.

---

227) 손창섭(1953), 「사연기」, p.41.

그날 밤 잠결에 동식은 여자의 울음소리를 들었다. 꿈이 아닌가 생각하며 정신을 바짝 차리고 귀를 기울이니 아랫방에서 가느단 울음소리가 새어왔다. 동식은 공연히 가슴이 울렁거리기 시작하는 것을 의식하며, <u>일어나 벽 한 귀퉁이에 뚫려 있는 구멍으로 아랫방을 내려다보았다.</u> 그순간 동식의 얼굴색이 파랗게 질렸다. 그는 하마터면 소리를 지를 뻔했다. 아랫방 벽에는 괴상한 여인의 그림자가 흔들리고 있었기 때문이다. 정신을 가다듬어 찬찬히 보니, 그것은 정숙의 그림자였다. 식상 겸 책상 대용으로 쓰는 사과상자 위에 엎더져 우는 정숙의 몸이, 바로 앞에 놓여 있는 등잔불에 확대되어 아랫방 벽 가득히 비친 그림자였다.[228]

그날 밤 동식은 옆방을 "엿보기"라는 행위를 통해 바라봄으로써 은폐된 진실을 알게 된다. 한 번도 울지 않던 정숙이 우는 장면, 정숙이의 아름다운 실체가 아니라 죽은 남편 성규의 분신으로서 그림자만 남아 괴상한 모양으로 흔들리는 정숙의 모습을 보게 된다. 뒤에서 바라보이는 귓바퀴의 까만 점으로만 이루어진, 자신만 알고 있었던 비밀스런 정숙의 이미지가 아니라 껍데기만 남고 일그러져 버린 정숙의 이미지가 바로 그가 모르고 있던 은폐된 세계의 진실이다. 정숙이 자살한 후에 그의 유서를 통해 동식은 그 부부의 큰애 귓불(耳孕) 모양이 자신과 똑같다는 정숙의 고백을 듣게 된다. 고향 시냇가에서 두 사람이 함께 지낸 밤이 비밀을 잉태한 것처럼, 명호의 귓불은 귀에 비밀을 잉태한 것이고, 그것은 동식이 항상 뒤에서 바라보고, 정숙이가 앞에서 동식을 마주 바라봄으로써 가

---

228) 손창섭(1953), 「사연기」, p.41.

능했던 것이었다. 두 시선이 얽힌 곳에 비밀로서의 명호의 귓불이 위치하고, 정숙이 세상을 떠난 뒤에 그것은 동식이 이 세상에 발을 디디고 살아야 할 근거가 된다. 인물로서 두 번째 유형에 속하는 동식은 이로써 세상과의 연결고리를 찾게 되고, 그는 죽은 정숙을 한참 동안 지켜보며 앉아 있음으로써 그들을 이해하고 적극적 행동으로 두 어린 것을 책임지겠다고 결심하게 되는 것이다. 시선의 관계에서 얽히고 대립함으로써 인물들의 관계와 긴장을 표현한 「사연기」는 결국 방관자였던 두 번째 유형의 인물을 행동이라는 결론으로 이끌어내게 된다.

「광야」나 「생활적」에 나오는 동오, 동주, 「신의 희작」의 S 씨의 시선도 「사연기」의 성규의 시선과 비슷한 이미지를 가지고 있다.

> 처음 얼마 동안은 그러한 동오를 승두는 께름칙하게 여겼다. 더구나 유난히 번득거리는 눈으로 한참 동안이나 이쪽을 쏘아볼 적마다 승두는 저도 모르게 소름이 돋았다. 동오의 눈은 남달리 번득거리었다. 그 눈으로 사람을 노려보는 버릇이 있었다.[229]

이런 시선들은 비밀을 꿰뚫어보려는 투시의 눈이며, 은폐된 진실을 알아내려는 "들여다보기"에 속하는 시선들이다.

> 이윽고 마차에서 내려 모친이 안내하는 집 문 앞에 섰을 때, 승두의 눈앞에 나타난 사내는 바로 창규였던 것이다. 승두는 자기의 눈을 의심했다. 다음 순간 그는 모든 것을, 즉 놀라운 사실을 인식하지 않을 수 없었다. 열다섯 살짜리 승두는 비로소 상상

---

229) 손창섭(1956), 「광야」, p.220.

할 수 없는 어른들의 세계를 엿본 것 같았다. 병석에 있던 부친
이 창규가 오는 것을 몹시 꺼릴 뿐만 아니라, 외출하는 모친을
미행시킨 이유를 승두는 인제야 깨달을 수 있었다.[230]

이런 관계로 맺어진 「광야」의 승두와 계부 창규는 항상 서로 주
고받는 눈초리를 통해 상대를 감시하고 의심한다. 부자지간, 특히 어
머니를 사이에 두고 혐오하고 의심하는 상하관계에 놓인 두 부자의
시선의 얽힘은 곧 권위에 대한 주장이나 그것을 인정하지 않겠다는
저항의 의미가 된다.

경찰에서 일단 석방되어 돌아오기는 했지만 도현은 완전히
마음의 자유를 빼앗기고 말았다. 교묘한 경찰의 감시만이 부단
히 그를 에워싸고 있었기 때문이다. 날이 갈수록 더했다. 도현
은 무시로 경찰의 날카로운 눈초리를 마음과 피부에 느끼었다.
게다가 하숙집 사람들은 물론 이웃 사람들까지도 이상한 눈치
로 도현을 보았다. 그는 구속을 느끼었다. 그러한 구속에서 벗
어나 보려고 도현은 여러 가지로 궁리를 짜내기 시작했다. 그
러나 일본의 경찰이 얼마나 무서운 조직력을 갖추고 있는가를
그는 아직 확실히 인식하지 못하고 있었다. 그의 청춘의 귀중
한 한 시기가 그것을 구체적으로 입증하는 데 바쳐지리라고는
도현은 더욱 예측할 수 없었던 것이다.[231]

소설 「낙서족」에서 '보기'의 행위는 권력의 상징으로 심화된다. 특
히 자신이 보는 것이 아니라 보이고 싶지 않아도, 타인들의 보기 행

---

230) 손창섭(1956), 「광야」, p.225.
231) 손창섭(1959), 「낙서족」, p.379.

위에 의해 어쩔 수 없이 보이는 것을 깨닫게 될 때, 그것은 자유의 상실이며, 구속과 중압감의 근원이 된다. 일본 경찰의 물샐틈없는 감시망과, 그 시야에서 도현은 도망치거나 익명성을 보장받을 수 없다. 어디를 가도 타인이 자신을 바라보고 있다는 생각에 늘 자유로울 수가 없는 것이다. 더구나 그 시각은 항상 제도적 권위의 수호자인 경찰의 것이며, 이데올로기를 강요하는 담론의 역할을 수행하는 시각이다. 자신이 언제나 다른 사람에게 보이고 있다는 것에 대한 거추장스러움이나 공포의 밑에는 바로 자신의 실체를 타인이 파악하는 것에 대한 공포가 이면에 존재한다.

또한 손창섭 소설에서 특히 특징적인 "엿보기"는 감추어진 진실을 파악하는 데 아주 유효한 수단이다. 현 세계의 허위성을 뚫어보려는 "들여다보기"가 주로 "구멍", "틈새"와 같은 작은 공간과 병렬될 때, 그것은 바로 "엿보기"의 행위로 전환된다. "구멍"을 통한 몰래 엿보기는 현실의 틈바구니에서 벌어진 작은 공간을 통해 가능해지기 때문이다. 다음 예문이야말로 구멍을 통한 엿보기 행동이 의미하는 현재 세계의 뒤집기를 통해 감추어진 세계 이끌어내기의 전형적인 예이다.

국민학교의 그 콘크리트 담장에는 사변통에 총탄이 남긴 구멍이 숭숭 뚫려 있었다. 나는 오늘도 걸음을 멈추고 그 구멍으로 운동장을 들여다보는 것이다. 마침 쉬는 시간인 모양이다. 어린애들이 넓은 마당에 가득히 들끓고 있다. 나는 언제나처럼 어이없는 공상에 취해보는 것이다. 그 공상에 의하면, 나는 지금 현미경을 들여다보고 있는 병리학자인 것이다. 난치의 피부병에 신음하고 있는 지구덩이의 위촉을 받고 병원체의 발견에 착수한 것이다. 그것이 '인간'이라는 박테리아에 의해서 발생되는 질병이라는 것은 알았지만, 아직도 그 세균이 어떠한 상태로 발생 번식해 나가는지를 밝히지 못하고 있는 것이다. 그러니 치료법에 있어서는 더욱 캄캄할 뿐이다. 나는 지구덩이에 대해서 면목이 없는 것이다. 나는 아이들을 들여다보며 한숨을 쉬는 것이다. 아직은 활동을 못 하지만, 고것들이 완전히 성장하게 되면 지구의 피부에 악착같이 달라붙어 야금야금 갉아먹을 것이다. 인간이라는 병균에 침범당해, 그 피부가 느적느적 썩어들어 가는 지구덩이를 상상하며, 나는 구멍에서 눈을 떼고 침을 뱉었다. 그것은 단순한 피부병이 아니라 지구에게 있어서는 나병과 같이 불치의 병일지도 모른다는 생각을 안고 나는 발길을 떼어 놓는 것이다.[232]

인간이라는 존재가 이 세계에서 차지하고 있는 의미에 대한 심각한 회의가 바로 구멍으로 엿보기라는 행동을 통해 이루어지는 것이다. 정상적인 루트로는 보이지 않던 것이 삐딱한 시각으로 볼 때 아주 선명해지면서 감추고 있던 진실을 드러낸다. 이렇게 이 세계의 구성양식에 대한 회의로서의 "바라보기"는 소설 「층계의 위치」에서 아주 분명해진다. 게딱지 같은 하숙집 이층의 작은 창문으로 바라보이는 뒤의 삼층 건물은 겉으로 보이는 층계의 위치가 비정상적으로 보인다. 한쪽으로 올라가는 것만 있고 돌아서 올라갈 수가 없게 되어 있는 것이다. 2층에서 3층으로 올라가려면 건물 외부의 층계를 올라가 2층 방안을 통과해야만 3층에 올라갈 수 있다. 그러나 밖에서는 외부의 층계만 보이기 때문에 한낱 인쇄공에 불과한 화자 '나'도 보이지 않는 그 건물의 내부구조가 궁금해서 항상 창문을 통해 그 건물을 관찰한다.

---

232) 손창섭(1955), 「미해결의 장」, pp.129-30.

그러던 차에 우연히도 뒤창문으로 바라다 보이는 삼층 건물의 내부구조에 대해서 회의를 품게 되었고, 그로 말미암아 나는 고민하지 않을 수 없었고, 따라서 또한 그 연구에 분망해지게 되었던 것이다. 그래서 우선 나는 좀더 면밀히 그 삼층 건물을 관찰하기로 했다. 퇴근하는 길로 겨우 내 대가리가 드나들 정도의 창문을 열어젖히고, 나는 그 밑에 바싹 지키고 앉는 것이다. 그러는 동안에 삼층 건물 안에서 발생하는 여러 가지의 새로운 사실들을 나는 발견할 수가 있었다. 삼층과 마찬가지로 이층에도 젊은 여자가 살고 있다는 것을 알았다. 이층에 사는 여자들도 삼층에 사는 여자와 똑같이 야단스런 차림새를 하고, 외국 군인들과의 교제가 빈번함을 알 수가 있었다.[233]

이 삼층 건물은 운동장 담벼락 구멍으로 들여다보고 발견하는 세계의 추악함에 대한 또 다른 상징이다. 엿보기를 통해 발각되는 세계의 추악함은 곧 겉으로는 평온한 세계의 밑에 감추어진 진실의 세계와 통하고, 그것은 바로 유년을 마감하면서 알게 되는 성인의 세계와도 통한다. 손창섭의 소설에서는 프로이트가 부모의 성관계를 목격함으로써 어린아이가 성에 대해 처음으로 인지하는 것이라고 말한 원초적 장면에 필적하는 장면들이 계속 반복해 나타난다.

인갑은 발소리를 죽여가며 집 대문을 들어섰다. 방문 앞으로 조심조심 다가갔다. 숨을 죽이고 창구멍으로 안을 들여다보았다. 인갑은 몸을 홈칫하며 창 구멍에서 눈을 뗐다. 벌거벗은 여자의 몸뚱이가 그의 눈앞을 가로막았기 때문이다. 인갑은 물론 성장한 여인의 알몸뚱이를 본 기억이 없었다. 그는 공연히 가슴

---

233) 손창섭(1956), 「층계의 위치」, p.265.

이 두근거리며 숨이 가빴다. 인갑은 다시 창구멍으로 눈을 가져 갔다. 아버지의 거동을 살피기 위해서다. 마침 부친은 엎드려 잠이 들어 있었다. 인갑의 시선은 도로 여자에게로 쏠리었다. 벌거숭이대로 저쪽을 향하고 앉아서 여자는 느릿느릿 손을 움직이고 있었다. 인갑은 두 번째 놀라지 않을 수 없었다. 낡은 고리짝을 열어 놓고 여자는 자기가 가지고 온 옷가지를 그 속에 채곡채곡 챙겨넣고 있는 것이었다. 그 고리짝 속에는 아버지가 알면 안 될 비밀이 들어있는 것이었다.[234]

이와 같은 엿보기 장면은 「신의 희작」, 「포말의 의지」, 「광야」, 「사제한」 등의 소설을 통해 다양한 형태로 반복되며, 변주되고 있다.

라캉에 따르면 시각화 현상에는 특이한 점이 있다고 한다. 보이는 것 역시 우리를 보이는 존재로 만드는 것에 의존해야 하기 때문에, 응시(the gaze)는 시선(the eyes)에 앞서 존재하게 된다고 한다. 그러므로 주체가 한곳만을 바라보고 있어도 실제로 주체는 모든 곳에서 다른 것들에게 보이게 된다. 실제로 우리 주변의 모든 사물들은 우리가 그들을 보고 있는 것처럼 그들 자신의 시각에서 우리를 보고 있다. 그러나 주체는 자신이 다른 것을 보고 있는 '시선'만 인식하고 다른 것들에게 자신이 보이고 있다는 '응시'는 대부분 인식하지 못한다. 그것이 일상적인 세계의 형태이다. 그러나 손창섭의 소설은 그틀을 "들여다보기"와 "구멍으로 엿보기"라는 두 가지 형태의 구별된 시선을 통해 다른 사물들의 응시를 인식하고, 그 스스로도 자신에 대한 응시로 시선을 전환시킨다. 그 과정에서 그는 이전의 '보기' 형태로는 도저히 알 수 없었던, 기존 세계의 허위성을 발견하게 된

---

234) 손창섭(1957), 「저녁놀」, 삼성출판사, p.317.

다.235) 장용학도 그의 소설 「요한시집」에서 누혜의 유서를 통해 이미 이런 점을 지적한 바 있었다. 손창섭에게 있어서도 "보다"라는 행위는 허위성을 발견함으로써 기존 세계를 뒤집는 것이고, 이렇게 응시와 응시된 것 사이의 상호작용을 통해 실재계와의 만남이 시각적인 인식의 형태로 재현된다. 그것이 바로 구멍, 창, 틈새와 같은 공간들을 통해 드러나는 다른 세계이다. 반복되는 외상으로서의 실재계와의 만남은 응시를 통해 시각적인 형태로 인식된다.236)

이런 과정을 라캉식의 명제로 바꾸면 〈나는 나 자신을 바라보는 나를 바라본다〉가 된다. 이것은 시각화 현상을 통한 의식과 재현의 관계이며, 주체가 자신을 인식하게 되는 데카르트적인 코기토 주체의 사유에 대한 방법론적 회의이다. 〈작가는 작가 자신을 바라보는 작가를 바라본다〉로 바꾸어 본다면, 손창섭이 화자와 인물이라는 소설형식을 빌려 얼마나 스스로에 대한 재발견을 이야기하고 싶어 했는가 하는 욕망을 짐작할 수 있다. 작가가 작가 스스로를 발견하는 계기로서 이런 시각적인 현상을 사용했을 때, 작가는 스스로 자신을 보고, 타인이 자신을 보는 시선을 의식함으로써 타인의 시선이 허위

---

235) 홍준기, "라깡의 주체 개념", 『현대비평의 이론』 14, 1997, 가을·겨울, pp.11-47.

236) 상징계에 속한 주체는 상상계의 이상적 자아와 달리 자아의 이상을 추구한다. 전자가 거울단계에 속한 상상계적인 동일시라면 후자는 타자가 주체에게 요구하는 상징계적 동일시에서 만들어지는 것이다. 따라서 인간의 욕망은 곧 타자의 욕망으로 동일시된다. 그러나 상징계적 동일시에서 문제가 있는 사람은 히스테리 환자가 되는데, 그것은 타자의 역할을 수행하는 다른 사람으로 자신의 자아를 경험하기 때문에 그렇게 된다. 그러므로 우리가 우리 자신을 바라보는 방식, 곧 응시와 우리가 관찰되고 있는 지점인 시선 간의 차이가 상상계적 동일시와 상징계적 동일시의 차이가 된다.

로 만들어진 것이라는 것을 깨닫게 된다. 따라서 엿보기 등의 행위를 통해 스스로를 볼 수 있을 때 세계를 구성하는 원리를 인지하게 되는 것이다.[237] 그것은 손창섭 소설 속의 인물들이 "보기"라는 행동으로 1950년대 현실 뒤집기를 통해 도달하는 또 다른 세계이며, 「신의 희작」과 같은 자서전적 소설을 완성한 후에 60년대 이후 절필하고 일본에 귀화해 버림으로써 말하기를 그쳐버린 것에 대한 설명이 될 것이다. 손창섭의 소설 속에 드러난 네 부류의 인물들과 그 인물이 사는 세계를 바라보는 화자들의 시각이 바로 그러하다. 세계가 응시를 촉발시킬 때 그 세계는 손창섭 소설에 불구의 인물이 등장하는 것처럼, 그리고 구멍으로 새 세계를 들여다보는 것처럼 낯설어지기 때문이다.

소설의 소통과정에서 소설을 읽는 동안 독자는 작가가 허구적으로 제시한 낯선 세계와 그 속에 살고 있는 비정상적인 인물들을 자신의 시선으로 보고 있다고 생각한다. 그러나 그 인물들의 비정상성 그 자체가 그 인물들에 의한, 그리고 전지적 화자에 의한, 독자 자신에의 응시가 된다. 또 정상적인 인물들도 전지적 화자에 의해 응시되고 있음을 모른다. 나의 세계와 다른 세계라고 생각하는 소설 속 허구의 세계가 바로 작가와 화자, 인물, 독자 사이의 시선과 응시의 분

---

237) 시각적 관계에서 주체가 끊임없이 머뭇거리며 사로잡힌 환상은 응시라는 대상에 의존한다. 응시를 알아채는 그 순간부터 주체는 그것에 적응하려 하고, 그 결과 주체는 응시에 맞추어 끊임없이 변화하는 일시적인 대상이 되어버린다. 주체는 끊임없이 응시의 발견을 추구하면서 자신을 맞추어 나가다가 존재의 소멸점에 이르러 자신이 실패했다고 오해한다. 내가 완전히 응시 아래 놓이게 되면 나는 더 이상 나를 바라보는 눈을 볼 수 없으며, 내가 내 눈을 보는 순간 응시는 사라져 버린다.

열을 통해 실재계의 외상으로서 반복적으로 드러난다. 손창섭이 그려낸 그 세계의 낯설음이야말로 그가 통찰해 낸 1950년대 현실의 이면에 존재했던 세계의 본질이 되는 것이다. 그의 소설 「신의 희작」이 보여주는 세계와 인물의 행위관계에서 빚어지는 좌충우돌의 상황도 그런 점에서 새롭게 읽혀질 수 있을 것이다.[238] 손창섭 소설은 이야기하려는 행동이 내포하고 있는 욕망과 존재의 본질을 수설에서 인물 유형과 행위, 가치판단의 상호관계 안에서 서사적 모형으로 보여주고 있다. 그것은 시선과 응시의 시각화 현상, 인물의 유형화, 소설의 소통과정에서 작가와 화자, 화자와 인물, 독자와의 관계에 대한 시각화로서 구체적으로 드러나는 특이한 소설세계이다.

D. 새 행동관의 추구

손창섭 소설에서 인물과 세계의 상호관계는 행위와 관념의 상호관계로 맺어진다. 특히 행위는 사회적으로 적극적인, 혹은 소극적인 행동과 보기 행위, 말하기 행위 등으로 하위분류될 수 있다. 이런 인물들의 행위를 통제하는 것은 인물들이 가지고 있는 관념인데, 그 관념은 대개 현 세계의 허위성에서 비롯된 것이고, 폐기해야 할 대상으로서 간주되기도 한다. 장용학이 새로운 언어관이나 주체의식을 제시하면서 새로운 세계의 구축을 추구했다면, 손창섭은 그의 소설에 나타난 인물들의 유형과 행위양상을 통해 새로운 행동관을 추구

---

238) 자기애가 시각과 욕망의 영역에서 연관될 때 응시는 특히 더 깊이 개입하기 때문이다.

했다고 할 수 있을 것이다.

1. 행동과 관념

손창섭 소설에서 인물의 행위에 중요한 두 요소는 관념과 행동 사이의 불협화음이다. 대부분의 인물들은 행동을 하지 않고 관념만 남아 있든지, 아니면 행동은 과잉상태인데 관념이 미처 따르지 못하든지 해서 사회와 부조화를 이루고 있다.[239] 그의 소설 속에 나타나는 관념들은 대개 1950년대 이전부터 비롯된 기존 관념과 1950년대 현실을 지배한 새로운 관념이라는 양 극단 사이의 부조화로 나타난다. 「미해결의 장」에서 그 가족들이 추구하는 관념은 "미국 유학"이다. 끼니도 잇기 어려운 가정에서 다섯 자녀의 미국 유학을 꿈꾸는 이유는 요즘 행세하는 사람들은 모두 미국 유학을 다녀온 사람들이기 때문이라는 것이다. 미국 유학만 갔다 와서 석·박사, 판·검사만 된다면 지금의 고생은 아무것도 아니라는 것이 그들의 논리이다. 이런 관념은 그들의 현실 생활과 큰 괴리를 이루고 있기 때문에, 그들이 관념 추구를 위해 하는 행위는 사사건건 아이러니로서 드러난다.[240] 그것은 행동이 결여된 관념과잉이다. 그 가족 중에서 오직 무기력한 인물로 항상 비난의 대상이 되고 있는 큰아들 지상만이 출세를 위한 미국 유학이라는 관념과 적극적 행동 사이에 필연성이 없다는 것을 인식하고 있는 인물이다.

---

239) 정영곤, 「현대소설의 인물 정체성」, (서울: 세종출판사, 1995).
240) 이태동, "손창섭―비극적 유우머와 욕망과 현실 사이", 「한국현대소설의 위상」, (서울: 문예출판사, 1985).

이런 식구들 가운데서 나만 정말 아무것도 아닌 것이다. 암만해도 자신이 미국을 가야 할 하등의 이유도 나는 발견하지 못하는 것이다. 미국은 고사하고 나는 요즈음 대학에도 제대로 나가지 못하는 것이다. 그것은 납부금을 제때에 바치지 못해서만도 아닌 것이다. 물론 그것이 하나의 중요한 동기이기는 하다. 그러나 그보다도 나는 주위와 자신의 중압감을 감당해 나갈 수 없는 것이다. 이 대가리가, 동체가, 팔다리가, 그리고 먼지와 함께 방 안에 빼곡 차 있는 무의미가, 나는 무거워 견딜 수 없는 것이다.[241]

행동과 관념 사이의 괴리[242]를 인식한 지상에게 일차적 증상으로 돌아오는 것은 행동과 관념 모두를 무화(無化)시키는 것이다. 그것이 인물들의 특징적인 행동요소를 구성한다. 중압감, 무의미함, 피로감 등의 증상으로 발현된다. 이 상태에서는 행동도 없고 관념도 없으며 칩거공간 안에서 나오고 싶어 하지 않게 된다. 손창섭 소설에서 무기력한 인물들이 발생하게 된 것은 바로 이것 때문이다.

하교(夏敎)가 지나치게 적극적이요, 행동적이라면 홍 선생(洪先生)은 너무나 소극적이요 비행동적이었다. 그러기 홍 선생을 닮아 간다는 하교의 말을 진수(眞秀)는 모욕적이라고까지는 생각지 않지만, 불쾌하게 느꼈던 것이다. 그러나 하교의 눈에는 진수 역시 홍 선생과 유사한 타입에는 틀림없었다. 여하한 경우든 남자에게는 행동만이 필요하다고 믿고 있는 하교였

---

241) 손창섭(1955), 「미해결의 장」, p.125.
242) 문영진, "전쟁과 1950년대 소설", 「한국 전후문학연구」, 구인환 외 (공저), (서울: 삼지원, 1995).

> 다. 행동이란 반드시 응분의 실력을 토대로 해서만 가능해지는 사상과 생활의 구체화인 것이다. 하교는 솔직히 말해서 송 선생이나 진수를 인간의 하치로 여기는 것이었다. 주먹이 세든지, 권세가 있든지, 돈이 많든지 그 세 가지 무기 가운데서 그래도 어느 하나는 갖추어야 사람 축에 끼는 사람이라고 하교는 생각하는 것이다.[243]

「사제한(師弟恨)」에 등장하는 세 인물은 서로 대조적이다. 윤리 교과서에 나오는 도덕적 이야기만 하지 실생활에 무능한 홍 선생과, 창녀촌에서 신문보급소를 운영하면서 창녀들의 편지를 도맡아 써주는 그 제자 진수, 깡패세계에서 상당한 위치를 차지한 진수의 동창생 하교가 그들이다. 이미 그 가치가 사라져버린 과거의 관념에 매달려 현실을 은폐하는 홍 선생에게는 행동이 결여되어 있고, 반대로 하교는 과거의 윤리적 관념은 폐기해 버리고 행동만으로 현실을 이겨 나가려고 한다. 진수는 그 중간자로서 행동과 관념의 절충을 위해 애쓰는 인물이다. 작가 손창섭 개인의 의견으로는 아마 진수 쪽에 더 긍정적 비중이 쏠려 있는 것 같고, 그가 판단한 1950년대 현실을 살아내는 방법으로서의 새 관념과 걸맞은 행동의 양태를 추구하는 인물로서의 중도자이다. 그러므로 관념과 행동 사이의 조화를 위해서는 먼저 자신의 정체성을 파악하는 것이 중요하다.

> 도현은 그렇게 생각했다. 인간의 가치란 경찰이 중요시하느냐 않느냐에 따라서 결정되는 것이라는 묘한 해석을 갖게 되었다. 도현은 우선 자기가 유가치한 존재가 되기 위해서는 이 빈

---

243) 손창섭(1956), 「사제한」, (서울: 삼성출판사, 1978), p.278.

껍데기에 알맹이를 마련해야 한다고 생각했다. 그 알맹이는 더 말할 나위도 없이 눈부신 '행동'이다. 대 사회적인 행동. 대 국가적인 행동. 도현은 흥분하기 시작했다. 상희도 나에게 친밀감과 호의를 베푸는 것은 구국투사의 아들로서다. 나 자신의 가치를 인정하고서가 아닐 게다. 나 자신의 가치를 갖자.[244]

오직 복수를 위한 과격한 행동만이 그의 존재의 의미를 자신에게 입증해 줄 수 있을 따름이었다.[245]

「낙서족」의 도현은 이렇게 자기 정체성을 관념과 행동 사이에서 규정하려고 애를 쓴다. 그러다가 그는 행동의 우선을 결정한다. 그러나 그 행동은 관념으로 뒷받침된 것이 아니고 관념이 결여된 행동 과잉이기 때문에 좌충우돌 성급한 행동으로 문제만 일으킨다.[246] 이런 양상은 반항과 좌절의 희화화라고 평가되어 오기도 했다.[247]

거의 싸움 않는 날이 없을 지경이었다. 마치 싸우기 위해서 세상에 태어난 인간 같았다. 그런 만큼 중학교 시절은 어딜 가나 줄곧 「겡까도리」라는 별명으로 통했던 것이다. 중학교 시절의 씨는 싸우지 않고는 억울해서 견딜 수 없었던 것이다. 무슨 억울한 일을 당한 사람이 술을 안 먹고는 배길 수 없는 심경과 유사했다.

---

244) 손창섭(1959), 「낙서족」, p.416.
245) 손창섭(1959), 위의 책, p.498.
246) 김상선, 「신세대 작가론」, (서울: 일신사, 1964).
    김상선은 이 글에서 초기 병의식 세계가 행동적인 인간상으로 변모하고 있다고 평가했다.
247) 신경득, 「한국소설연구」, (서울: 일지사, 1983).

　　"야이 이 새끼, 내 눈깔 좀 봐. 난 부모두 형제두 집두 없는
사람이다."

(……)

　　그러나 이것이 그의 자포적인 심리를 완전무결하게 표시한 것
은 아니다. 속으로는 다음과 같이 덧붙이어야 했던 것이다.
　　"야이 이 새끼, 내 눈깔 좀 똑똑히 봐. 난 부모두 형제두 집두 없
는, 전도가 암담한 오줌싸개."
　　이것이 S가 적을 향해서, 아니 세상을 향해서, 혹은 하늘을
향해서 과시적으로 쏘아붙이는 부르짖음이었다. 말하자면 그는
이래서 싸우지 않고는 견딜 수 없었던 것이다.[248]

　　이렇게 싸움닭처럼 행동 과잉의 충동에 시달려온 S 씨는 그러
나 명분을 중요시했다. 명분은 "항시 그의 가슴 속에 활화산처럼
타오르고 있는 무모한 반항심과 복수심에 분화구를 마련해 주는
것이기 때문"이다. 도현과 S 씨의 차이는 더 강한 충동성을 지닌
S 씨가 오히려 더 관념에 의한 뒷받침과 조화 추구를 스스로 할
수 있었다는 데에 있다. 도현은 상희라는 관념의 표상이 외부에
존재함으로써 부분적으로 조절이 가능했지만 S 씨는 그것을 스스
로 할 수 있었다. 그 조절장치가 바로 S 씨에게는 소설 쓰기라는
이야기에 대한 욕망이었고, 스스로를 기형적 불구로 여긴 그에게
는 이야기하기는 바로 드러내기로서 상처를 상처가 아닌 것으로
만드는 것이었다. 그런 의미에서 작가 손창섭에게 소설 쓰기는 고
백의 과정을 통해 자아를 찾아가는 정신분석학적 상담과 치료 과
정과도 유사한 효과를 가진 것이었다고도 볼 수 있을 것이다.[249]

---

248) 손창섭(1961), 「신의 희작」, (서울: 삼성출판사, 1978), p.381.
249) 정창범, "손창섭의 심층-자기모멸의 신화", 「작중인물의 심층 분석

2. 이야기하기와 소설 쓰기

손창섭 소설에 대한 정신분석학적 관점의 연구는 그동안 종종 실행되어 왔었다. 그러나 그것은 주로 프로이트의 심리학에서 본 인물이나 작가에 대한 연구였다.[250] 그러나 그것은 손창섭 소설의 전모를 밝혀주기에는 지나치게 치우친 감이 있었다. 그러므로 여기에서는 소설 쓰기와 이야기하기의 상호관계를 통해 손창섭이 제시한 행동관을 살펴봄으로써 그의 소설 전반을 지배한 서사적 모형을 찾아보고자 한다.

자기 고백의 소설화라 여겨지는 그의 소설 「신의 희작」은 손창섭 자신이 직접 자신의 인생역정을 돌아보면서 소설화했다는 점에서 특이한 소설이다.[251] 박태원의 「소설가 구보 씨의 일일」처럼 전형적인 예술가 소설과는 그 궤를 조금 달리하는 소설이기도 하다. 허구화의 굴절을 거치되, 「신의 희작」은 작가 자신의 개인사와 더 밀접한 관계를 맺고 있다.[252] 따라서 「신의 희작」에 드러난 화자의 목소리는 손창섭 자신의 목소리에 상당히 근접했다고 할 수 있을 것이다.

> 시시한 소설가로 통하는 S—좀더 정확히 말해서 삼류 작가 손창섭 씨는, 자기 자신에게 숙명적인 유우머를 발견하고 있는 것이다. 무딘 대가리를 쥐어짜서 소설이랍시고 어이없는 소리만을 늘어놓는 그 자신의 글이 반드시 해괴망측하대서만이 아

―한국작가의 원형」, (서울: 평민사, 1978).
250) 정창범, "손창섭론―자기모멸의 신화", 『문학춘추』, 1965. 2. pp.41-8.
251) 유종호, "고백이라는 것", 『현대문학』, 1961. 12. pp.179-87.
252) 임경순, "혈서의 세계와 욕망의 좌절", 조건상(편저), 「1950년대 문학의 이해」, (서울: 성균관대 출판부, 1996).

니다. 외양과 내면을 가릴 것 없이, 그의 지극히 빈약한 인생 그 자체가 이미 하나의 유우머로서 존재하고 있기 때문이다. (……) S의 외형이 이런 꼬락서닐 제야, 그 내부 세계 또한 규격미달의 불구상태일 것은 거의 뻔한 노릇이다.

그것은 의식세계의 단적 표현인, 그의 소설이란 것을 읽어보면 족히 짐작할 수 있는 일이다. 그 속에는 첫줄 첫마디에서부터, 끝줄 끝마디까지 음산한 신음소리로 가득 차있는 것이다. 그러나 그 작중인물들을 유심히 뜯어보면, 결코 모두들 앓고만 있는 것은 아니다. 그들의 대부분은 이미 정신적 질병에 대한 면역성을 가지고 있는 자들이다.

도대체가 앓고 있지도 않는 사람들이 줄곧 신음소리를 연발하며 살고 있다는 것은 참말 어이없는 일이 아닐 수 없다. 즉 그것은 더 말할 나위도 없이 작자의 육체적 정신적 기형성에 연유한 것으로서, 여기에 그의 비극적인 유우머가 있는 것이다.

(……)

아마도 그가 격에 맞지 않는 문학을 스스로 필생의 업으로 택하게 된 것은, 자신의 이러한 비극적인 유우머의 정체를 기어이 밝혀 보자는 절실한 욕구에서인지 모른다.

이 부분은 「신의 희작」 서두 부분이다. 손창섭은 이 부분에서 자신에 대한 스스로의 평가를 내리면서 자기 인생을 "기형성에서 연유한 비극적 유우머"라고 규정한다. 그리고 문학을 업으로 선택하게 된 동기와 글쓰기의 욕망을 드러낸다. 이 글에 따르면, 글쓰기의 욕망은 문제적인 그의 인생에 대한 해법 찾기의 도구이자 목적이었던 것이다. 그가 자신의 글쓰기에 대한 의견을 밝힌 "아마추어 작가의 변(辯)"에서는 그의 이런 소설관이 분명하게 드러난다.

소설이란 개성적인 체험과 감동을 말로 표현한 것이라고 한
다. 아무리 폭이 넓고 깊이가 있는 소설이라도 그것은 작자의
체험 한계를 벗어나지 못한다는 말도 있다. 소설은 말할 것도
없이 언어에 의한 인생의 표현이라고도 한다. 이런 말들을 종
합해서 압축해 본다면 소설이란 결국 작자 자신의 이야기 외의
아무것도 아니라는 결론이 나온다. 물론 그 체험의 질과 표현
의 능력 여하에 따라 작품의 가치가 좌우되는 차이는 있겠지만.
아뭏든 고쳐 말해서, 소설이란 이렇듯 작자의 인생체험의 반
영이요 표현임은 증언할 여지가 없을 거 같다. 그러므로 작자
가 작품 속에 구현시키고 부조해 보이려는 인생의 어떤 의미
(테에마)는 곧 그 작자 자신의 인간 내용을 전제로 한 분신(分
身)임에 틀림없을 것이다. 한 작가가 즐겨 취급하는 테에마 -
그 정체를 알기 위해서는 먼저 그 작가의 성장과정을 비롯해서
인생관, 개성, 기질, 사회의식 같은 것을 아는 것이 가장 빠르
고 정확한 방법일 것이다.[253]

그는 개인사를 솔직한 태도로 희화화시켜 가면서 서술해 나간
다.[254] 어머니의 불륜, 도망, 야뇨증, 폭력 성향, 성범죄, 떠돌이
생활, 교도소 경력 등등 일반인들이라면 치부로 여기고 필사적으
로 감추려고 하는 과거를 그는 아낌없이 까발린다. 이른바 치부의
노출을 통해 치부를 치부가 아닌 것으로 만들려고 하는 것이다.

그러나 그의 이런 태도에도 불구하고 끝까지 공백으로 비어 있는
부분이 있다. 바로 "멧돼지 같은 남자와 만주로 도망쳐 버린 어머

---

253) 손창섭(1965), "아마추어 작가의 변(辯)", (서울: 삼성출판사, 1978),
　　　 p.436.
254) 송기숙, "창작과정을 통해 본 손창섭", 『현대문학』, 1964. 9. pp.104-18.

니"에 대한 부분이다. 열세 살 어릴 적에 어머니의 불륜을 목격하는 장면은 그에게 원초적 장면으로 각인되었고, 소설 속에서 여러 차례 반복된다.[255]

방문도 걸려있었다. 부엌으로 가서 사잇문을 밀어보니 그것도 꿈쩍 안했다. 엄마 문 열어 하고 소리를 지르려는데 안에서 먼저 히들거리는 웃음소리가 났다. 이상해서 문틈으로 들여다 보니, 대낮인데도 방바닥에는 이불이 펴 있었다. 그 속에서 꿈틀거리는 사람이 있었다. 어머니와 낯선 남자가 한 덩어리로 얽혀 있었던 것이다.

S는 그 자리에 펄쩍 주저앉았다. 아무래도 이런 건 보통일이 아니라고 생각되었기 때문이다. 그러나 그는 용감했다. 왜 그런지 이런 땐 잔뜩 골을 내야 한다고 깨닫고,

"엄마, 문 열어."

볼 멘 소리로 외치고 사잇문을 덜컹덜컹 흔들었다.

낯선 사내가 황급히 옷을 주워 입고 도망치듯 달아나버린 뒤, 모친은 S의 머리를 세차게 쥐어박았다.

"칵, 뒈져라, 뒈져, 요 망종아."

그처럼 증오에 찬 어머니의 눈을 보기는 처음이었다. S는 정말 자기가 죽어야 마땅할 것 같기도 했다. 두고두고 그 생각은 복수(複數)적인 의미에서 그를 압박했다. 모친이 남자와 동침하고 있을 때는, 절대로 밖에서 소리를 지르거나 문을 흔들어서는 안 되는 것을 그랬나 보다고 후회가 컸던 것이다.[256]

---

255) 고　원, "사이의 시학－정신분석문학 비평의 보유적 비교 또는 「새의 선물」의 오독", 『현대비평과 이론』 12, 1996, 가을·겨울, pp.77-111.
256) 손창섭(1961), 「신의 희작」, p.372.

닫힌 칩거공간, 틈새로 엿보는 행동, 충격적인 진실의 목격, 외부로부터 침입하는 소리, 증오에 찬 부정적인 평가, 자신을 바라보는 응시에 대한 첫 인식, 죽음에 대한 인식과 반발, 기존 가치관의 윤리적 관념에 대한 수용과 반발 사이의 헷갈림, 붕괴, 관념과 행동 사이의 갈등 등, 이런 것들이 그의 소설을 이루고 있는 여러 요소들을 모두 함축하는 첫 번째 원초적 장면을 통해 각인된다. 그리고 이 사건은 소설세계뿐만 아니라 그에게도 그 순간부터 정신적으로 신체적으로 큰 영향을 미쳤다. 그러나 어머니의 도피행각 후 그는 일체 어머니 이야기를 하지 않고 묻어버린다. 자신이 버림받은 아이라는 것도, 가족이 없다고 소리칠 때도, 유일한 가족이었던 어머니는 가족이라는 큰 테두리 안에 묻혀 공백으로 사라져 버린다. 상실된 어머니는 계속적으로 타자 부재의 상태에서 끝없이 타자의 대체물을 찾아 갈망하게 하며, 타자를 찾아야만 자신의 자아 정체성을 확립할 수 있는 상태로 빠뜨린다.[257]

라캉에 따르면 타자에게 보이는 것을 모르는 상상계의 주체, 이상적 자아인 에고는 언어질서의 세계로 진입하면서 타자의 욕망에 자신의 욕망을 종속시켜 자아의 이상을 만들어낸다. 인간은 원초적으로 결여된 존재이기 때문에 타자에의 욕망을 가지고 있으며,[258] 그

---

257) 이용주, "M. Tournier 소설 속의 타자부재의 결과 또는 타자의 대체물", 『불어불문학연구』 26집, 한국불어불문학회, 1991, pp.253-267.
258) 대상 a는 공허함과 보이지 않는 구덩이의 현존이며, 언제든지 임의의 대상에 의해 점령될 수 있다. 그러나 대상 a 자체는 특권적인 대상으로서 결코 가시적으로 파악되지 않기 때문에 욕망의 연쇄적 추구 속에서 일시적으로 그 자리를 차지하는 구체적인 대상과는 구분된다. 궁극적으로 그것은 "실재"이며, 한 문학작품에서 계속 반복되는 원초적 장면은 바로 그 불가능한 시선을 체현하는 대상 a가

결과 사회적 존재가 되기 위해 자신의 무의식을 언어구조처럼 구조화시키는 것은 인간존재에게 있어 피할 수 없는 숙명이다. 주체에게는 이런 원초적 존재 결핍이 있어야만 그가 바라보고[259] 있는 세계의 성립이나 구성이 가능해진다.[260] 아버지가 없는 가정에서 어머니, 할머니와 함께 어린 시절을 보낸 손창섭에게는 한 이불 속에서 자며 애무를 받은 공범의식을 가질 정도로 어머니에 대한 밀착도가 큰 편이었다. 그러나 어머니는 외간 남자와 동침하면서 점차 아들을 기피했으며, 거기서 온 분리 불안감은 자신에 대한 자책적 수치감과 혼합되어 정신적으로는 혼란과 공포심으로, 신체적으로는 성기 학대와 야뇨증, 자살소동 등으로 이어진다.[261] 자기도취와 함께 자기 파괴적인 소외를 가져오는 거울단계의 나르시시즘적인 이자적 직접관계

된다. 그래서 결여가 없으면 타자도 없고, 주체도 없으며 세계도 성립되지 않는다.

홍준기, "라깡의 주체 개념", 『현대비평의 이론』 14, 1997 가을·겨울, pp.11-47.

259) 내적 시간의식에 의해 외부 세계와 주체를 연결짓는 현상학처럼, 주체/객체, 내부/외부를 나누는 철학적 관점에서는 항상 전통적으로 시각, '바라본다'는 것이 중요한 연결 부분이었다. 그러나 라캉은 기존 철학에서의 '바라봄'에 대해 회의한다.

260) 주체의 결핍을 상징하는 타자는 동시에 주체 자신과 세계의 존재를 가능케 하는 존재론을 성립시킨다. "대상 소문자 a(objéct a)"는 자신을 바라보는 자신을 볼 수 없다는 사실, 즉 주체의 존재 결핍을 환상으로 채워주는 역할을 한다. 주체는 자신의 존재 결핍을 메우기 위해 '불가능한 시선'을 대상 a속에 체현한다. 주체는 자신이 외부 세계를 바라보는 시선을 결코 볼 수 없으며, 모든 곳에서 자신을 바라보는 세계의 시선도 다 볼 수 없기 때문에, 존재를 완전하게 채워줄 시선이란 애초에 불가능한 것이다.

261) 손종업, "손창섭 후기 소설의 〈여성성〉 - 전후적 글쓰기의 한 유형", 『어문논집』 23집, 중앙대 국문과, 1994, pp.171-85.

에 머물러 있는 인간은 병적인 신경증의 상태로 남게 된다. 한 인간이 인간다운 사회생활을 영위하려면, 언어를 사용하여 자연에서 문화의 단계로 넘어가야 한다. 그것이 바로 상징계의 단계이며, 아버지의 이름에 의해 지배되는 단계이다.[262] 유아가 상징계로 편입되기 위해서는 외디푸스 콤플렉스를 거쳐야 하는 것이다. 에고와 욕망의 대상인 어머니, 에고와 이상적 자아 사이의 동일시에 의한 이자관계는 제3자의 개입에 의해 균열을 일으키게 된다.[263]

손창섭 소설은 상상계에 머무르던 나르시시즘적인 거울단계에서 어머니와의 이자관계가 깨어질 때 아버지의 이름으로 제도권에 편입되는 단계를 거치지 못하게 되는 데서 시작된다.[264] 소설 「미해결의 장」에서 나타나는 것처럼, 아버지는 부친(父親)이나 대장이라는 이름으로 규정지어질 수밖에 없을 정도로 무력하다. 고무로 만든 인형

---

262) 남근을 중시한 라캉의 개념을 놓고 남성 우월주의라는 페미니즘의 비난이 있다. 그러나 이때의 남근은 생물학적 남성이 아니라 한 사회를 구성하는 질서와 법의 추상적 상징물에 불과한 것이다.

263) 한 인간 주체에게 있어서 상상계에서 상징계로 넘어가는 이 중간과정은 프로이드가 이전에 설명한 바와 같이 외디푸스 콤플렉스라고 불린다. 어머니에 대한 아기의 성적 욕망이나 충동은 아버지에 의해 위협을 받는데, 그것은 거세 콤플렉스이다. 아기는 아버지와의 경쟁에서 자신이 어머니의 욕망대상이 될 수 없음을 인정하고, 자신의 욕망의 대상을 어머니로부터 다른 것으로 전이시킨다. 따라서 아기는 어머니와의 이자적 관계를 포기하고 아버지가 주장하는 규범 속에서 자신의 충동을 억제한다. 외디푸스 콤플렉스의 기본 틀은 프로이드와 라캉이 비슷하지만, 프로이드가 개체 발생을 설명하기 위해 생물학적 남근을 도입한 것에 비해, 라캉은 개체가 아닌 인간의 사회 발생을 설명하기 위해 언어문화적 상징 차원으로서의 남근을 도입한다는 점에서 차이가 난다.

264) 이미선, "자끄 라깡: 문학과 정신분석", 경희대 영문과 석사학위 청구논문, 1987.

같이 바람만 잡아넣으면 얼마든지 늘어나는 고무사람이 바로 아버지와 같은 존재로 규정된다. 또 부재하는 아버지(「낙서족」)는 그의 정상적인 사회생활에 장애가 되는 존재이며, 정상적인 관계가 아닌 가짜 아버지(「광야」)는 적대관계에 불과하다. 따라서 그는 아버지라는 법의 힘으로 이름을 부여받으면서 외디푸스 콤플렉스 과정을 제대로 지나갈 수 없었기 때문에 신경증적인 강박 중세를 보이게 된다. 그를 사회에 편입시켜 줄 아버지의 부재, 어머니로부터 부당하게 분리되었다는 분노와 모든 원인을 자신의 잘못으로 돌리는 죄책감 사이에서 그는 사회화의 과정에 많은 어려움을 겪게 된다.[265] 원초적 장면의 목격이 형성한 것은 신체적·정신적 기형성이라고 스스로 간주한 그는 폭력 성향, 사회에 대한 복수심, 살인 충동 등의 반사회적 행동을 한다. 그러나 그는 빈곤에 시달리면서도 일본에 들어가 여러 학교를 전전하면서도 학교를 계속 다니는 노력을 한다. 사회의 바깥에서 겉돈다고 생각할수록 더 사회에 편입되려고 애쓰는 것이다. 결국 그를 사회에 편입시켜 준 탈출구는 그의 이야기하기 욕망을 통해 소설 쓰기라는 방식으로 성립된다.[266] 그의 소설은 규격에 맞는 소설이 아니라 소설이 돼도 좋고 안돼도 상관없이, 독자가 만족하든 안하든 허공을 향해서라도 스스로를 발산하려 하는 소설이다.[267] 그의 이런 배설 욕구는 야뇨증으로, 또 「낙서족」 같은 소설 속에서 오줌을 싸면서 욕설 같은 글자를 땅바닥에 써 나가는 행동으로도 나타

---

265) 김숙희, "주체화 과정과 언어의 위기 - 트리스타 볼프의 「카싼드라」를 중심으로", 『독일문학』 54집, 한국독어독문학회, 1994, pp.281-305.
266) 김해연, "이야기 - 변형된 욕망의 한 모습 - 손창섭의 〈신의 희작〉을 중심으로", 『경남어문논집』 5집, 1992, 경남대 국어국문학과.
267) 손창섭(1965), "아마추어 작가의 변(辯)", (서울: 삼성출판사, 1978), p.439.

난다.[268]

그는 스스로의 소설에 대해 소설의 형식을 빌은 작자의 정신적 수기요, 도회(韜晦) 취미를 띤 자기 고백의 과장된 기록이라 기술한다. 기형적인 개성의 특이성을 바탕으로 불우한 역경에서 형성된, 굴곡된 정신 내용의 역설적 고백이야말로 그의 작품의 정체라고 설파한다.[269] 타자에 대한 끊임없는 추구, 어머니에 대한 상실감,[270] 그 상실감을 대체할 아버지의 법의 부재, 언어에 대한 반어적 희화화로서 사회와 자신에 대한 분노를 표현하는 것이 그의 말하기 욕구의 근원이다. 따라서 분노가 있는 한 그는 기의의 가로줄 밑에서 계속 미끄러지는 기표처럼 소설을 반복적으로 써 나간다. 이야기하기의 욕망, 글쓰기의 욕망만이 그를 사회 안에 편입시켜 주고 유지시켜 주는 축이 되기 때문이다.[271] 어떤 작가들에게 있어서 글쓰기의 추

---

268) 정창범, "손창섭론－자기모멸의 신화", 『문학춘추』, 1965.2. pp.41-8.
269) 손창섭(1965), "아마추어 작가의 변(辯)", (서울: 삼성출판사, 1978), p.439.
270) 김광남, "제네바 학파의 문학비평연구(1)－마르셀 레이몽의 도둑 콤플렉스에 대하여", 『불어불문학 연구』 21집, 한국불어불문학회, 1986, pp.25-41.
271) 아버지의 이름, 아버지의 법, 기표로서의 남근에 굴복함으로써 주체는 자신의 욕망을 스스로 억압하고 그 대가로 사회문화 세계에 편입되고 언어활동의 세계로 들어간다. 외디푸스 콤플렉스는 인간으로 하여금 상상계에서 상징계, 즉 언어활동의 세계로 이행하게 하는 드라마가 된다. 그러나 인간이란 근본적으로 결여된 존재이기 때문에, 인간은 외디푸스 콤플렉스를 거쳐 상징계로 들어가면서 자신의 욕망을 다른 대상으로 계속 전이시킨다. 아버지의 법은 근친상간을 금지시키지만, 원초적 억압과 동시에 다른 대상으로 욕망을 대체하는 것은 허용해 주기 때문이다. 그러므로 아버지의 법은 아기의 욕망을 무화시키는 것이 아니고 (물론 할 수도 없겠지만) 아니라 간접적인 우회의 길을 가도록 한다. 이 간접화의 양식이 바로 인간 사

구는 현실의 쾌락을 포기하고 순수한 형태의 욕망을 언어를 도구로 하여 충족시키면서 사회화되는 한 방식이다.[272]

그러나 소설가로서 이름이 알려지고 문단에서 어느 정도의 위치에 오른 후에도 그는 여전히 제도적인 문학권에 대해 비판적이다. 독자가 필자가 누군지 몰라야 내면적 욕구에 의해 문학을 하는 사람만 쓰고 이름을 위해 쓰는 악폐나 부작용이 없어진다는 것이다. 그래서 그는 형식적, 권위적인 것을 싫어하고 규격품 인간이니 문화인이니 지식인이니 하는 사치품 인간을 싫어하는 야생적인 인간이라고 스스로를 규정한다.[273] 그가 일본인 아내 지즈꼬를 만나고 결핍되었던 부분에서 안정을 찾으면서 그의 소설 속에서는 자취로서만 예고되던 변모의 흔적이 점점 강해진다.[274] 어머니에 대한 상실감, 아버지 부재에서 오는 수직적 긴장관계가 퇴색되면서 남녀관계에 대한 수평적인 긴장관계가 더 강조된다. 「잉여인간」과 같은 소설에 이르면 서만기와 그의 처 같은 윤리적 이상형이 나타나고, 「낙서족」의 상희와 같은 이상형도 나타난다. 「청사에 빛나리」의 보미 부인, 「흑야」의 홍대정처럼 현실의 현실을 떠나 역사에 분리된 공간 속에서의 이상형을 추구하는 것은 또 다른 변화이다.[275] 그러나 그의 소설이 보여주

회에 적용하여 상징과 언어기호를 사용하는 것으로 욕망을 충족시키고자 한다는 것이다. 따라서 주체가 상징계로 편입한다는 것은 곧 억압을 통해 무의식이 언어처럼 구조화된다는 것을 의미한다.

272) 송기정, "정신분석학적 비평과 발자크 소설 연구", 『불어불문학 연구』 26집, 한국불어불문학회, 1991, pp.149-69.

273) 손창섭(1961), 「신의 희작」, p.404-5.

274) 이어령, "1957년의 작가들", 『사상계』, 1958. 1. pp.36-55.

275) 이기인, "손창섭론 - 개인의 생존과 인간다운 삶에의 집념", 「1950년대의 소설가들」, 송하춘, 이남호(편), (서울: 도서출판 나남, 1994).

었던 강렬한 일탈성이 이런 과정을 거치면서 퇴색된다. 그러면서 점차 평면적이고 다소 통속적인 평범한, 소설세계로 기울기 시작한다. 동인문학상 수상작인 「잉여인간」은 그런 의미에서 기존에 평가되던 것처럼 손창섭 소설의 최고봉[276]이라 보기에는 문제가 있는 작품이 될 것이다. 동화에의 경도와 역사 속으로의 후퇴, 이상적인 인간형의 제시는 그렇게 원하던 사회에의 정상적인 편입을 도와주는 대신에 그의 소설에 빛을 부여했던 일탈성을 퇴색시켰기 때문이다. 그토록 아웃사이더의 자리로부터 사회로의 편입을 희망하면서 이야기하기의 욕망을 추구했던 그가, 글쓰기를 통해 사회에 성공적으로 재편입되기 시작하자, 그의 글쓰기의 욕망은 다른 쪽의 욕망으로 전이되었던 것이다. 이렇게 1950년대 한국의 현실 안에서 가능했던 그만의 일탈성이 사라지자 손창섭의 창작은 약화되기 시작하며 마침내는 그의 아내를 따라 일본이라는 새로운 세계로 귀화하게 되는 것이다.

손창섭의 소설은 일제시대의 체험을 토대로 하여 한국전쟁을 전후한 1950년대의 현실에서 배태되었고 산출된 소설이다. 그 증거로 그는 60년대 후반까지 소설을 쓰면서도 60년대 최대의 사건인 4·19나 5·16에 대해서는 전혀 언급하지 않았다. 1961년에는 일제시대의 체험을 반영한 「신의 희작」, 「육체추」를, 1962년에는 자기풍자의 장편소설 「부부」를, 「청사에 빛나리」(1968), 시골 소년 상경기인 「길」(1969)만을 더 창작했을 뿐이다. 그러나 이 소설들도 대부분 일제시대와 50년대에 체험한 자기 이야기이거나 그 연장선상에 놓이는 소설들이다.[277] 따라서 손창섭 소설의 세계는 1950년대의 현실이라는

---

276) 조남현, "손창섭의 소설세계", 「한국현대소설의 해부」, (서울: 문예출판사, 1993).

제한과 개인의 이야기하기의 욕망이 함께 어울려 빚어낸 서사적 모형에 크게 의존하고 있으며, 그런 의미에서 전형적인 전중파의 작품 세계를 보여준다.

277) 손창섭(1965), "아마추어 작가의 변(辯)", (서울: 삼성출판사, 1978), p.436.

V. 김성한 소설의 서사적 모형

　　일제 식민지 치하가 끝나자마자 일어난 한국전쟁은 1950년대의 현실에서 개인의 삶이 일그러지고 왜곡되게 만들었고, 당대의 소설가들에게는 개인과 사회의 상관관계를 이해하는 기준을 바꾸도록 강요하였다. 그것은 소설가들에게 시대의 현상에 대해 위기감을 느끼게 하는 동시에 새 가치관을 확립할 필요성을 절실하게 불러일으켰다. 신세대 작가군 중에서도 김성한은 그런 주제의식이 강했던 작가였다.[278] 1950년에 서울신문 신춘문예에 「무명로」가 당선되어 등단한 그는 1955년부터 1958년까지 사상계에서, 1958년부터 81년까지 동아일보에서 근무했다. 김성한은 시대의 담론을 주도한 언론의 중심지에 있으면서 1950년부터 1961년까지 단편을 집중적으로 발표했으며, 1956년에 단편 「바비도」로 제1회 동인문학상을, 1958년에는 「오분간」으로 제5회 아세아 자유문학상을 수상하였다. 1960년대에 영국에서 역사학으로 석사학위도 받은 그는 역사와 사회에 대해 항상 주목하였으며, 1950년대의 현실에서 그가 본 사회와 그 사회를 이루

---

278) 김상선(1961), "신세대론", 「국어국문학」 123.

고 있는 인간 군상에 대한 비판의식을 소설화하였다. 그의 소설들은 주로 단편소설들이었고, 1960년대 이후에는 장편 역사물을 주로 신문에 연재하였으므로, 1950년대 현실에서 배태된 김성한 소설의 본령은 주로 1950년대에 산출된 단편소설이 될 것이다. 여기에서는 1950년대의 단편소설을 중심으로 해서 1950년대의 현실이 그의 소설 속에 어떤 방식으로 드러나는지를 살펴보고자 한다.

A. 조절의 서술구조

1. 작가와 화자의 거리 밀착

김성한의 소설들은 다루고 있는 소재상 크게 세 부류로 나눌 수 있다. 하나는 동물우화 형태를 차용한 알레고리 소설들이고, 또 하나는 전형적인 속물들을 등장시켜 풍자하는 인물에 대한 풍자소설들, 나머지 하나는 역사적 일화를 차용한 소설들이다. 첫 번째 부류로 대표적인 것이 「개구리」, 「오분간」과 같은 소실들이며, 두 번째는 「무명로」나 「김가성론」 같은 소설들, 마지막이 「개마고지의 전설」, 「바비도」와 같은 소설들이다.

김성한의 소설에 나타나는 내포 작가와 전지적 화자는 그 거리가 장용학이나 손창섭 소설에 비해 비교적 밀착된 편이다. 손창섭 소설에서 전지적 작가 화자와 인물 화자가 다양한 거리로 존재했던 것과는 달리, 김성한 소설에서 화자는 주로 전지적 작가 화자로서 논평을 가하거나 냉소적으로 비꼬는 발언을 한다. 따라서 작가 개인의 무의식과 화자의 무의식 사이의 거리도 좁혀져 있고, 그 결과 작가의 의견이나 논조가 때로는 알레고리나 풍자의 형식을 빌려 더욱 강하게 돌출되는 양상을 보여준다. 이런 특징은 작가 개인의 관념이 현상보다 지나치게 앞서서 튀어나온다는 점에서 부정적인 면도 있지만, 작가 개인의 변혁에 대한 욕망을 이야기로 풀어나가는 데에는 효율적인 전략으로 기능한다.

김성한 소설의 서술구조 모형은 두 가지로 나누어질 수 있다. 첫째는 50년대의 현실을 이루는 현실에 대해 전지적 작가 화자로서 발언을 하는 것이며, 두 번째는 마지막에 덧붙인 언급을 통해 그 이야기 자체를 먼 과거의 전설처럼 돌려버리는 것이다. 첫 번째 전략을 사용하는 이유는 전지적 작가 화자의 입장을 취할 때 얻을 수 있는 유리함 때문이다. 김성한은 사회의 병리현상에 주목했기 때문에 그 병리현상의 원인과 결과를 소설 속에서 설명하고 싶어 했으며, 소설적인 대안을 제시하고 싶어 했다. 따라서 소설의 형태를 이루고 있는 그의 서술전략은 사회에 대한 비판의식하고 밀접한 관계를 맺고 있는 것이다.

> 구둣소리는 가까워질수록 속도가 느렸다. 옆집까지 와서 발을 멈추는 모양이었다. 멈췄다가 다시 느린 걸음으로 한걸음 두걸음 다가왔다. 마침내 파랑대문 앞에서 발을 멈추고 조심스럽게 대문을 두드렸다. 대답이 없었다. 이윽고 '여보시오' 소리와 대문을 잡아 흔드는 소리가 뒤섞여 울려왔다.
> 양춘자는 뛰는 가슴을 억누르고 죽은 듯이 잠자코 있었다.[279]

---

279) 김성한(1950), 「무명로」, (서울: 책세상, 1988), p.20.

이 글은 일상적인 사건 묘사의 한 부분이다. "-다"로 끝나는 묘사는 소설의 일상적인 형태로서 화자의 개인적인 감정이 전혀 개입되어 있지 않다. 그러나 다음의 사건 묘사는 위의 예문과 좀 다르다.

> 침착하기 이를 데 없고 말도 조리가 있었다. 자기는 전연 모르는 사이에 집안에서 철없는 계집들이 자기마저 감쪽같이 속이고 이런 일을 저지른 것이니 친한 사이라 널리 양해하여 주면 다시는 그런 일이 없도록 엄히 단속하겠노라고 단언하고 나서 한잔 같이 나누자고 박순경의 손목을 잡았다.[280]

이와 같은 예문은 김성한의 소설에서 자주 나타난다. 보통 등장인물의 행동에 대해 묘사를 하는 부분인데, 전지적 작가 화자가 십중팔구 전달과정에 개입한다. 그럴 때는 묘사하는 말투가 바뀌어서 연결어미를 자주 사용하고 문장의 길이가 길어지면서 간접화법이 등장한다. 이때의 말투는 마치 고대소설에서나 나옴직한 이야기꾼의 문어체 말투나 판소리 말투로 바뀌는 것이다.[281]

> 가만히 보니 심부름 드는 여자가 월등 낮게 생겨 먹었<u>더라는 것이다</u>. 너도 팔자가 기박하구나 하고 동정이 들어간 데다가 메주의 돼먹지 않은 소갈머리를 보니, 요것도 이불에 소독약을 뿌릴 위인에 틀림없다는 생각이 <u>들더라는 것이다</u>. 이때 메주는 침대에서 불쑥 일어나서 내의를 벗어 팽개치고 새것을 줏어입<u>더라는 것이다</u>.

---

280) 김성한(1950), 「무명로」, p.21.
281) 조건상(1996), "풍유와 증언의 세계 - 김성한론", 「1950년대 문학의 이해」, (서울: 성대출판부).

아니꼽기 그지없더라는 것이다. 메주가 침대 위에 자빠러지자 여자는 벗어 놓은 것을 걷어안고 조심조심 문을 열고 나오면서 '오그라질년'이라고 혼자 중얼거리더라는 것이다. 자기 생각에도 틀림없이 오그라질년이었다는 것이다. 더 생각할 것 없이 이 여자와 동고동락할 작정으로 그의 치맛자락에 늘어 붙었다는 것이다. 이것이 바로 지금 사는 김대감댁이요 메주는 그 딸이요, 여자는 식모라는 것이다. 이날부터 불쌍한 식모의 살은 적게 뜯어먹고 자정이 지나면 원정을 나가서 애새끼들을 뜯어먹으며 살아왔다는 것이다.[282]

이 예문을 보면, 가장 특징적인 종결어미의 형태가 눈에 띈다. "‒더라는 것이다"와 "다는 것이다"가 그렇다. 손창섭의 경우는 "‒다는 것이다"가 특징적인데, 김성한의 경우는 이 두 가지 종결어미의 빈도가 아주 높다. 특히 이 한 마리의 인생 역정을 전달하는 소설 「풍파」에서 이런 종결어미의 빈도는 아주 높아진다. "‒더라는 것이다"와 "‒다는 것이다"의 비중은 거의 반반 정도이다.

이 부분에서 말을 전달하는 것은 전지적 화자이고, 관찰하고 있는 존재이자 원래의 이야기꾼은 인간들의 행태를 구경하는 이 한 마리다. 또 이 이를 통해 관찰의 초점대상이 된 것은 식모와 부잣집 딸이라는 두 여자인데, 이의 눈을 통해 식모는 동정적으로, 부잣집 딸은 부정적이라고 평가된다.

이 두 종결어미는 모두 사건의 경과를 전달하는 화자의 존재를 전제로 한다. 이런 화자가 존재한다면, 등장인물의 의식과 전지적 화자의 의식은 전혀 별개의 것으로 분리가 된다. 그리고 등장인물의

---

282) 김성한(1957), 「풍파」, p.304.

드러난 대화를 전지적 화자가 다시 종합하고 재정리하여 청자에게 들려주는 간접화 형식을 취하게 되는 것이다. 그 과정에서 전지적 화자는 등장인물의 이야기를 재료로 삼아 본인의 입장에서 다시 윤색을 하게 되니, 전지적 화자의 사건에 대한 판단이나 감정이 어조를 통해 드러나는 것은 필연적이다. 이 부분에서 "-더라는 것이다"와 "-다는 것이다"를 모두 "-다"로 바꾸어 읽어보면, 관찰자인 이의 존재만 남고 비판적인 전지적 화자가 완전히 사라진다는 것을 알게 된다.

일반형인 "-다"보다는 간접화법만 사용한 "-다는 것이다"가 더 화자의 개입을 전제로 한 형태이며, "-다는 것이다"보다는 간접화법과 회상시제를 병치해서 사용하는 "-더라는 것이다"에서 화자의 개입 여부가 더 뚜렷하다. 국어의 화법상 회상시제 선어말어미인 '-더' 자체가, 타인의 경험을 화자가 들은 후에 시간적 경과를 전제로 해서 또 다른 제3자에게 전달하는 형식이기 때문이다. 따라서 "-더라는 것이다"가 더 많이 사용될수록 전지적 화자는 사건 자체의 전달뿐만 아니라 자신의 감정, 정서, 태도, 사고방식 등을 더 깊이 투영시켜서 말할 수 있게 되는 것이다. 만약 전지적 화자가 자신의 의견을 제시하기 위한 방식을 찾는다면, 서술구조에서 이런 종결어미를 사용할 때 더 많은 의견을 담을 수 있을 것이다.

자신의 가치관에서 판단이 개입되기 때문에, 말하는 어조뿐만 아니라 사용하는 어휘의 채택에서도 긍정적으로 판단되는 부분과 부정적으로 판단되는 부분이 뚜렷하게 갈라지게 된다. 위의 예문에서, "월등 낫게 생겨 먹었다", "메주", "돼먹지 않은 소갈머리", "요것", "-을 위인에 틀림없다", "팽개치고 줏어입었다" 등의 표현이 바로 그런 감정적 평가의 스펙트럼을 반영하는 것이다.

김성한의 소설에서 특이한 것은 이렇게 전지적 화자가 개입한 흔적으로서의 간접화법과 회상시제의 등장이다. 간접화법이 소설 속에 드러날 때는 동시에 인물이나 상황에 대한 작가의 비판적인 어조가 배경으로 깔리면서 함께 따라 나온다. 그때의 어조는 마치 직업적인 이야기꾼이 독자 대중을 상대로 침 튀겨가면서 열심히 자기 의견을 담아 얘기하는 것 같은 분위기를 만들어 낸다. 따라서 그런 장면에서 등장하는 화자는 바로 가면을 쓴 작가의 모습이며, 작가의 목소리가 작품에 개입하는 표지가 된다.[283] 작가가 이렇게 전지적 화자의 가면을 쓰고 문체적인 장치를 통해 작품 전체에 대해 비판적 어조로 개입을 하게 되면, 작가와 화자는 밀착하는 대신, 작가와 대상이 되는 인물은 독자로부터 거리가 멀어지게 된다. 그렇게 거리를 두는 방식의 말하기는, 작가의 의견이 사건의 중간에 끼어들어 자기 의사를 개진하는 데 큰 무리가 없게 하는, 손쉬운 방식이다. 또한 비판적인 시각으로 사건을 바라보면서 사건 자체를 비판하는 동시에 등장인물의 시각을 끌어들여 등장인물 자신의 시각으로 사건을 다시 바라보게 하는 이중적 시각을 가능하게 만들어 준다.[284]

> 그때부터 천옥의 일거일동은 눈부신 바가 있었다. 남이야 보건말건 미인(美人)의 어깨를 툭 치기는 예사요, 팔을 엇걸고 대로를 활보하고 며칠이면 한 번은 반드시 동침하였다. 머리에서 발끝까지 미국물건 아닌 것이 없고, 금은 야하다고 백금 패물을 번뜩이고, 한국말은 너저분하다고 영어만 지껄여댔다. 간

---

283) 이지은(1995), "서술자의 탈인성화와 후기 구조주의적 서술자 이해", 『독일문학』 56집, 한국독어독문학회, pp.252-74.
284) 이봉지, "제라르 쥬네트의 서사학과 초점이론", 『불어불문학 연구』 28집, 한국불어불문학회, pp.191-205.

혹 충고하는 한국인 직원이 있으면 '참견이 무슨 참견이야'고 핀잔을 주었다. 미인이 출장에서 돌아와 현관에 나타나기만 하면 '오-'소리를 지르면서 사무실 바깥까지 불이 나게 달려가서 목에 매달렸다. 천옥은 그것이 미국식이요 따라서 가장 현대적이라고 믿었다. 사방에서 보내는 한국인 직원들의 눈총은 문제시할 것이 못 되었다. 그것이 마치 문명인의 개화된 모습을 보고 웃는 남양 토인의 그것과 같이 자신의 미개성을 폭로하는 데 지나지 않았다. 한국인 직원들은 그를 멸시하고 말을 건네도 대답도 안할 만큼 되었으나 조금도 두려울 것이 없었다. 그에게는 선구자가 수난을 참는 갸륵한 마음씨와 통하는 점이 있었다. 적어도 천옥 자신은 선구자로서의 자신이 만만했다.[285]

이 부분은 등장인물의 사건에 대한 시각, 그리고 그 등장인물의 행동을 비평하는 전지적 화자가 서로 거리를 두고 떨어져 있음을 잘 보여주고 있다. "눈부신 바가 있었다"와 같은 과장된 변사투의 말하기, "지껄여댔다"와 같은 비하하는 말투, "불이 나게 달려가서"와 같은 과장법을 써서 전지적 화자의 비판적 시각을 드러낸다. 그러나 한편으로는 천옥 개인의 입장에서 그것을 충분히 정당화할 수 있는 명분 역시 직접화법을 통해 제시된다.[286] 그러나 작가가 이렇게 전지적 화자를 등장시킨 이유가, 인물의 사고방식을 드러내는 동시에 간접화시켜서 자신의 견해로 윤색된 사건을 투영하는 데 있다면, 그는 또 다른 방식으로 이야기나 사건 전체로부터 거리를 둠으로써 간접적으로 전달하는 방식을 찾아낸다. 그것은 바로 현실을 전설인 것

---

285) 김성한, 「매체」, p.226.
286) 유제호(1984), "화법전환에 따르는 의미상의 제약과 언표행위", 『불어불문학 연구』 14집, 한국불어불문학회, pp.351-67.

처럼 이야기해 버리는 방식이며, 김성한 특유의 서술전략으로서 기능하게 된다.[287]

2. 작가와 화자의 거리 띄우기

장용학은 그의 소설 「원형의 전설」에서 1950년대의 현실을 핵전쟁 이전의 세계로 구분하고, 핵전쟁 이후 새 인류가 그 시대를 평가하는 방식을 채택함으로써, 시대적 현재성을 먼 과거의 사실로 돌려버린 바 있다. 그러나 그가 「원형의 전설」을 쓴 것은 1961년으로서, 1950년대 초부터 1960년까지 창작해 온 김성한이 시기상 시대적으로 더 앞서는 것이다. 그러나 김성한의 경우, 그가 소설에서 시도한 현실의 전설화는 장용학이 「원형의 전설」에서 시도한 것만큼 본격적으로 앞뒤가 딱 맞게 짜여진 틀을 이루지는 못하고 있다.

김성한은 대개 소설 후반부에 전설적인 이야기를 전하는 것처럼 화자의 언술을 처리함으로써 지금까지 이야기해 온 것으로부터 갑자기 거리를 두고 독자를 단절시킨다. 그러나 일반적으로 이런 장치가 장용학의 소설에서처럼 주관적 평가로부터 객관적 평가로 넘어가는 데 대한 신뢰성의 확대 역할을 한다면, 김성한 소설의 그것은 정반대의 역할을 한다. 즉 거리를 둘수록 인물 자신에 의한 합리화를 더 비판적으로 볼 수 있게 하는 것이다. 앞에서 문체적 장치를 통해 발견한 이중적인 풍자의 방향이, 설화화시키는 장치를 통해 냉소적 색채를 더 굳히는 쪽으로 편향되어 버리는 것이다.

---

287) 정옥상(1991), "서술학 이론에 관한 고찰", 『불어불문학 연구』 26집, 한국불어불문학회, pp.327-51.

나가던 길에 그중 한 자가 몽둥이로 이광래 선생의 테이블을
힘껏 내리갈기고 침을 퉤퉤 뱉었다.

그 후 일년이 지난 오늘날까지 이광래 선생의 행방은 묘연하
고 테이블의 몽둥이 자리만은 지금도 남아 있다.[288]

테이블에 남은 흔적과 이광래 선생의 인간됨에 대한 판단을 결부
시킨 채, '오랜 시간 살아남은 흔적'으로 이광래의 인격을 규정한 것
이다. 이것은 구체적으로 남아 있는 흔적이나 물증을 통해 어떤 사
건의 현상, 원인, 유래 등을 설명하려고 하는 전설의 방식을 차용한
것이다. 현실의 전설화는 그래서 특정 현실이 화석화되어 후대에 교
훈을 주기 위한 자료로 물증의 역할을 하고 있다는 것을 의미한다.

그러던 차에 우연히 신문을 보고 그가 죽었다는 것을 알았다.
그것도 인사란에 창세기 대표자 현준이 뇌빈혈로 급서하였다는
조그만 기사였다. 가슴이 이상해지고 다음 순간 나는 목을 놓
아 울었다. 괴물이면서도 없어서는 안 될 괴물이었다. 적어도
나는 이 순간 그렇게 느꼈고 애석하기 짝이 없었다.

나는 지금 그의 관을 어루만지고 있다. 조객도 없는 이층의
이 다다미방에서는 관 속에 든 그와 옆에 앉아 있는 나의 그림
자만이 우두커니 벽에 걸려있을 뿐이다.[289]

「창세기」라는 제목의 이 소설은 서로 대립적인 길을 걸은 두 친

---

288) 김성한(1950), 「자유인」, p.60.
289) 김성한(1955), 「창세기」, p.105.

구의 이야기이다. 굶더라도 신념을 좇아 산 현준과 죽음이 두려워
현 세상을 즐기려고 한 화자 '나'의 관계에 대한 이야기인 것이다.
두 사람의 대립은 현준의 죽음으로 일단락 지어졌으며, 그의 관 옆
에서 홀로 밤샘하는 '나'의 모습은 새로운 세계를 창조하려 했지만
성공하지 못한, 그래서 신화적 세계를 지향하려다가 그대로 화석화
되어 버린 현실에 대한 암시이다.[290]

초록이는 공중을 향하여 한번 힘껏 올려뛰었다. 땅에 뚝 떨
어졌다. 다시 뛰었다. 다시 떨어졌다. 천지는 아무 변함없고 무
관심하였다.

도달할 끝이 없는 망망한 하늘 아래 시초도 종말도 없는 시간
의 흐름 속에서 초록이는 그저 우두커니 서 있을 뿐이었다.[291]

「개구리」 역시 이야기 마지막 부분에서 한 줄 비우고, 정지된 장
면으로서의 마지막 장면을 첨부함으로써, 그 순간을 영원히 화석화
시키는 방식을 썼다. 위의 세 소설들은 전형적으로 이런 방식을 사
용한 경우들이고, 마지막 순간의 화석화를 위해 신화화나 전설화를
채택하지 않은 경우에는 마지막에 전지적 작가의 논평이 담긴 한 문
장이 추가되는 형식이 보편적이다.

"고기나 한 근 사다 지지우."
쇠고기 안주에 밀주를 마시고 이재신은 잠이 들었다.

---

290) 원당희(1995), "현대소설의 시간현상: 토마스 만의 『마의 산』에서 이
중적 시간구조", 『독일문학』 55집, 한국독어독문학회, pp.172-87.
291) 김성한(1955), 「개구리」, p.123.

심히 만족한 표정이었다.[292)]

앞의 이야기와 바로 이어져서 그 인물의 심리상태가 '심히 만족한 표정이었다'라는 전지적 작가 화자의 가치판단이 들어간다. 그 문장 안에는 이재신이 살고 있는 그의 세계가 가진 규칙으로서의 통속성에 대한 화자의 냉소적 판단이 함께 들어가 있는 것이다.[293)]

"아! 이 혼돈의 허무 속에서 제삼존재의 출현을 기다리는 수밖에 없다. 그 시비를 내 어찌 책임질소냐."

이정민은 행길에 나서 크게 숨을 내쉬었다.
"후-, 세상은 여전하구나, 쩞차두 가구, 앗다 기생은 웃구, 하이야가 달리구. 사내자식은 휘청거리구, 더-럽다 더-러워, 관성의 법칙이구나."[294)]

프로메테우스와 신의 5분간의 대화 내용을 소설로 쓴 「오분간」에서는 세상의 혼돈에 대해 신이 판단을 내리는 것으로 끝내지 않고, 이정민이라는 인물을 내세워 신과 프로메테우스의 대화 후에도 변화하지 않는 세상의 부정적인 면에 대한 논평을 가한다. 그것에 따르면 세상은 신이 구태여 개입해서 주도하지 않아도 이미 '관성의 법칙'이라는 물리적 현상에 따라 자체적으로 잘 굴러가고 있다는 것이다. 김

---

292) 김성한(1950), 「무명로」, p.26.
293) 송 욱(1981), "소설 창작의 논리 – 소설미학 연구", 『불어불문학 연구』 16집, 한국불어불문학회, pp.169-80.
294) 김성한(1958), 「오분간」, p.135.

성한이 이야기하는 관성의 법칙은 그래서 소설 속에 반영된 현실이 화석화를 통해 초월적인 세계로 독자로부터 거리를 두고 분리된다고 해도, 남아 있는 현 세계는 자체적으로 가지고 있는 다른 법칙에 따라 계속 움직여갈 수밖에 없다는 것을 드러낸다. 김성한 소설에서 마지막의 한 문장은 그래서 항상 관성의 법칙을 드러내는 화석화, 영속화의 문장으로서 이루어진다. 시대성에 대한 이런 판단은 기존 신화를 대체하게 된 1950년대 현실을 설명해 줄 새로운 신화의 한 단면을 시사하는 것이다.

소설 「김가성론」에 오면, 현대적인 소설의 형식과 비판적인 논문의 형태, 그리고 전통적인 전(傳) 형식의 융합이 이루어진다. 대상이 되는 인물과, 그 인물을 관찰하고 독자에게 이야기를 전달하는 화자로서의 주변인물은 현대적인 소설의 형식요소를 갖추고 있다. 또한 "김가성론"이라는 제목이 상징하듯이 이 글의 주제는 인물에 대한 논평이다. 그러나 그것은 단순한 객관적인 논평이 아니라, 한 위인의 생애를 출생에서부터 연대기적으로 서술해 나갔다는 점에서 동양의 전통적인 '전(傳)' 형식을 갖추고 있다. 그리고 서술문체 역시 고대소설의 이야기 형식과 비슷하다.

신문이나 잡지에 가끔 논(論)이라는 것이 나온다. 잘난 사람의 잘난 소이를 만천하에 알리자는 것이다. 알림으로써 잘난 사람이 십분 더 잘나지는 것은 말할 것도 없거니와 쓰는 사람도 대상이 잘난 덕분에 오부쯤 잘나지는 수가 있다.

천하에 이름이 자자한 김가성(金可成)의 잘난 소이를 이 논으로써 알린다면 못난 신문배달 나 강일만(姜一萬)이 조금 잘나져서 보통 정도로 됨직하고 더구나 그와 동문수학이라는 특수한

관계를 알리게 되면 보통을 지나 한치쯤 더 잘나져서 신문배달
의 이 딱한 처지를 모면하게 될는지도 모른다. 서투른 붓을 들
어 감히 김가성론을 쓰는 근본 동기는 여기 있는 것이다.[295]

소설의 서두에 실려 있는 이 글은 이 소설의 독특한 형식과 말투
를 규정하고 있다. 물론 이 화자는 무식하고 배운 바 없는, 그래서
김가성이란 인물의 위선적인 실체를 파악하지 못하고 표면적으로 보
이는 부분에다가 호의적인 상상을 덧칠해서 그것이 실제라고 믿어버
리는, 이른바 신뢰할 수 없는 화자이다. 강일만은 김가성의 실체를
전혀 파악할 수 없다고 사전에 설정될 정도로 무식한 인물이다. 그
런데 그가 김가성의 실체를 파악하고 비난하는 똑똑한 사람들에게
김가성을 옹호하고 변론해 주기 위해 김가성의 '인물론'을 써서 남긴
다는 것은 그가 구사할 수 있는 언어의 수준을 넘어서는 것이다. 그
것은 강일만의 목소리 중 상당수가 전지적 작가 화자의 목소리가 투
영되어 있다는 것을 의미한다. 그래서 이 소설의 발화자와 전지적
작가의 언술 사이의 넘나듦은 문젯거리로서 여러 번 지적되어 왔다.

별놈이 별소리를 다해도 내가 경애하는 김가성 교수는 일인
십역이라도 능히 감당할 천재요, 그 지식으로 말하면 고금과
동서를 전부는 몰라도 반쯤은 통했으리라 믿는 까닭에 그에게
대한 경애나 신뢰가 털끝만치라도 동요할 리 없다. 그는 단연
거리에 굴러 다니는 어중이 떠중이와는 유가 다르다.
그 후 나는 그의 소식을 듣지 못하였다. 아마 지금쯤은 직함도
더 늘고 저서도 부쩍 많아져서 더욱더 접근하기 어렵게 되었으리라.

---

295) 김성한(1950), 「김가성론」, p.27.

> 김가성론을 마친다. 이로써 내가 김가성 교수와 어떤 관계가
> 있다는 것이 분명하게 되었으니 나도 조금 잘나질까 남몰래 기
> 대하고 있다. 말꼬리에 붙어서 천리를 가려는 파리의 심사라고
> 험하지 말기를 바란다. 모로 가도 서울만 가면 된다는 우리 조
> 상의 그 알뜰한 전통을 낸들 잊을까 보냐.[296]

앞에서 언급한 다른 소설들이 신화화, 전설화, 화자의 판단을 담은
문장 등을 마지막에 한 줄 띄워 배치함으로써 마지막 장면을 그대로
화석화시키고 거리를 두게 했던 것과 마찬가지로 「김가성론」도 전통
적인 이야기 방식을 도입한다. 전(傳)과 논(論)의 양식을 결합시키
는 방법으로 소설이 담고 있는 1950년대 현실의 속성을 화석화시켜
버린다. 그러다 보니 실제 작가가 겨냥했던 비판의 대상이 김가성이
라는 인물이라고 생각하는 독자들은 김가성이 대변하고 있는 당대성
과 함께, 신뢰할 수 없는 화자의 전통적 말투와 이야기 방식에 휘말
려서 비판의 대상이 분산되는 것을 느낀다.

등장인물에 대한 화자의 말하기 어조와 더불어 소설의 서술구조를
구성하는 이런 기법적 장치들은, 때로는 소설을 읽는 독자들이 소설
속 세계에 대한 비판의식을 가질 수 있도록 거리를 유지하고, 또 때
로는 등장인물들이 살고 있는 1950년대 현실의 세계 자체가 지닌
나름의 논리에 밀착하여 동정을 표하게 하기도 한다.[297] 이런 거리
조절은 김성한의 소설 속에서 동물우화를 차용한 알레고리의 형태나
알레고리적 명명법과 병행하여 이중적 방향의 풍자로 드러난다.

---

296) 김성한(1950), 「김가성론」, p.37.
297) 박유희(1994), "관념적 비판의식과 다양한 기법의 채택 – 김성한론",
　　　「1950년대의 소설가들」, 송하춘, 이남호(편), (서울: 도서출
　　　판 나남).

B. 동물우화와 알레고리

김성한 역시 1950년대에 전중파로서 소설을 창작한 장용학이나 손창섭과의 공통점을 지니고 있는데, 그것은 바로 알레고리적인 구성 방법을 소설 속에 사용하고 있다는 것이다. 세 작가의 공통적인 점은 소설의 제목이나 등장인물의 이름을 정할 때 알레고리적인 방식으로 선정하는 것이다. 그러나 명명법의 알레고리가 공통적 기반이라면, 김성한은 삽화적 구성을 서사구조에 사용한 장용학이나 인물의 신체적 표지나 고도로 상징화된 공간성을 알레고리적 서사구조로 사용한 손창섭과는 서로 다른 방식을 사용한다. 김성한은 기존에 있는 동물우화를 패러디화하여 소설 전체 규모의 서사구조로 도입하거나 새로운 동물우화를 만들어낸다. 따라서 알레고리를 가장 전면적으로 활용한 작가가 바로 김성한이었다고 할 수 있을 것이다.

1. 이름과 제목의 알레고리

작가 자신의 말하기 욕구가 상하게 반영된 알레고리적인 명명법은 우리말의 체계에서, 소리값과 뜻의 상호관계에 따라 긴장을 빚어내는 한자어를 통해 그 효과를 더 뚜렷하게 드러낼 수 있다. 곧 일상적인 소리 밑에 감추어진 한자의 의미풀이 과정이 소설 전체에 대한 알레고리를 풀어나가는 과정을 압축한 것과 같아지는 것이다.[298] 김성한은 장용학이나 손창섭이 그랬던 것처럼, 한자어의 이런 속성을

---

298) 신광현(1994), "알레고리", 『현대비평과 이론』 7, 1994 봄·여름, pp.308-15.

적극적으로 활용한 작가 중의 하나이다.

김성한 소설의 제목 중에서 「김가성론」(金可成論), 「무명로」, 「자유인」, 「창세기」, 「개구리」, 「매체」, 「달팽이」, 「풍파」, 「귀환」 등이 일반명사의 형식으로 알레고리적인 제목을 지니고 있다.[299] 그중에서 「개구리」, 「달팽이」 등의 동물우화 제목을 제외한다면 나머지 소설의 제목들은 실제 소설 내용과 작가의 가치판단이 정반대 방향으로 어긋나고 있음을 반영하는 제목들이다. 뭔가 대성할 인물로서의 김가성이라는 인물의 견해와, 실력 없는 기회주의자임을 폭로하면서 절대로 뭔가가 되어서는 안 될 인물임을 강조하는 작가의 시각이 "김가성론"이라는 제목과 이름의 한자표기 아래에 압축되어 있는 것이다. 「자유인」, 「무명로」, 「창세기」, 「귀환」, 「폭소」 등도 실제 제목과 소설가 김성한의 가치판단은 서로 어긋나 있는 상태이다. 따라서 알레고리적인 제목을 달고 있는 소설들 중 상당수가 제목이 지시하는 상식적인 내용과 실제 작가가 말하고 싶은 내용들 사이에 역설적인 긴장을 일으킨다. 일반명사로서의 자유인이되, 자신이 속한 사회의 법률적인 질서를 해치면서 자기 이익을 챙기는 동시에 법을 무시하는 자라는 의미에서 역설적인 자유인이다. 도덕적 질서로부터 자유롭게 사는 사기꾼 같은 사람이 이 소설이 의미하는 '자유인'이라는 명사의 실제 내용이다. 「창세기」 역시 전후 생명의 위협을 겪었던 두 친구가 서로 다른 길을 가면서 새로운 세계를 창조하려고 애썼지만 결국 서로 실패하였다는 이야기다. 굶어가면서도 사상 철학 잡지를 발간해 내는 현준과, 죽으면 그만이니까 향락적으로 즐기면서 실컷 돈 벌려는 친구가 있다. 과연 누가 새 세계를 창조했는지

---

299) 강태근(1992), 「한국 현대 소설의 풍자」, (서울: 삼지원).

작가는 그 결말을 직접 제시하지는 않고, 예의 화석화시키는 방식으로 신화적 세계의 창조를 중단시켜 버렸다.

그의 소설 제목이 담고 있는 것은 그래서 작가가 생각하는 이상형과 역설적으로 그 이상형을 무너뜨리고 있는 현실과의 긴장관계이다. 그의 소설 제목을 이루고 있는 일반명사들을 읽는 독자는 상식적인 차원에서 그 내용을 상상하게 된다. 「귀환」 같은 경우는 전쟁의 상황과 연결해서 '전쟁터에서 가정으로 돌아오는 병사'쯤이라고 생각할 것이다. 그러나 실제 내용은 전쟁터에 나갈 의무가 없는 신혼의 철학과 대학교수가 전선으로 자원입대한 후에 혼자 남은 부인이 세파에 시달리고, 부상당한 교수는 한강 이남에서 도강허가가 나기만을 기다리는 부인을 목전에 두고 세상을 뜬다는 이야기다. 그러므로 일반명사 '귀환'과 소설 내용을 담은 제목 「귀환」은 정반대의 방향으로 움직여나가는, 엇갈림의 긴장을 토대로 하고 있다. 이런 엇갈림은 바로 상식이 통하지 않는 1950년대의 현실에 대한 알레고리이며, 이렇게 거꾸로 뒤집는 제목과 내용의 긴장관계는 소설을 통해 작가가 말하고 싶어 했던 현실에 대한 이중적 비판의식을 알려주는 단서가 된다.

소설 제목 「오분간」과 「24시」는 시간성과 공간성에 대한 알레고리 역할을 각각 분담하여 수행하고 있다. "오분간"은 프로메테우스와 신과의 약 5분간에 걸친 대화이지만 그 안에는 인류 역사 초창기부터 현대까지, 그리고 미래의 세계에 이르는 긴 시간성을 뒤에 깔고 있다. 반대로 "24시"는 초등학교 준공과정을 둘러싸고 강직한 김 총무와 재정을 착복하는 일본인 나까자와 교장의 이기심이 충돌하는, 약 24시간을 그 배경으로 잡고 있다. 소설 속에서 사건이 벌어지는 시간을 제목으로 떠올린 것은 공통점이지만 그 뒤에 축약되어 있는 시간성은 극히 대조적이다. 「오분간」은 긴 통시태를 짧은 공시태에 담은 것 같은 형태이고, 반대로 24시는 단 하루의 시간 안에 공시적으로 벌어지는 다양한 사건들을 담아 병렬시켜 놓은 형태이다. 그러나 대조적인 시간축약 형태에도 불구하고, 두 소설은 모두 같은 시간대에 여러 장소에서 벌어지는 여러 가지 사건들을 병치하고 있음으로써 시대성에 대해 동일한 풍자를 시도하고 있다.[300]

　　신은 눈을 부릅떴다.
　　"이놈, 내가 누군 줄 알고 함부로 입을 놀리는 거냐?"
　　지상에서는 신과 프로메테우스의 괴뢰들이 제각기 자기가 옳고 자기가 잘났다고 팔뚝질을 하였다.
　　비오 12세는 외쳤다.
　　"종교분열 이후 교계를 어지럽힌 모든 종파는 자기의 잘못을 회개하고 가톨릭으로 귀정하라."
　　몰로토프는 프라우다지에 대서특기하였다.
　　"모든 종교는 아편이다. 가장 과학적인 유물변증법만이 진리다. 모든 종교를 타도하자. 부르조아적 지식 체계를 하루바삐 청산하라. 지상에서 자본주의 국가를 말살하자."
　　비구승과 대처승은 한국 각처에서 어둠을 헤치고 주먹질을 하였다.
　　"너 같은 것두 중이냐? 파계하구, 술먹구, 계집질하구, 감투운동하는 작자가 무슨 중이냐? 절간은 내 절간이다. 내놓으란 말이다. 이자식아!"
　　"너 같이 시대에 역행하구 거지 노릇하는 케케묵은 송장같은

---

300) 신경득(1983), "프로메테우스의 독신과 풍자", 「한국 전후소설연구」, (서울: 일지사).

자식이 무슨 중이란 말이냐? 시대가 달라졌단 사실을 알아야지.
절간은 내 절간이다. 얼씬하다가 모가지를 비틀어 죽여버린다,
이 도둑놈아!"
　부흥회에서 설교하던 장로와 목사는 책상을 두드리며 외쳤다.
　"세상을 구할 자는 오직 우리 장로교밖에 없습니다. (……)
아멘."
　프로메테우스는 못마땅해서 옆을 향하여 휘파람을 불었다. 신
이 일찍이 이렇게 무엄한 놈은 본 일이 없었다.[301]

　신과 프로메테우스의 대화현장에서 두 사람의 대화와 동시에 세계
이곳저곳에서 각종 종교계 인사들의 자기만 옳다는 독선적인 주장들
이 아전인수 격으로 펼쳐진다.[302] 이런 병치는 종파가 달라질 때마
다 문단을 나누는 형식으로 진행되며, 신과 프로메테우스의 대화가
한 고비 넘어갈 때마다 소설은 한 줄 띄우고 문단을 나누는 형태를
취한다. 그러나 「24시」는 공시태를 통해 모자이크와 같은 공시적 병
치를 시도하기 때문에 병치마다 문단을 나누는 것이 아니라 오히려
모든 것이 한 문단 안으로 흡수되어 같은 문단 안에 포함되어 연속
적으로 쓰인 문장의 형태를 취한다.

　김총무는 내일 기성회 총회를 머리 속에 그리고 있었다.
　－어떡허지……돈이라곤 나올 구멍이 없고, 회장이란 작자는
감투라면 사죽을 못 쓰다가두 돈에는 벽창호라 가망이 없구,

---

301) 김성한(1955), 「오분간」, pp.128-9.
　　김성한은 이 소설로 1958년에 제5회 아세아 자유문학상을 수상
　　했다.
302) 신경득(1983), 「한국 전후소설연구」, (서울: 일지사).

그밖에 모두가 허덕이는 판인데……김혼(金虎)가 무엔가 그 건
달 녀석이 내일은 또 무에라겠지.

징병에 끌려간 마당쇠는 담요를 뒤집어쓰고 울었다. △△경찰
서, 목간통에서는 강만기가 물고문을 당하다가 기절하고 말았다.
주형사는 발길로 찼다. 나까자와 부부는 한 몸뚱이가 되어 침을
흘리며 잠이 들었다. 김충무는 잠을 잃고 이리저리 굴렀다.

아침.

주형사는 고기를 씹었다. 삼돌이는 아직 가마니를 짜고 있었
다. 김충무는 장작을 뽀개다가 손가락을 다쳤다. 나까자와는 부
러온 학만의 멱살을 잡았다. 야마다 상등병은 마당쇠의 뺨을
후려갈겼다.

"고노 보사스께(이 얼치기 자식아)!"[303]

「5분간」에서는 신과 프로메테우스의 대화가 한 줄을 띄우는 데
중요한 원인이었지만, 「24시」에서는 나까자와와 김 총무의 갈등이라
는 표면에 올라와 있는 갈등구조 대신에, 24시간 안에서 가장 중요
한 핵심 사건이 변별의 대상이 되는 게 아니라 밤이나 아침처럼 시
간 단위에 따른 사건의 일치가 중요한 변별 요인이 된다. 이런 변별
은 주로 문단을 나누면서 한 줄 띄어 쓰는 형식을 취하기도 한다.
특정인물인 김 총무나 나까자와 한 사람에게만 초점이 맞히는 게 아
니라 두 사람의 주요 갈등을 주제로 해서 변주되는 동시대의 여러
사건이 비슷한 형태로 연속성을 지닌 채 동시다발적으로 발생된다는
인식이 문제인 것이다.

---

303) 김성한, 「24시」, p.151.

김성한 본인이 소설의 마지막에 "「24시」의 제목을 본래 「난경(亂景)」이었으나 내용을 감안하여 「24시」로 고쳤다"[304]고 기술한 것으로 보아 김성한은 이 글에서 표현하고 싶었던 것을 공간적인 것에서 시간적인 것으로 축을 옮겨 시간성을 기준으로 공간을 재배치한 것으로 보인다.

소설 「귀환」의 경우는 철학교수인 경석과 그 처 혜란의 이야기가 같은 시간대를 기준으로 병렬 배치되어 있다.

> 달리던 경석은 옆구리에 도끼로 찍힌 듯한 충격을 느끼면서 모로 쓰러져 뒹굴었다. 삼각건을 끄집어내려고 애쓰다가 그냥 지쳐서 숨만 허덕였다. 고통이 덜하면서 의식이 차차 멀어져 갔다.
>
> 혜란은 반사적으로 뿌리치고 불쑥 일어섰다. 전무는 두 눈으로 지켜보았다.
>
> "왜?"
>
> 혜란은 핸드빽을 집어들고 층층대를 달려 내려왔다. 뒤에서는 '미쓰 황'이 연달아 따라왔다. '거-지 같은 년' 할 무렵에는 이미 아랫층에 나달았다. 경석은 완전히 의식을 잃었다. 중국사람은 이상한 얼굴을 하였다.[305]

시간성을 기준으로 해서 전선과 후방의 공간을 교차시켜 병렬 배치함으로써 1950년대 현실에 대한 비판의식을 강조한 것이다. 그것은 1930년대 모더니즘 소설들에서 시도한 공간의 병렬배치 수법보다 더 세련된 형태를 보여줌으로써 50년대의 모더니티 수준을 알려주는

---

304) 김성한, 「24시」, p.158.
305) 김성한(1957), 「귀환」, p.315.

것이다.

 김성한의 소설들 가운데는 제목이 서로 연계되는 것도 있고, 제목은 달라도 내용상 연계되는 것, 그리고 작가가 후에 제목을 바꿔 달은 것들도 있어 주목을 끈다. 「무명로(無明路)」와 「암야행(暗夜行)」은 현실의 어두움을 드러내는 제목이기 때문에, 두 소설은 서로 상통하는 제목을 가지고 있다. 또한 두 소설은 인물의 속성에 대한 풍자가 주제이다. 그러나 두 인물은 상당한 거리가 있다.[306] 「무명로」에 나오는 인물인 이재신과 「암야행」에 나오는 인물 한빈은 작가가 바라보는 시각부터 다르다. 이재신은 속물적인 기회주의자인 데 비해 한빈은 교사로서 몸 바쳤다가 시대에 절망하여 의욕을 상실한 인물이다. 이재신은 축재와 출세의 기회를 노리지만 항상 실패하고 겉돌기에 풍자의 대상이 되지만, 「암야행」의 형사 오광식은 일제시대에 한빈을 고문한 형사이며, 지금은 그가 재직하는 학교의 이사인 동시에 국회의원이고 교회에서 부흥회를 주도하는 위선자이자 기득권을 가진 존재로 나타난다. 한빈은 오광식에게 복수를 할 수 없었지만, 소설 「폭소」의 우편배달부 송명은 한 형사를 살해함으로써 확실하게 보복하고, 소설 제목은 그 사건에 대해 '폭소'라고 명명함으로써 그 당위성을 지지하게 된다.

 작가가 제목을 고친 소설로는 「로오자」(원제는 "선인장의 항의"), 「개구리」(원제는 "제우스의 자살"), 「24시」(원제 "난경") 등이 있다. 원제의 성향으로 보아서, 원제는 보통 주제의식의 관념성을 드러내는 표현을 사용한 것이었는데, 후에 개작할 때 소재 위주로 바꿈으로써 주제의식을 이면에 감추는 것으로 바꾼 것이다.

---

306) 이유식(1964), "평민적 인물 – 김성한론", 『현대문학』, 1964. 6.

김성한이 자신의 소설에 붙인 제목들에서, 실제 내용과의 역설적 거리에서 오는 긴장감이나 개작한 제목의 지향성을 본다면, 그의 소설들은 현실에 대한 알레고리를 한자어를 사용하여 명명법 안에 담고자 했다는 것을 쉽게 알 수 있다.

2. 동물우화와 알레고리

김성한 소설 중에서 일부는 제목이나 인물의 이름 차원이 아니라 아예 동물우화를 사용하여 노골적으로 알레고리 형식을 취하고 있다.[307] 이른바 동물에 관계된 제목을 가진 「개구리」, 「중생」, 「풍파」 등의 단편소설들이 그것이다.[308] 여기에 나오는 동물들도 힘이 세거나 권력을 가진 대표적 동물들이 아니라 권력도 없고 밑바닥의 서민들인 '개구리', '이', '빈대', '벼룩', '메뚜기' 들이다.[309]

「개구리」는 절대 권력자로서 왕을 세우고 그 밑에서 권력의 단물을 빨아먹으면서 다른 개구리들을 착취하는, 그러면서도 아무 죄의식이 없는 개구리 얼룩이와 반대세력인 자유인 초록이가 나온다. 제우스에게 하소연하여 황새를 왕으로 모시고 동족 개구리들을 학살하고, 심지어 황새로부터 개구리 엉덩이 살이라도 얻어먹어 보려는 치사함이 얼룩이의 속성이다. 이솝우화에 있는 황새와 개구리 이야기를 빌려와 변형한 「개구리」는 얼룩이와 초록이의 대조, 세계의 보편적 규칙을 상징하는 제우스 신과 초록이의 대화를 통해 권력의 허위성, 신의 권위라는 것이 가지고 있는 절대성에 대한 허위를 고발하

---

307) 박유희(1994), "관념적 비판의식과 다양한 기법의 채택", 「1950년대 소설가들」, (서울: 나남출판사).
308) 이상운(1986), "김성한 단편소설 연구", 연세대 석사학위 청구논문.
309) 이유식(1982), 「한국소설의 위상」(서울: 이우출판사).

고 있다. 그것은 곧 우리 사회를 지탱해 온 절대성의 규범에 대한 반발이며, 작가가 새로운 시각으로 보았을 때 발견한 진리이므로 알레고리라는 형식을 빌려 간접적으로 발언한 것이다.[310]

「중생(衆生)」은 말 그대로 이 속세를 살아가고 있는 '중생들'의 불쌍함에 대한 이야기이다. 소설 속에 나타난 중생들은 빈대와 벼룩, 이, 메뚜기들이지만 인간에 의해 쉽게 죽임을 당하는 힘없는 이들은 곧 전쟁터에서 재수 없게 잡혀 죽는 민초들에 대한 알레고리를 구성한다. 이 부부의 성대한 환갑잔치, 빈대와 벼룩의 속고 속임, 상대의 약점을 이용한 억누르기와 권력 쟁탈전이 제법 치열했음에도 불구하고 그들의 생은 인간이 뿌리는 약이나 치매에 걸린 김죄수가 잡아서 씹어 먹는 것으로 허무하게 끝나고 만다.

「풍파」는 백계 러시아인인 미녀 매춘부의 음모에 붙어살던 이 한 마리가 여러 사람을 전전하면서 서울바닥에까지 흘러들어오게 된 사연을 전하고 있다. 이 이는 자신이 아주 다양한 경험을 했으며, 인간의 탄생과정을 항상 옆에서 지켜보았기 때문에 신보다 더 현철한 것처럼 이야기하지만 결국 그는 인간들을 두려워하고 도망 다니는 이 한 마리에 불과함이 드러난다. 이 이는 허풍에 가까운 프라이드를 가진 이로서 현실의 모순을 자의적으로 해석하고 덧씌움으로서 자위에 가까운 안도감을 항상 자신에게 확신시키는, 그런 존재이다. 그러므로 이 이는 이 시대의 현실에서 산출해 낸 지식인의 허위의식에 대한 풍자이며, 알레고리이다.

김성한 소설이 전면적으로 차용한 이런 알레고리 형식은 작가가 현실에 대해 관찰하고 내린 결론을 강하게 반영하고 있다. 그는 우

---

310) 강태근(1992), 『한국현대소설의 풍자』, (서울: 삼지원).

화라는 알레고리를 통해 사실은 동물 이야기가 아니라 현실의 문젯거리를 가리키고 있으며, 그것을 읽고 난 후의 교훈성에 대한 되새김을 요구함으로써 독자들도 자신의 의견에 동의해 줄 것을 강력하게 주장하고 있는 것이다. 이런 스타일의 관념성은 흔히 김성한 소설의 '선험적 관념성'이라고 불리는 평가의 근거가 된다.[311]

위에서도 언급했지만, 이런 형식의 전면적인 우화가 아니더라도 소설의 끝마무리에서 시간과 공간을 정지시킴으로써 독자에게 거리를 두게 하는 방법도 상통하는 면이 있다. 또한 신화나 전설, 민담과 같은 형태를 도입함으로써 현실 비판의 강도를 표면적으로라도 누그러뜨리려는 시도를 한다.

모두 잠자코 있다. (태)양욱(太陽煜)은 묵묵히 앉았다가 불쑥 일어섰다.

"평소에 너희들은 충성되고 용감했다. 나는 그 은공을 갚을 길이 없는 것이 유감이었다. 이제 한 가지 길이 있다. 다만 우리가 이렇게 생사를 같이 하던 추억만은 영원히 잊지 말고 후세에 전해다오. 내 목으로 너희 생명을 구하여라."

말이 떨어지자 그 자리에 덜썩 주저앉아서 단도로 배를 갈랐다. 순간이었다. 달려들었으나 때는 이미 늦었다. 부하들은 그를 부둥켜안고 목을 놓아 울었다.

제비 한 쌍이 머리 위를 지나갔다.[312]

---

311) 권오룡(1988), "시대와 도덕적 인간형", 「김성한 중단편 전집」, (서울: 책세상, 1996) p.343.
312) 김성한(1955), 「개마고지의 전설」, p.146.

일본군과의 전투에서 동족에게 배신당하고 중과부적으로 막판에 몰린 상황을 앞둔 의병 대장 태양욱은 오직 한 가지 길인 죽음을 통해 추억으로 영원히 남기를 선택함으로써 "개마고지의 전설"로 남게 된다. 비극의 절정을 이룬 현장에서 마지막 문장 "제비 한 쌍이 머리 위를 지나갔다"가 제시된다. 그건 사실 내용과 별 상관없는 문장이며, 시각을 급격히 바꾸는 역할을 한다. 독자의 시선을 돌리게 하고 마지막 순간의 비장함을 식히면서 동시에 그 사건을 영원성으로 몰입시키는 역할을 하는 것이다. 이 사건을 "전설"로 완성시키는 데 일조를 하는 '관성의 법칙'에 대한 표현이다.

김성한의 소설에 차용된 신화성이나 전설의 속성은 이런 마지막 문장의 형태에 힘입은 바가 크며, 소설 내용상 주장되는 관념을 따라가 보면 반대로 기존의 신화적 영향을 붕괴시키는 데 초점이 맞추어진다. 기존의 신화를 대체할 새 신화의 준비가 바로 김성한 소설이 신화성의 차용을 통해 지시하는 대상이 된다. 소설 「창세기」, 「개구리」(원제는 제우스의 자살)와 같은 경우가 대표적이다.

그의 소설은 그래서 알레고리를 통해 주장되는 관념과 스스로가 소설 형식으로 채용한 것 사이에 긴장을 일으키고 있는 소설들이 되는 것이다. 그런 긴장감은 이중적 풍자라는 형태를 통해 드러나기도 한다.

C. 이중적 풍자와 서사구조

1. 인물에 대한 이중적인 풍자

김성한의 소설에서는 인물에 대한 이야기가 집중적으로 많이 이루어지고 있다. 장용학의 인물들이 관념을 대변하는 형상화로서의 인물들이었다면, 손창섭의 인물들은 현실의 일그러짐을 신체적 상상력을 통해 구체화시킨 인물들이라고 할 수 있다. 그러나 김성한의 경우는 신체적으로는 정상이되, 그들의 세계관에 문제가 있는 인물들이 풍자의 대상으로 등장한다. 따라서 김성한의 소설 속에 등장하는 인물들[313]은 풍자를 당하는 과정을 통해 오히려 스스로의 세계관을 적극적으로 표방하면서 자신과 세계에 대한 판단 내리기를 독자에게 요구하는 경우가 많다.

「개구리」에서 신과 개구리 초록이와의 대화를 보면, 가장 절대적인 세계로서 간주되었던 불변성으로서의 '신'이, 인간이라는 존재가 의식에서 만들어낸 상대적인 존재에 불과하다는 깨달음을 소설 속에서 드러내놓고 요구한다. 초록이에게 신이 깨우쳐주려고 노력하는 것이 바로 "나(신)는 너희들의 의식이 만들어낸 조작에 불과한 것이다"라는 것이다. 이는 1950년대의 현실에서 전쟁으로 기존의 전통이 파괴되면서 기존 세계를 구축하는 중대한 요소였던 자아와 세계 간의 낙관적인 연속성에 대한 인식에 지각변동이 왔음을 알리는 것이다. 과거의 낙관적인 연속성은 이제 불연속성에 대한 인식으로 바꿔

---

313) 김영택(1995), "김성한 소설에서 인간됨의 조건 - 김성한론", 「한국전후문학연구」, 구인환 외(공저), (서울: 삼지원).

어야 함을 강조한다.[314] 따라서 기존의 가치관에 따르면 쓰레기 같은 타락한 인간으로 치부되는 출세주의자, 기회주의자, 비도덕적인 매춘부 등도 김성한의 소설에서는 오히려 풍자의 대상인 동시에 동정적인 인간상으로 나타난다. 풍자의 기본조건은, 기준이 되는 도덕성을 근거로 하여 풍자의 대상이 가지고 있는 비합리적 요소나 부조리 등을 공격적으로 비판하는 것이다. 직접적인 비판이 불가능하기에 간접적인 방식으로 채택되는 것이 풍자라면, 살아있는 비판정신을 가지고 있되 대상에 대한 간접적인 비판의 우회로를 거치는 것 또한 풍자의 자유이자 한계가 된다.

풍자를 하는 사람에게 잣대가 되는 도덕성이 명료할수록 풍자는 공격적으로 성립되며, 풍자를 하는 당사자가 자신이 가지고 있는 도덕적 기준에 대해 회의를 품고 있을 때는, 풍자가 이루어지되 일방적인 공격성이 줄어든다. 그리고 풍자 대상에 대한 비판의식과 동정적 이해가 양가적으로 엇갈리며, 풍자를 행하는 사람 자신이 가지고 있는 도덕성의 기준에 대해서도 역방향으로 풍자적인 태도를 보이게 된다.[315] 김성한이 바로 그런 경우인데, 장용학이나 손창섭 같은 동시대 다른 작가들에 비해 문제적 비판의식이 뚜렷하고 비판의식의 발언대로 소설을 알레고리화하여 사용했기 때문에, 그에게는 풍자를 수행하려는 동기가 명확하다.[316] 어떻게 보면 풍자를 목적으로 소설을 쓰고, 알레고리의 방식을 채택했다고도 보인다. 그런 의미에서 김

---

314) 최혜실(1995), "실존주의문학론", 「한국 전후문학연구」, 구인환 외 (공저), (서울: 삼지원).
315) 김경원(1994), "김성한 소설의 풍자성 연구", 「관악어문연구」 19집, 서울대 국문과, pp.35-56.
316) 천이두(1983), "관념과 소설 - 한국소설과 사회참여", 「한국현대소설론」, (서울: 형설출판사).

성한의 소설 속에 나타난 풍자는 양 방향으로 뻗어나가는 이중적인 풍자이다.

그의 소설에서는 주로 인물들이 풍자의 대상으로 초점화된다. 소설 「무명로」의 이재신, 「김가성론」의 김가성, 「자유인」의 이광래, 「박쥐」의 박쥐같은 인간으로서의 박쥐, 「창세기」의 박경석, 「매체」의 한천옥, 「극한」의 중국인 남자, 「달팽이」의 원달호 등이 일차적으로 풍자 대상에 해당되는 인물들이다. 김성한 소설에 등장하는 인물들 중에서 가장 높은 빈도를 기록하는 이들 인물들은, 항상 혼란을 틈타 뭔가 한몫 단단히 잡기만을 기다리고 있는, 한탕주의를 노리는 기회주의자들이다. 나름대로 자기 논리가 분명하고, 그렇게 사는 것이 능력 있는 사람이라고 믿고 있으며, 능력과 무능력에 대한 변별 기준 또한 명료하다. 상하 계급사회에서 상층부를 차지하고 부와 권력을 잡아 마음껏 자유롭게 휘두르면서 살 수 있으면 아주 만족할, 약간은 치사하고 비열한 면도 많은 인간들이다. 약자에게는 강하고 강자에게는 한없이 약해져서 아부하며, 이 시대의 불행을 자신의 행복으로 마음껏 누리려는 자기 욕망에 충실한 자들이 바로 그들인 것이다.

늦은 가을바람이 서공원 너머로 불어오기 시작하였다. 광래의 세도는 시일과 더불어 더욱 커지고, 그의 한마디로서 통하지 않는 것은 거의 없게끔 되었다. 그는 차츰 교감의 존재가 눈에 거슬렸다.

─무능은 죄악이다. 우리 학교만이 아니라 교육계 전체를 위해서 이 따위는 단연 내쫓아야 한다.

그는 이론적으로 자기의 정당성을 구하였다. 아무리 생각하여도 자기가 옳았다. 자기가 잘났다는 것은 모든 정당성의 출발이었다. 그는 교감 타도를 위해서 적극 투쟁을 전개하기로 결심하였다.

우선 꼬마를 내세워서 직원 간에 교감의 옳지 못함과 학교에 끼치는 해독을 선전 선동하되 자기도 스스로 들을 만한 몇몇 직원을 붙잡고 교감이 무능해서 학교를 망치는 충분한 사정과 무능하면 가만히나 있을 것이지 교원 간의 분열을 조장한다고 단언하였다.

(······)

맹충이들은 별 수 없었다.
"흥, 시굴놈들 의분이 없어!"[317]

"무능은 죄악이다"라는 논리와 함께, 그 누구보다도 잘난 나 자신이 높은 자리에 올라야 한다, 잘되면 자기 탓이고 못되면 남의 탓을 하는 것이 광래의 생각이다. 또한 자신이 하는 일에 언제나 기존 관념으로부터 끌어온 도덕적 명분을 갖다 붙임으로써 그럴듯하게 포장한다. 겉은 명분이 있지만 실제 속 내용의 동기와 상황은 완전히 다른 자기 논리인 것이다. 이광래가 가지고 있는 이런 어긋난 관념이야말로 1950년대 현실을 지배한, 전형적으로 잘 나가는 속물의 논리다. 그의 알레고리 소설에 나타난 비천한 벌레의 세계와 이런 속물들의 세계는 양육강식의 논리에 따라 서로 상통하는 부분들을 가지고 있다.

그러나 김성한의 소설 속에는 그들과 대치하는 인물로서 또 다른 자기 논리를 가진 사람들이 있다. 「무명로」의 박순경, 「암야행」

---

317) 김성한(1950), 「자유인」, p.48.

의 한빈, 「창세기」의 현준, 「전회」의 남천숙, 「바비도」의 바비도, 「극한」의 야마모또 다쯔꼬, 「방황」의 홍만식, 「귀환」의 경석, 혜란, 「폭소」의 송명, 「광화문」의 김홍집 등이 그들인 것이다.

이들의 논리는 두 가지로 나누어질 수 있다. 하나는 기존의 도덕적 관념에 충실하여 그것을 명분으로 앞에서 이야기한 속물들을 재단하는 사람들이다. 「무명로」의 박순경, 「극한」의 일본인 목사 같은 사람이 그렇다. 그러나 이들이 속물들과 대비될 때, 이들이 가지고 있는 보편적 기준으로서의 도덕성은 지나치게 평면적인 것으로 떨어져 버린다.

그러나 그 밖의 다른 소설에 드러나는 인물들은 뭔가 다르다. 그들은 기존의 도덕적 관념을 토대로 가지고 있되, 그것을 무조건 추종하는 사람들이 아니다. 이들의 가장 뚜렷한 특징은 기존의 도덕적 관념에서 무엇이 왜 문제인지에 대해 항상 말할 준비가 되어 있거나 행동으로 보여주는 사람들이라는 것이다. 그들의 비판의식은 당대의 현실이 변화하고 있다는 데에서 출발하여 기존 관념의 틀을 깨고 새로운 관념의 틀을 모색하려고 하는 데에서 나온다.

박순경처럼 재단하는 사람은 속물들에 대한 평가가 언제나 단일하다. 그러나 새 틀을 짜려는 사람들은 속물들을 쉽게 단정 짓지 않고, 그들의 논리를 전개시켜 주면서 때로는 동정적으로, 때로는 비판적인 시각으로 본다. 이런 양가적 태도는 그들이 기존의 가치관에 동의하지 않고, 그것을 회의하면서 제3자의 입장에 선다는 것을 전제로 해서 나오는 것이기 때문이다. 「오분간」에서 신이 "아! 이 혼돈의 허무 속에서 제삼존재의 출현을 기다리는 수밖에 없다. 그 시비를 내 어찌 책임질소냐."[318] 라고 말하는 내용에 이것이 압축되어 있다. 프로메테우스의 법도, 신의 보편적 기준도 모두 회의와 풍자의 대상이 되기 때문에, 비록 그 풍자에 내재된 공격성은 약화될지라도 기존의 평가들처럼 무기력한 체념에 빠졌음을 의미하는 것은 아니다. 오히려 이중의 풍자를 통해 현실에 대한 전반적인 비판의식이 살아 있음을 의미하는 것이다.

이런 시각에서 봤을 때, 김성한의 소설에서는 1950년대와 같은 현실의 세계 속에서 생존하기 위해 기존의 윤리 도덕을 준수하는 전통적이고 이상적인 인간상이 오히려 현실 파악을 못하는 현실 부적응자이자 조소 대상으로 변화할 수밖에 없었던 것이다. 그 예로, 한때는 열의에 찬 훌륭한 교사였던 「암야행」의 한빈 같은 인물은 자신이 지니고 있던 신념과 도덕성이 교육 현실에서 통하지 않는다는 것을 알았을 때, 손창섭 소설에 나오는 무기력한 인물과 유사한 의욕상실의 행동양상을 보이며, 현실 부적응자로 주변 사람에게 인식된다. 한빈의 오광식에 대한 분노는 기존의 도덕성을 토대로 해서 나온 것이지만 그의 무기력함은 체념이나 자포자기로만 설명될 수 없다. 그의 무기력함은 동정보다는 비판적인 시각으로 화자에 의해 바라다 보이며, 그것은 바로 당대의 현실에 대한 강렬한 비판의식을 보여줌으로써 인물과 세계 양 방향에 대해 이중적인 비판을 가하는 것이다.

> "오형사 아니오?"
> 오광식은 픽 돌아섰다. 일순 그의 두 눈에서는 불이 번쩍하였다. 한참이나 물끄러미 한빈을 쏘아보고 나서,
> "그렇소. 과거에 경찰에도 좀 있었죠."
> "좀 있은 것이 아니라 가장 악질이었지요."
> "그땐 그때, 지금은 지금이죠."

---

318) 김성한(1955), 「오분간」, p.135.

"정의의 칼이 무섭지 않소?"

"정의의 칼? 허어, 정의의 칼이 녹슨 줄 모르시우? 아니 원래 정의의 칼이란 것이 없을지두 모르지요."

오광식은 큰 기침을 하고 계속했다.

"그땐 그것이 필요했구 지금은 또 다른 것이 필요하거던. 나도 당신을 알아볼만하오. 어떻소, 대결할 결심이신가요? 국회의원과 중학교 교사루는 좀 어렵잖을까요? 허허……교장 선생, 갑시다. 허허허……"

개화장을 휘두르며 교장을 앞세우고 나가는 오광식을 한빈은 바라보고 서 있을 수밖에 없었다.[319]

김성한 소설의 풍자는 그래서 이중적으로 동시에 두 방향을 지시하고 있다. 겉으로는 속물을 풍자하는 것 같지만 사실은 속물과 함께 대조되고 있는 도덕적 인간의 비현실성도 함께 풍자된다. 도덕성을 중심으로 해서 속물적 기회주의자들을 비판하는 것만이 아니라 제도 자체에 대한 비판도 동시에 가리키고 그 허점을 폭로하고자 한다는 점에서 이중적인 풍자의 형태를 지니게 된다. 속물들의 현실논리는 언제나 이 현실에서 누가 강자이고 누가 약자이며, 강자는 약자를 상하관계로 억누르고 억압할 수 있는 권리가 있다는 것이다. 김성한 소설에 드러나는 특징 중 하나로서, 상하관계의 담론, 상하관계의 재배치를 둘러싼 권력 게임의 요소는 이런 속물논리에서 나온다. 그리고 박쥐, 벼룩, 이, 빈대, 개구리 등의 비천한 동물이 우화의 매체가 됨은 바로 속물에 대한 환유로 그것들이 선택되었기 때문이다. 그러나 속물의 비천함뿐만이 아니라 모든 인간형이 다세계에 적

---

319) 김성한(1954), 「암야행」, p.87.

응하고 살기 위해 노력한다는 것을 강조하며, 그들이 적응하려 노력하는 그 세계 자체의 허위성을 폭로한다는 점에서 보다 깊은 풍자가 이루어진다.

"곰곰이 생각하니 우리가 사는 방식이 틀렸어, 거지가 되기 알맞거던."

"너 참 이상하다."

"이상하긴? 잘 생각해봐. 우리가 이렇게 못 사는 건 못된 놈들이 간악한 수단으로 우리 영역을 침범하기 때문이 아냐? 그 자들한테 우린 이용당하구 짓밟히구 있는 거야. 나는 깨끗하노라 정직하노라 하는 것은 남한테 이용당하기에 꼭 들어맞는 자기 만족이야."

"그럼 네 말대루 이용하구 넘겨치구 나간다면 우리두 그런 부류가 되잔 말이냐?"

"그건 다르지. 우리는 악에게 이용당할 줄은 알아도 악을 이용할 줄을 몰랐어. 악이 침범해 오면 피할 줄은 알았어두 넘겨칠 줄을 몰랐기 때문에 최소한도의 자기 권리두 보전 못한 거야. 그래 가지구 양심이니 결백이니 하는 그자들의 웃음꺼리밖에 될 게 뭐냐."

"그럼 어떡한단 말이니?"

"악은 악으루 넘겨치구 정당한 내 권리는 끝까지 주장하지."

"그럼 큰소리 칠 것두 못 되잖아?"

"큰소리 칠 것두 없지만 쥐구멍 찾을 것두 없지. 악에 대항했다구 사회에 죄될 건 없거던."

"도대체 선을 택한단 말이냐, 악을 택한단 말이냐?"

"알겠니? 선을 택하는 데는 틀림없는데 그 수단 방법이 다

르단 말이다. 케케묵은 패배주의의 선은 거지의 도덕률이란 말
이다.”

　“나는 뭐가 뭔지 모르겠다. 아이 졸려.”[320]

　비록 고아였지만 열심히 일하면서 도덕적인 인생을 살아오던 남천
숙은 같은 고아 출신 김상철이 전쟁터에서 죽고 혼자 남자 고독과
생활고에 시달린다. 속물의 대표 격인 남자 차균과 천숙은 같은 직장
에서 줄다리기를 하며 아슬아슬하게 힘의 균형을 이룬다. 천숙은 동
창생 민자와 나누는 위의 대화에서 사회악에 대항하는 제3의 방식에
대해 자신의 논리를 전개해 나가고 있다. 「귀환」의 혜란이 역시 같은
논리를 주장하며, 이런 논리는 절대성을 거부하고 상대적인 상황논리
를 그 토대로 삼기 마련이다.

　속악적인 인물들을 상대하는 이런 위악적인 인물들은 강한 비판
의식으로 속악적인 인물들을 대하되, 기존 가치관에 대한 긍정을
그 비판의 준거로 삼지 않는다. 제삼의 방식을 갈망하되, 김성한이
제시한 제삼의 방식은 바로 「바비도」나 「김흥집」, 「개마고지의 전
설」 등에서 나온다. 역사 이야기를 소재로 차용하여 만든 이 소설
들은 그 인물들이 제3의 대안을 추구하는 방식을 보여준다. 그들
에게는 풍자의 일차적 대상인 속물들보다 속물들에 대해 잣대 역
할을 해주어야 할 기존 가치관의 문제에 대한 회의의 비중이 더
크다. 그래서 그들은 기존 가치관의 모순이 극대화되어 스스로를
파괴시켜버릴 때까지 고집스럽게 버틴다. 기존 제도의 모순이 죽
음이라는 형식으로 자신을 파멸시킬 때, 그들은 오히려 새로운 세
계에 대한 희망을 가지고 그 세계로 들어갈 수 있기 때문이다. 그

---

320) 김성한, 「전회」, p.180.

것이 그들이 가진 최대의 비판적 문제의식이며 대안제시이기도 한 것이다. 소설 「바비도」는 그것을 명료하게 보여준다.[321]

> 일찍이 위대하던 것들은 이제 부패하였다.
> 사제는 토끼 사냥에 바쁘고 사교는 회개와 순례를 팔아 별장을 샀다. 살찐 수도사들을 외면하고 위클리프의 영역 복음서를 몰래 읽는 백성들은 성서의 진리를 성직자의 독점에서 뺏고 독단과 위선의 껍데기를 벗기니 교회의 종소리는 헛되이 울리고 김빠진 찬송가는 먼지 낀 공기의 진동에 불과하였다. 불신과 냉소의 집중공격으로 송두리째 흔들리는 교회를 지킬 유일한 방패는 이단분형령(異端焚刑令)과 스미스피일드의 사형장뿐이었다.[322]

성경만이 진리요, 그 밖의 모든 것은 성직자들의 허구라고 일변을 토하던 경애하던 지도자들도 대개 재판정에서는 영역을 읽는 것이 잘못이라고 죽음의 공포 앞에서 모두 맹세를 깨뜨리고 회개하는 것을 본 바비도는 기존의 가치관을 제시했던 속물 성직자들뿐만이 아니라 새로운 세계를 주장했던 비밀독회도 자신의 신념을 굽히는 것을 보고 양자 모두에 대한 회의를 느낀다.[323] "어제까지는 옳았고 아무리 생각하여도 아무리 보아도 틀림없이 옳던 것이 하루아침에 정반대인 극약으로 변하는 것"을 보면서 옳고 그른 것이 문제가 아니라 힘이 약하고 센 것이 문제라는, 그들의 논리에 내포되어 있는

---

321) 이인복(1979), "1950년대 소설에 나타난 죽음", 「한국문학에 나타난 죽음의식의 사적 연구」(서울: 열화당).
322) 김성한(1956), 「바비도」, p.232.
323) 김우종(1960), "동인문학상 작품론", 『사상계』, 1960. 2.

위선을 분명하게 깨닫는다. 바비도는 세계가 진실성이 결여된 인간의 연극이라 보기 때문에 교회와 온 세상, 자신에 대해서도 흥미를 잃었다고 재판정에서 진술한다. 그래서 그는 "나는 나대로 인간을 폐업하렵니다. 이 인간사를 뛰어넘은 길을 가야겠습니다."[324] 라고 제3의 대안을 찾아 초월할 것을 추구한다. 그는 헨리 태자의 만류에도 불구하고, "내 스스로 이 방에서 저 방으로 가는 심사로 떠나는 길이니 염려할 바 없습니다. 이미 동정으로 해결된 문제는 아닌가 합니다."[325] 라고 자신의 입장을 명확히 한다. 바비도가 무기력하게 체념하여 죽음을 재촉한 것이기 때문에 그의 신념체계가 관념으로서의 역할을 수행하는 데 실패했다는 기존의 평가[326]는 라캉의 견해를 고려하지 않았기 때문에 그렇다. 바비도가 죽음에 이르는 과정은 1950년대의 현실 안에서 장용학이 자신의 소설에서 추구했던, 죽음을 통한 초월과도 상호관계가 있는 것이다.

2. 현실에 대한 이중적인 풍자

장용학이 1950년대의 현실을 이루는 기본 요소로서 이데올로기와 아버지의 법칙을 상정하고, 언어와 주체에 대한 관념을 부정하면서 사차원의 세계로의 초월을 추구했다면, 손창섭은 1950년대의 현실을 불구적 왜곡의 상태로서 파악했으며 바라보기와 말하기의 욕망을 통해 그 왜곡현상을 드러냈다. 그러나 김성한의 소설은 1950년대의 현실을 드러냄에 있어서 과거와 현재의 극단을 대비시킴으로써 양자를

---

324) 김성한(1956), 위의 책, p.238.
325) 김성한(1956), 위의 책, p.241.
326) 김 현, "신념과 체념의 인간상".

모두 풍자하고 거기로부터 제3의 대안을 추구한다는 점에서 앞의 두 소설가와 차이를 보여준다. 김성한은 자신의 비판의식을 드러내는 방식으로 풍자와 알레고리를 사용하는데, 그것은 모두 이런 형태가 자기 의견을 문학 안에 드러낼 수 있는 지시물 구조로서 유효하기 때문이다. 따라서 김성한의 소설에서 인물의 이름이나 제목, 알레고리, 풍자의 해석은 작가의 의도성과 깊은 관련을 맺게 된다. 그러나 김성한 소설들은 대개 1950년대에 산출되었음에도 불구하고, 자신의 소설 속에 1950년대라는 구체적인 현실만으로 제한하지 않고, 50년대, 40년대, 구체적이지 않고 추상화된 현실, 그리고 역사적 사실까지 그것을 일반화시켜 제시하기도 한다. 그것은 그가 자신이 말하고자 하는 게 일반화될 수 있는 보편성을 지닌 것이라는 사고에서 나오는 것이다. 1950년대 현실의 특수성을 토대로 해서 산출되었음에도, 다른 시대적 현실로까지 보편화될 수 있게 된다. 1950년대 현실의 특수성과 보편성은 그의 소설 속에 이렇게 드러난다.

> 어두운 길, 행인도 별로 없는 길에는 비가 내린 후라, 군데군데 고인 물이 희미하게 반짝일 뿐이었다.
>
> 가슴의 불안은 여전히 사라지지 않았다.
>
> 유달리 심각하다고 할 것까지는 없지마는 벌써 몇 해를 두고 동기에서 마음속을 설레는 불안이다.
>
> 인류 자체가 불안의 단계를 넘어 절망의 단계에 이르렀다지마는 그와 같이 인류의 운명, 국가의 앞날을 걱정하는 거창한 데서 출발한 것은 아니었다.
>
> 삶 자체가 잿더미같이 후퇴도 전진도 없이 싱거웠다. 자기가 없어졌다고 세상에 큰 구멍이 날 리도 없고 땅을 치고 울어줄 사람도 그다지 있음직하지 않았다. 구태여 살겠다는 것은 죽음

을 두려워하는 생물적 본능이 아닐까?

고인 물에 파출소의 등불이 비쳤다.[327]

'어둡고 물이 고인 길'은 1950년대 현실에 대한 은유이다. 급격한 변화를 겪으면서 당대에 대한 '불안, 절망'을 느낀다는 일상적인 개념이 여기에서 뒤집어진다. 김성한은 오히려 이 세상에 상수(常數)처럼 계속 존재하면서 아무리 해도 변화하지 않는 그 무엇인가에 대한 염증, 무기력함을 찾아낸다. 따라서 1950년대 현실에서 김성한이 찾아내는 문젯거리는 상대성을 지닌 사회적 변화 그 자체보다 그럼에도 불구하고 변하지 않는 절대적 불변성이 불러들이는 무기력함이다. 또 '어둡고 물이 고인 길'에 비치는 '파출소의 등불'처럼 안내자가 될 수 있는 제3의 것을 기대한다.

김성한의 현실에 대한 이해는 이렇게 그 현실에 존재하는 풍자 가능한 대상을 드러내는 방식을 통해 드러난다. 김성한이 풍자한 대상은 우선적으로, 안 그래도 파행적일 수밖에 없는 1950년대의 현실의 혼란을 틈타 더욱 자기 욕망을 추구함으로써 타인의 삶도 왜곡시켜버리는, 그런 존재에 가해진다.[328] 그의 소설에서 이재신, 김가성, 이광래와 같은 인물들이 바로 그런 존재이며, 이들은 인간적인 존재라기보다는 박쥐, 개구리, 빈대, 벼룩, 이와 같은 저급한 존재로 상징되어진다.

김성한 소설이 동물우화를 사용하되, 이런 유의 동물들을 주로 우화에 사용한 것은 바로 김성한 자신이 그런 존재들에게 가지고 있는

---

327) 김성한(1954), 「암야행」, p.77.

328) 남송우(1995), "인간됨의 가치 회복을 위한 모색", (서울: 동아출판
　　　 사) p.563.

가치판단의 반영에 다름 아닌 것이다. 수단방법을 가리지 않고 권력과 부를 얻으려는 이 인물들의 세속적인 욕망은 기회주의적인 태도로 나타나며, 그것은 일차적인 풍자의 대상이 된다. 김성한이 풍자를 통해 칼날을 휘두를 때, 그의 가치판단의 근거가 되는 잣대는 그가 지니고 있는 기존의 가치관에서부터 나온다. 평가의 기준이 되는 가치관은 기본적으로 절대적인 판단 근거, 보편적인 상수항의 성격을 지니고 있어야 한다. 보편적인 타당성에 비추어 일탈성을 추궁하는 것일수록 풍자의 강도는 강해진다. 그러나 문제는 그의 잣대 역할을 하고 있는 기존 가치관조차 그에게는 또 다른 가치판단의 대상이 되고 있다는 것이다. 그것이 바로 김성한 소설에서 풍자의 이중성을 만들어 내는 근원이다. 김성한 소설의 풍자가 약하다거나 상황에 따라 태도가 달라진다는 등의 평가는 모두 그의 풍자가 양 방향 풍자라는 기본 속성에서 비롯되는 것이다. 풍자의 공격대상이 비정상적 대상과 공격의 근거가 되는 가치판단의 양자를 함께 아우르면서 김성한 소설의 자기 풍자 또한 가능해진다. 이렇게 복합적인 방향으로 양자 모두에 대해서 가치판단을 할 수밖에 없도록 만드는 근원은 바로 1950년대의 현실로부터 제기된다.

> 세월이 가면 소위 무덤이라고 하는 이 흙무더기도 주저앉고 그 속에 들어있는 한 줌 백골도 없어질 것이다. 사람이란 물같이 흐르는 시간 위에 잠시 떴다가 곧 사라져 버리는 거품이 아니냐? 죽음이 없이 무한히 살 듯이 사회라는 도가니 속에서 몸부림치는 자기의 자세는 광(狂)이 아니고 무엇이냐? 생이란 영원한 사(死)의 일부분이어든 중요한 문제는 오히려 사에 있지 않으냐? 여기는 영겁의 사가 있고 저 거리에는 사의 흐름 위에 뜬 거품들이 지향 없이 서로 아우성치고 있다.[329]

1950년대에서 '삶'에 대한 인식은 이렇게 거품과 같고 살려는 아우성은 미친 짓으로 여겨진다. 모든 것은 죽음에서 출발해서 죽음으로 돌아가며, 생은 죽음의 한 부분에 불과한 것이라 간주된다. 이런 관점에서라면 위의 인물들이 벌이는 삶의 아우성은 추태로 간주될 만한 것이다. 기존의 가치관, 삶의 버팀대가 되었던 가치관이 붕괴되면서 개인의 욕망을 금제할 기준도, 강제력도 상실되어버리는 것이 전후의 현실이다. 살아남는 것, 생존이 최대 과제가 된 사회에서 생존을 위한 것이라면 그 어떤 명분보다도 우선순위로 올리는 정당화가 가능했다. 그런 의미에서 김성한 소설이 초점을 맞춘 인간 욕망의 극대화 현상은 인물들의 행위, 사고방식으로 표상되며, 그들의 자기 합리화는 스스로에 대한 풍자와 그들이 비난하는 기존 가치관에 대한 풍자 두 가지를 가능하게 한다.

"출세……"

어느 모로 보나 자기는 이 시골서 여학교 교원으로 썩을 인물은 절대 아니었다. 입빠른 친구들은 혼란기에 엄벙땡하고 된 것이라 중상하지마는 대학교수도 지냈다. 안 하니까 그렇지 지금도 하기만 하면 학계에서 제일인자 되는 건 문제가 아니었다. 또 수완으로 보더라도 내가 꾸며서 일찍이 안 된 일이 있단 말이냐? 그러면 인물은?

거울을 앞에 놓고 들여다보았다.

여덟팔자 수염부터가 의젓하였다. 눈이 좀 작은 듯도 하지마는 그러나 이건 괜찮았다. 오뚝한 코, 위엄 있는 입술―이만하면 어느 회전의자에 갖다 앉혀도 그럴듯할 것이었다. 나쁘지도

---

329) 김성한, 「전회」, p.207.

않은 눈에 걸어놓은 흰테 안경은 전체의 조화를 알맞게 하고
일종 위풍을 주고 있었다. 꼭대기에서 발끝까지 못난 데라곤
하나도 없었다.

"출세……"

─사람치고는 정치인이 제일이지.

이렇게 생각하고 보니 부스러기 교감이나 유영환 따위를 내
쫓자고 한 것이 도리어 부끄러웠다.

영웅의 한때 장난이지…… 그건 그렇구, 중앙정치 무대에서
눈부신 활약을 한 번…… 마땅히 사나이의 할 일이지.

그는,

"돈……"

하고 손을 불끈 쥐었다.

─돈이 장수지, 돈이 못하는 일이 있단 말이냐? 우선 돈을 벌
어야지.

돈만 있으면 출세는 문제없고, 출세하면 돈이 또한 문제없을 것이
었다. 돈 따위는 누워서도 굴러들어올 것만 같았다.

저녁밥을 총총히 끝내고 세관에 다니는 중학 동창을 찾았다.
뜬소문에는 돈냥 톡톡히 잡았다고 하였다.[330]

이 예문은 시골 학교에서 술책을 써서 자기 이익을 챙긴 이광래
의 자기평가와 미래에 대한 설계를 보여준다. 이광래에게 중요한 것
은 출세와 돈 두 가지이며, 그것은 곧 정상적인 방법이 아니라 편법
을 써서라도 획득해야 하는 대상이 된다. 그러나 세관에 있는 친구
가 이광래보다 한 수 위여서 그는 오히려 사기를 당하고 만다. 자신
의 이익을 위해 수단방법을 가리지 않는 이런 인물들은 그만큼 자기

---

330) 김성한(1950), 「자유인」, p.53-4.

합리화의 근거를 기존 모랄에 대한 비판에서 찾아낸다.

　"그야 털어놓구 말이지 한몫 볼랴는 거죠."

　"그래도 괜찮은가요?"

　"세상은 다 그렇구 그런 거죠, 잡혀갈까 걱정이 돼서 그러시우? 적당히 다 처리하는 방법이 있죠."

　"그 딸라가 어떻게 된 딸라길래 감히 그럴 수 있겠어요? 징용 간 사람들이 총알 밑에서 피를 흘리면서 모은 것두 그 속에 적지 아니 들어있을 거 아니에요?"

　"그래서?"

　"그러니까 그 돈에는 우리 민족의 피와 땀이 배어있을 거 아니에요, 진짜루 재건에 써야지 누가 차 선생더러 한몫 보라구 모아둔 건가요?"

　"아따, 정당한 방법으루 정당하게 대부받은 이상 삶아 먹던 구워 먹던 무슨 상관이요."

　"상관없을까요?"

　"내 말 좀 듣겠오? 사람이 기계라면 돈은 기름이거던요. 기름없이 기계가 못 돌아가는 건 빤하잖소? 그러니까 수단 방법을 가리지 않구 돈을 벌어야 하는 거랍니다. 내 손에선 돈이 떨어져 보시우, 누가 거들떠나 보는가."

　"옳은 말씀이에요. 그런데 나라가 폐허에서 다시 움직일 기름이 제 생각으룬 딸라 같은데 그걸 차 선생이 가루채두 괜찮을까 말입니다."

　"미쓰 남 생각에는 세상을 다 아는 것만 같죠? 그렇지 않습니다. 솔직히 말해서 거 다 못난 사람이나 하는 못난 소리죠. 이를테면 자기가 못나서 못 먹다 보니 화낌에 내뿜는 불평에 불과하거던."

"그래두 양심에 가책을 안 받아요?"

"양심? 허허……양심이란 걸 본 일이 있오? 모가 났읍니까, 둥급니까?"

천숙은 더 말이 나오지 않았다. 마치 육중한 바람벽을 대하듯이 바늘도 들어갈 구멍이 없었다. 인간의 탈을 쓴 구렝이가 있다면 그것은 바로 차균이었다. 간교한 꼬리를 이리저리 휘둘러서 닥치는 대로 갈기고 훔쳐서 더욱 더 살쪄가는 것이 차균이라는 구렝이었다. 이런 자에게 돈이 들어가면 갈수록 더 억세어지고 사회의 교란도 더 커질 것이다. 이런 자와 대결하려면 진실로 초인적 인간이 되든지 그렇지 않으면 구렝이가 되는 수밖에 없을 것이다. 수단을 가리지 않고 악을 행하는 자의 힘을 수단을 가리지 않고 깎아 버린다고 해서 무엇이 나쁘단 말이냐? 정의란 실지에 있어서는 공염불이 아니냐?[331]

소설 「전회」에는 차균에 대항하던 양심적이고 윤리적인 남천숙이 자신이 기대고 있던 모랄의 허위성을 느끼고 비판하는 부분이 있다.

　－내가 너희들이 생각하듯 더러운 화냥년이라고 하자. 그럼 더러운 화냥년이 가져온 걸 먹구 앉은 너희들은 깨끗하단 말이냐? 입으룬 깨끗을 부르짖구 목구멍에다간 스스루 더럽다는 걸 처넣는 너희들은 도대체 어떻게 돼먹은 족속이냐? 제 발루 한 발두 움직이지 못하면서 입만 뾰죽한 것들이.

　　　　　　　　(……)

　－더러운 걸 몸에두 못 걸치는 인간이 뱃속에 넣어서 살을 만들구 피두 빚어내니 몸뚱아린 어떻게 된단 말이냐? 썩어서

---

331) 김성한, 「전회」, pp.196-7.

구데기가 이물이물 할 거 아니야. 건방지게……그렇게 깨끗하
면 물이나 마시다가 죽어 자빠질 것이지.

누워서 견딜 수가 없어서 일어나 앉았다. 차균이는 능청맞더
니만 이자들은 간교(奸巧)하다. 용서해 응 어쩌구, 세상에 소위
똑바른 놈은 하나도 있을 상싶지 않았다. 어느 놈이고 할 것
없이 쓰레기통에서 웅성대는 구데기다. 큼직한 신발을 신고 짓
밟아서 없애버리고만 싶었다.[332]

윤리를 추구하는 것의 불합리성, 곧 실제 생활과의 괴리를 이 부
분은 날카롭게 지적하고 있음으로써 양 방향으로 비판의식을 보여준
다. 소설 「자유인」에서 도덕적인 인물 유영환과 속물 이광래의 대결
장면은 시대를 수용할 수 없는 절대적 도덕성에 대한 비판을 직접적
으로 보여준다.

잠자코 있던 유영환이 일어섰다.

"학교는 보통 사회와는 다르다고 봅니다. 학교에서만이라도
사정(私情)이라는 것이 없었으면 합니다. 한 사람 한 사람의
운명을 좌우하는 일이 아닙니까? 수를 늘이는 데는 이의가 없
습니다마는 언제나 성적순으로 하는 것이 좋겠습니다. 이것이
공명정대가 아닙니까?"

언변이 없는 그의 말에는 열성은 보였으나 남을 움직일 힘은
부족하였다.

"선생님은 너무나 단순허십니다. 학교라구 사회가 아닌가요?
무론 우리는 공명정대해야 헙니다. 그러나 겉으로 공명정대한
것만이 능사가 아닙니다. 문제는 그 공명정대를 유지허느냐 못

---

332) 김성한, 위의 책, p.203-4.

허느냐에 있습니다. 아무 힘도 없는 학원이 이 사회에서 움직여 나가는 데는 이모저모 생각할 점이 많습니다. 다섯을 제 주장대로 뽑자는 것은 백사십다섯의 공명정대를 이 다섯으로 지탱해 나가자는 것입니다."

과연 그의 소론은 이론정연하였고, 공명정대를 위하는 지성도 역력히 보였다.

유영환은 주장을 굽히지 않고 고군분투하였다. 그러나 다수와 한 사람이라 이겨낼 도리가 없었다. 나중에는 일좌의 조롱거리가 되었다. 영환이야말로 사회를 모르는 철부지라는 것이었다.

"늘 말이 없다가 하필 오늘 말썽이야?"

"잘난 체해 보는 거지 뭐."

"제 혼자 그래 봤자 소용 있나?"[333]

위의 예문에 나타난 속물적 인물들의 경우처럼, 1950년대의 현실에서 기존 도덕관념의 틀을 벗어난 자기 욕망의 추구는, 어느 것보다도 전통적인 사회의 모습을 반영하는 상하관계의 권력 지향성으로 나타난다. 「중생」이나 「개구리」, 「무명로」, 「자유인」, 「박쥐」, 「달팽이」 등의 소설은 권력추구의 담론을 보여준다. 그의 소설에 나오는 인물들이 권력의 상층부에 위치해서 부정부패하거나 온갖 비리를 통해 개인의 욕망을 마음껏 추구할 기회를 놓치지 않는 것은 곧 권력의 속성에 대한 김성한의 비판의식을 드러내는 것이며, 권력 자체가 지닌 부정적인 측면에 대한 폭로이다.

소설 「방황」에 따르면, 그래서 이 세상은 "제정신 없는 광대춤"

---

333) 김성한(1950), 「자유인」 p.47.

이며, 그것을 보는 자신은 "세상의 연극이 재미있어서 쉴 새 없이 웃"는다. 그럼에도 불구하고 이 세상에서 적극적으로 살아야 하는 이유는 "싫건 좋건 무대에 선 자는 춤 안 추구 먹고 살 수는 없"기 때문에가 된다.[334] 김성한 자신은 1950년대 현실이라는 현실을 연극무대로 파악하고 있으며, 다른 사람들이 무대 위에서 광대춤 추는 것을 보며 웃는 관객인 동시에 스스로도 배우일 수밖에 없어서 무대에서 춤이라도 춰야 생존할 수 있다는 현실을 이 부분에서 드러낸다. 다른 배우들을 보고 웃지만 결국 자신도 누군가가 보고 웃을 수밖에 없는 한 배우에 불과하다는 판단은 바로 1950년대 현실에서 이중의 풍자가 가능하게 된 원인이 되었을 것이다. 이중의 풍자를 위해서는 기존 가치관이나 이데올로기의 허위성을 바라보고 파악하는 데서 출발하는 것이므로, 김성한의 역사 소재 소설이 드러내는 문제의식을 탐색하는 것이 필요하다.

D. 새 의식관의 추구

1. 역사이야기와 전통적 가치관의 전도

김성한 소설에는 역사를 소재로 한 소설들이 있다.[335] 60년대 이후 그가 영국에서 역사를 공부하고 본격적인 장편 역사소설들을 쓰기 전에 쓰인 역사소설들이다. 그러나 역사의 허구화 과정에서 사용된 작가 자신의 역사에 대한 해석에는 1950년대의 현실에

---

334) 김성한(1957), 「방황」, p.279.
335) 백낙청(1967), "소설 「이성계」에 대하여", 『창작과 비평』, 1967. 가을.

대한 관점이 녹아들어 있다.[336] 역사란 인간과 시대적 상황과의 상호관계일 때 그 의미가 있기 때문이다.[337] 소재의 취사선택과정에서 이미 반영된 그것은, 허구화된 소설의 형태에 잘 나타난다. 그의 소설들이 1950년대 현실에 대한 비판의식에서 출발했다면, 현대가 아니라 과거 역사에서 일화를 채용한 그의 역사소설들역시 이런 점에서 다를 바 없다. 오히려 그 소설들은 역사를 알레고리처럼 사용하면서 기존 세계인식의 허위성을 드러내 놓고 비난거리로 삼는다. 「로오자」(1954)나 「개마고지의 전설」(1955), 「바비도」(1956), 「광화문」(1961) 등도 같은 범주에 들어간다.

소설 「로오자」는 초기 소설이어서 그런지 다소 미숙한 부분들이 있다. 그러나 그럼에도 불구하고 '위대한 총통 아돌프 히틀러의 어머니'로 설정된 인물 '로오자'의 사고가 변화하는 과정을 통해 기존 관념의 허위성을 드러낸다. 힘을 가졌다는 점에서 보통 인간과 다른 신과 같은 존재였던 아들이 패전의 과정을 겪으면서 보통 인간과 다를 바 없는 사람이라는 것을 인식하게 되고, 보통 인간의 초라함을 위대함으로 바꾸게 된다. 그래서 그는 "위대란 인간이 만들어 낸 가장 서투른 광대놀음"[338]임을 인식하게 되며, 보통 사람들의 생명을 구하는 길을 택하게 되는 것이다. 이렇게 역사라는 것에서 느껴지는 위대성이나 보편성을 김성한은 「로오자」에서부터 부정하고 뒤집기 시작한다.

「개마고지의 전설」을 보면 역사적인 위대함의 허울이 더 잘 드러

---

336) 백낙청(1967), "역사소설과 역사의식", 『창작과 비평』, 1967. 봄.
337) 고영석(1984), "19세기 독일 역사소설의 서술구조", 『독일문학』 32집, 한국독어독문학회, pp.1-22.
338) 김성한(1954), 「로오자」, p.73.

난다. 일본군 정예부대와 싸우는 의병대장의 역사에 대한 관념은 명분에 따른 희생이야말로 전쟁의 보람이라고 강조되어 온 기존의 관념을 뒤집는다.

> "전쟁이란 건 아까두 말했지마는 비겁한 데서 시작되는 거야. 상대가 약한 것을 빤히 들여다보고 승산이 충분하니까 덤벼드는 거 아니야? 그러니 비겁한 수작이지. 그러나 말이다. 이건 개개인의 감정이구 국가와 국가 사이에서는 약하다는 건 일종의 죄악이다. 우리가 약해서 남의 나라를 두 차례나 싸움을 붙이구 종당은 제 나라까지 망치는 거 아냐? 죄라두 큰 죄지."[339]

의병활동에 대한 대장 차도선의 의견은 의병활동을 해야 할 필연성을 제시하는 명분론으로 치장된 기존의 역사적 견해를 정반대의 경우로 떨어뜨린다. 침략당한 약자에 대한 옹호나 약자를 침략한 강대국에 대한 도덕적 비판이 정반대의 위치로 돌아서서, "힘이 곧 도덕"이라는 논리가 된다. 그러나 대장 차도선의 견해에는 한계가 있다.

> 우리는 죽어야 한다. 한 사람이라도 더 죽음으로써 이 민족은 그만큼 더 살 수 있다. 민족의 생명이란 별 것이 아니다. 민족으로서의 의기다. (……) 지금은 등불을 켤 때다. 등불은 생명의 씨다. 우리의 죽음은 미래 영원히 뜻있는 인사들의 가슴속에 등불로 남을 것이다. 이름 없이 산 속에서 개죽음을 한다고 생각치 말아라.[340]

---

339) 김성한(1955), 「개마고지의 전설」, p.140-1.
340) 김성한(1955), 위의 책, p.141.

차도선은 아직도 의병활동의 보람을 역사 속의 영원성에 두고 있는 것이다. 그는 당대를 지배한 도덕성에 대해서는 회의했지만 역사의 영원성은 절대적인 것이라고 믿었던 것이다. 그러나 주인물 태양욱은 거기서 한 발 더 나아가 다음과 같은 새로운 사고에 도달한다.

> 자기와 같이 젊은 친구들이다. 그들의 생명이 아까운 생각이 든다. 아니 살아서 자기가 맛보지 못한 인생의 희비애락을 맛보게 하자. 내 생명의 연장이 될 수 있을 것이다. 나는 죽어야 할 사람이지마는 죽는 것만이 능사가 아니다. 잘 살아라! 살아서 세상의 횃불이 되어라![341]

동족에 대한 신뢰가 배반당해서 죽음에 이르게 된 태양욱은 기존의 충(忠)과 의(義)라는 담론을 버리고 차도선의 견해를 넘어선다. 기존의 가치 담론에 연연하지 않는다면, 죽어서 등불이 되는 것이 아니라 살아서 횃불이 되는 것이 더 낫기 때문이다. 그러나 여기에서도 한계는 있다. 과거 이데올로기의 가치관을 완전히 넘어서려면 180°로 뒤집어야 하는데, 횃불이 된다는 것 자체가 이미 도덕적인 역할을 의미하는 것이기 때문이다. 인물의 한계가 그렇다면, 김성한 자신은 그것으로부터 거리를 두고 "제비 한 쌍이 머리 위를 지나갔다"라는 한 문장을 마지막에 덧붙임으로써 역사 속의 비장한 장면을 일상 속의 '관성의 법칙' 안으로 끌어들여 버린다. 그로써 기존의 관념, 차도선의 견해, 태양욱의 견해 위에 자신의 평가를 암시한다. 역사를 이루는 기존 관념에 대한 그의 가치평가는 소설 「바비도」에서 본격적으로 드러난다.[342]

---

341) 김성한(1955), 위의 책, p.143.

바비도는 일개 재봉직공이지만 이단분형을 눈앞에 두고 세계를 지배하는 담론에 대한 회의를 한다. 그는 재판과정에서 회개하지 않고 죽음에 이르게 되지만, 그 동기가 되는 것은 자신이 하는 일에 대한 강한 신념이 아니다. 신념이 아니라 이 세계를 이루는 지배원리로서의 힘의 논리에 염증을 느끼고 이 세상을 벗어나고 싶어겼기 때문에 구태여 살려고 하지 않은 것일 뿐이다. 바비도는 "힘이다! 너희들이 가진 것도 힘이요, 내게 없는 것도 힘이다. 옳고 그른 것이 문제가 아니라 세고 약한 것이 문제다. 힘은 진리를 창조하고 변경하고 이것을 자기 집 문지기 개로 이용한다. 힘이여 저주를 받아라!"[343] 라고 힘의 원리를 깨닫는다. 이제 그에게는 이 세상은 도덕성이 굳게 존재하는 세계가 아니라 그저 도덕적인 척하면서 위장된 자기 욕망을 추구하는 "인간의 연극"으로밖에 보이지 않는 것이다. 그 사실을 알았을 때, 바비도는 신성이라는 그 자체가 인간의 조작이라는 것을 주장하며, 교회뿐만 아니라 온 인간세상, 나 자신에 대해서도 흥미를 잃는다. 그래서 그는 존재한다는 것과 산다는 것을 분리시키고, 그냥 이 세상에 존재한다는 것은 아무 의미도 없다고 생각한다. 그래서 "인간을 폐업"하고 "인간사를 뛰어넘은 길을 가려고" 종교 재판에서 죽음을 선택한다.[344] 헨리 태자는 바비도의 이런 사고를 이해했을 때, "나는 오늘날까지 양심이라는 것은 비겁한 놈들의 겉치장이요, 정의는 권력의 버섯인 줄로만 알았더니 그것들이 진짜로 존재한다는 것을 내 눈으로 보았다. 네가 무섭구나 네가……"라고 독백을 하게

---

342) 권영민(1981), "김성한의 바비도-역사적 상상력의 문제", 「한국현대소설 작품론」, (서울: 문장).
343) 김성한(1958), 「바비도」, p.234.
344) 정영곤(1995), "진리추구의 자기 지향성-「바비도」", 「현대소설의 인물정체성」, (서울: 세종출판사).

된다. 그가 말한 양심과 정의는 앞의 여러 인물들에 의해 풍자된 것처럼 절대적 윤리가 인간의 욕망에 의해 왜곡된 형태를 말하며, 그것이 바로 1950년대의 현실에서 우위를 차지할 수 있었던 상대주의적 담론이다. 그러나 그 이면에는 바비도가 주장한 것처럼 절대성과 상대성 양자 간의 충돌을 통해 둘 다를 보면서 제3의 것으로서의 양심이 있다. 그러나 그것은 인간사에서는 불가능하며, 죽음 저 너머에서 실현될 수 있기 때문에, 바비도는 헨리 태자에게 권력세계의 주역을 깨끗이 치르고 오라고 권유하는 것이다. 소설 「바비도」는 그런 의미에서 역사소재를 택한 소설로서 기존 가치관을 완전히 뒤집고 제3의 대안을 추구하는 소설이며, 김성한 소설세계를 압축적으로 보여주는 소설이기도 한 것이다.

소설 「광화문」 또한 노력을 했어도 역사의 흐름을 뒤바꿀 수는 없었던, 그래서 결국은 자신의 의지로 광화문 바닥에서 군중에 의해 짓밟히는 죽음을 택하는 인물로서 김홍집을 제시한다. 영의정이기에 여기서 죽는다는 김홍집은 "내 이 일이 있을 것을 안지 오래 된다오. 후일이라는 것이 편리한 핑계라는 것도 모르는 바는 아니외다마는 오늘은 핑계가 싫어졌으니 이대로 내버려 주시오"라는 말로 도우러 온 일본 군인들을 돌려보낸다. 김홍집 자신의 죽음에 대한 태도는 대의명분을 추구하는 것도 아니고 의인으로서의 죽음도 아니다. 후일을 도모한다는 이유로 살아야 할 명분이나 핑계를 대는 것 자체가 무의미하다는 인식에서 나오는 것이다. 개인의 의지나 결단으로서 김홍집을 미화하는 것이 아니라 역사의 상대성이 가져오는 허무함을 간파한 자로서의 태도이다.[345] 반면에 기존의 절대적인 도덕관

---

345) 김 현(1974), "신념과 체념의 인간상 ─ 김성한", 「사회와 윤리 ─ 김현 소설론집」, (서울: 일지사).

념에 사로잡혀 역적을 잡았다고 신나하는 군중에 대한 묘사는 역사 현장에서의 가치판단이라는 것이 얼마나 임의적이고 상대적인 것인가를 대조시켜 보여주는 것이다. 김성한 자신은 거기에 "군중의 머리 위에서는 함박눈이 떨어지기 시작하였다."라는 마지막 문장을 덧붙임으로써 위대한 한 장면이 될 수도 있었던 역사의 현장을 무한히 반복되는 자연질서 속에 함몰시켜서 희석시켜 버린다. 그것이 바로 역사적 위대함이나 가치판단이 가지고 있는 상대적 불안정성에 대한 김성한의 소설적 제시인 것이다.

그의 역사 소재 소설들은 모두 이런 방식으로 기존 세계를 구성하고 있는 기본관념의 허위성을 비판한 후에, 허위를 허위라 인식함으로써 그 허위성을 제거해 버리고자 하는 드러내기 방식을 통해 제3의 방식을 제시하고자 한 것이다.[346] 김성한은 자신의 소설 속에서 기존의 관념과 새로운 관념 사이의 충돌을 자주 언급하는데, 그것은 절대적 세계와 상대적인 세계의 충돌로써 대별된다. 김성한에 따르면 절대적 가치관은 '의식의 조작'에 불과한 것이며, 상대적인 현실과 충돌했을 때, 인간은 각자 새로운 '자세'를 확립하는 것이 필요하다는 결론에 이르게 된다.

2. '의식의 조작'과 '자세의 확립'

김성한 소설이 지향하는 변혁의 피안을 한 문장으로 줄여서 말하자면, 절대적 세계는 개인의 의식을 조작한 것에 불과하기 때문에 그 허상을 깨닫고 상대성의 세계로 넘어가야 한다는 것이다.

---

346) 고영석(1984), "19세기 독일 역사소설의 서술구조", 『독일문학』 32집, 한국독어독문학회, pp.1-24.

상대적 패러다임이라는 면에서 본다면, 장용학의 세계인식이나 기존 사회제도에 대한 라캉의 사고방식과도 상통하는 면이 있다.

> 그러나 사변은 가치의 전도를 가져왔다. 기아와 생사의 백척 간두에 선 사람은 사람이 아니었다. 우리가 보통 사람이라고 하는 것은 관념이지 사실은 아니었다. 내가 본 남도 그러하였거니와 총부리가 내 자신을 향했을 때 나는 나를 똑바로 보았다. 허망한 공중에 너펄거리다가 무심한 어린아이의 두 손바닥에 치어서 순식간에 없어지는 하루살이였다.
>
> 모든 것은 이 하루살이의 구슬픈 운명을 위무하는 속임수밖에 안 되었다. 위대한 철학세계나, 과학이나, 심지어는 종교까지도 이 엄연한 사실 앞에서는 어린애 앞에 던져진 노리개에 불과하였다.
>
> 다행히 목숨을 건진 나는 정반대 방향을 걷기 시작하였다. 언젠가 한번은 닥쳐올 하루살이 운명의 위협을 잊을 아편이 필요하였다. 치부(致富)를 생각하였던 것이다. 잘 먹고 잘 쓰고 뚱땅거리다가 쓰러지는 순간, 쓰러지면 만사는 끝나는 것이 아니냐?[347]

여기에서 출발한 기존 관념에 대한 회의는 다른 하나의 극단과 대조적인 위치에 놓인다. 잡지 『창세기』의 대표 현준이 그러한데, 그의 글에 따르면 "구약의 창세기가 제1차라면 우리는 지금 제2차의 창세기를 맞이하고 있다. 혼돈은 질서를 예기한다. 이천년 축적된 자재는 바로 옆에 있다. 신은 우리 자신이다"가 된다. 그러나 치부를 선택한 박경석은 "역사는 흐르는 것이지 만드는 게 아니다"라고 반

---

347) 김성한(1955), 「창세기」, p.95.

박한다. "공동의 가정(假定)은 진리"라는 현준과 "그것도 때가 되면 무너진다"는 경석은 "허무와 허무 사이를 팔딱이면서 넘어가는 것이 인간이니까 조작을 집어치고 이 틀림없는 사실을 인정해야 한다"고 주장한다.

소설 「개구리」에서는 제우스 신과 개구리 사이에 오가는 문답에서 그것이 더 명료해진다. 제우스 신의 입을 빌려서 김성한은 현 세계를 이루고 있는 관념들을 한마디로 '의식의 조작'이라고 규정한다.

"허허, 그것은 다 의식조작이다. 천국도 지옥도 아무것도 없다. 없다, 없다, 아-무것도 없다."

"간악도 힘이다. 힘있는 자가 없는 자에게 이기는 것은 대자연의 철칙이다"

"아니다. 만물은 (내가) 만든 것이 아니라 시간과 공간의 어떤 교차점에서 저절로 태어났다가 때가 오면 저렇게 저절로 지는 것이다."

"비극의 근원은 의식에 있다. 내가 어찌 전지전능의 신일 수 있겠느냐? 나는 오히려 의식의 세계에 돋은 버섯이다. 의식과 더불어 운명을 같이 하는 존재다."

"결국은 나는 없는 것이다. 너희들이 만들어낸 것이다. 의식의 조작이다. 의식에 뿌리박은 노예근성의 조작이다."

"하하 너희들은 자기 환상에 떠는구나. 본래 의식이란 것은 석고같이 융통자재한 것이었다. 허나 바로 이점에, 이 융통성에 너희들의 희망이 있는 것이다. 너희들은 스스로 만든 것을 부술 수 있고 때릴 수 있고, 잡아먹어버릴 수도 있는 것이다!"

"섬기지 않고는, 굽신거리지 않고는 배기지 못하는 노예근성이여, 의식의 비극이여? ……헤브라이의 신을 섬기다가 섬기는

데 지친 의식은 이십세기 후에 이즘이란 것을 꾸며내 가지고
그 밑에 굽신거리고, 이 있지도 않는 허깨비 같은 새로운 신의
명령이라 하여 피를, 많은 피를 흘리고 쓰러지리라. 간단없는
의식의 조작이여, 네 죄가 진실로 크도다."[348]

따라서 그 관념들, 특히 1950년대 현실의 특수성을 배태시킨 이데
올로기는 의식의 조작에서 나온 것으로서 타파해야 할 대상으로서
간주되어진다. 「개구리」에서는 신 하나에만 집중하여 의식의 상대성,
조작성 등을 이야기하지만, 다른 소설 「오분간」에서 프로메테우스와
신의 대화는 신에 대한 대척점으로서의 프로메테우스에게도 비판이
가해진다. 신은 보편적 기준 자체라고 자신을 규정하면서 세상의 혼
란이 너(프로메테우스)와 나(신)의 싸움 때문이니 타협하자고 한다.
그러나 신의 말에 프로메테우스는 머리를 흔든다. 그 이유를 그는
"그게 역사죠. 역사는 당신과 나의 투쟁의 기록이니까."라고 말한다.
사르트르는 프로메테우스의 아들로서 그의 견해를 열심히 설파한다.

"일찍이 나는 신으로부터의 자유를 부르짖었습니다. 인간의
제약성 중에서 가장 뿌리깊은 것이 무엇인지 아십니까? 그것은
신입니다. 신은 로고스라고 자인하지 않았습니까? 그것은 설사
실제로 우주를 창조했다 할지라도 단 한번밖에 없는 현상입니
다. 조작된 이 현상의 관념이 천당과 지옥을 들고 우리를 협박
하고 있습니다. 이것을 분명히 인식하고 자기 창조의 길을 선
택하느냐 못하느냐, 여기 인생의 기로가 있는 것입니다. 이 용
단이야말로 겹겹으로 싸여 있는 자아의 감옥창살을 부수고 무
한과 영원과 전체와 일치하는 계기를 이루는 것입니다."[349]

---

348) 김성한(1955), 「개구리」 p.120-2.

여기에서 말하는 사르트르의 견해는 실제의 사르트르 실존주의 그 자체와는 좀 거리가 있다. 그것은 김성한 자신의 의견으로 취사선택하여 윤색한 김성한 식의 실존주의다. 1950년대의 한국문학을 논의할 때 실존주의와의 일 대 일 비교가 별 효용이 없는 것은 바로 이런 스타일이 가미되기 때문이다. 수용될 때 김성한은 자신의 견해를 밑바탕으로 해서 그것을 설명해 줄 수 있는 근거의 하나로 사르트르를 끌어들였을 따름인 것이다. 사르트르가 이 소설에서 차지하고 있는 위치는 신의 절대성에 대립하는 프로메테우스의 상대성의 한 예일 뿐이다. 그리고 김성한은 절대성뿐만 아니라 상대성의 세계도 비판의 대상으로 함께 잡고 있다. 오히려 이 담론은 실존주의가 김성한에게 준 영향의 비중을 가늠하게 하며, 그가 지배담론을 뒤집는 방편으로서 그것을 일부 활용하였음을 알려준다.

김성한은 절대성에 대한 비판으로서 상대성을 제시하기도 하였지만, 양자의 충돌과정은 기존 세계의 틀을 이룬 절대성을 깨는 단계로서 사용하였다. 따라서 절대성이 파괴되고 상대성이 강화되는 1950년대의 현실에서 그는 다시 시대의 주류를 이룬 상대성의 세계에 대한 문제제기도 한다.

소설 「방황」은 상대성의 한 극단을 보여주면서, 그것에 대한 문제제기를 통해 제3의 대안을 제시한 소설이기도 하다. 주인물 홍만식은 정거장에서 석탄을 상습적으로 훔치는데, 기존 도덕관념에서 그것은 도둑질이지만 그에게는 '석탄반출작업'에 불과한 것이다. 또 '쓸데없는 공상'은 '사고구축작업'이라 규정된다. 그는 구축이 완료될 때 미증유의 역사적 변혁이 이루어지리라는 신념을 가지고 있는 사람이

---

349) 김성한(1958), 「오분간」. p.129-30.

다. 그래서 반출에 용감하고 구축에 심각한데, 그가 그렇게 된 것은 굶주림으로 인해 도덕성이 가지고 있는 금지가 생존보다 앞설 수 없다는 경험에서 온 것이다. 그는 인간의 사회적 법과 규칙을 따르며 도덕을 지키는 인격을 갖춘 인간과, 인간의 법을 따를 필요가 없는 자연물을 구별하고, 자신을 인간이 아니라 자연물이라고 주장한다. 그런 점에서 반출과 구축은 생존하는 것이지 범죄가 아닌 것이다. 그는 그것을 대오 각성한 것이라 생각해서 '생(生)의 장전(章典)'이라 명하고 우주의 기본철칙을 근자식지(近者食之)라 표현하였다.[350]

> 만식은 남산에서 끊어진 줄을 50도 각 시선 앞에서 털어버린 것이었다. 정의, 인정, 조국애, 체면 따위가 조각조각 부서져서 뒹굴었다. 엄연한 물리화학의 법칙 속에 놓인 자기, 생물학의 세계에서 굼틀거리는 자기를 의식하였다. 빛은 반사를 요구하고, 낮이 가면 밤이 오고, 매는 꿩을 잡아먹고, 꿩은 버러지를 잡아먹는 세계였다. 수유도 멈추지 않고 움직여서 만물을 사멸로 이끄는 세계였다. 그는 사멸로 이르는 흐름 속에서 간단없이 떠내려가는 자기를 의식하였다. 다른 만물은 이 생의 흐름이 끝나는 마지막 선에서 사(死)의 단애로 굴러떨어지게 마련이었으나, 자기 자신은 처음부터 시체로, 피동적으로, 둥둥 떠내려가면서 바위에 부딪고, 물속에 빠져, 갈수록 상처만 더하여 가는 존재였다. 비참은 의식 있는 시체의 숙명이었다.[351]

「방황」은 1950년대 현실의 상황과 속성, 그리고 그 속에서 살아야 하는 인간존재에 대한 존재론적 성찰을 보여준다. 거기서 김성한은

---

350) 김성한(1957), 「방황」, p.265.
351) 김성한(1957), 위의 책, p.266.

'인간'을 거부하고 '자연물' 중의 하나가 되기를 기원한다. '인간'은 '장식'으로 일컬어지는 의식의 조작에 의해 만들어지는 것이며, 인간 본연의 모습을 왜곡시키는 것이다. 김성한의 이런 사고는 언어에 의해 무의식이 생성되면서 타고난 본래의 주체가 상실된다는 라캉의 무의식과 주체의 상관관계에 접근한다. 장식이나 의식의 조작은 사회적 규범을 형성하는 언어의 절대적인 힘을 의미하며, 기존의 도덕적 관념 역시 절대적인 권력의 범주로서 여기에 들어간다. 김성한은 인간 본연의 모습을 되찾기 위해 전쟁 등의 급격한 변화에도 전혀 변하지 않은 절대성의 세계에 상대성을 앞세워 도전한다. 주인공 홍만식의 사고방식이나 행동방식이 바로 극단적인 상대성이며, 절대성을 파괴하기 위한 예봉이 된다. 그러나 그 파괴과정은 기의에 도달하지 못하고 계속 미끄러져 나가는 기표처럼, 그리고 잡히지 않는 타자로서 계속 추구될 뿐 그 상태에서는 분명한 결론을 내릴 수 없다. 이 상태가 계속된다면 김성한 소설의 인물들은 극단적인 자기 파괴를 통해 새 세계로의 초월을 추구하게 된다. 「바비도」, 「개마고지의 전설」 등 앞에서 살펴본 여러 소설들도 그러했지만, 제일 극단적인 경우가 바로 「극한」이다.

"무의식은 타자의 담론"이기 때문에, 이렇게 타자에 속한 욕망을 추구하는 한 주체는 주체 자신으로부터 스스로 소외될 수밖에 없다. 그리고 욕망의 끝없는 환유로부터 인간 주체가 욕망의 포기나 해결, 곧 기의에 도달하는 순간은 그 주체의 죽음이 된다. 따라서 죽음만이 인간 욕망의 끝없는 순환을 멈추어 줄 수 있다.

> 야마모도 다쯔꼬라는 존재는 있다고 할 수도 있고 없다고 할 수도 있었다. 자기가 자기로부터 풀려나오는 과정이 의식에 떠

오를 뿐이었다. 사람들은 살아있다고들 한다. 그러나 그것은 죽음일 수도 있을 것이다. 생각하지 않고 움직이지 않는 것을 죽음이라 하고 생각하고 움직이는 것을 보고 살았다고 이름을 부를 따름이 아니냐? 그렇다. 모든 병통은 생각하는 데 있다. 생각에서 해방되는 날 천국이 오리라. 저 미치광이를 상대로 그리워하구 이러쿵 저러쿵 시비를 가린다는 건 도대체가 이만저만한 발광이 아니다. 없는 것으루 치자. 나도 결국은 없으니까.

(……)

다음 순간 도끼를 내던지고 찬장에 손을 넣어 쥐약을 집어들었다. 역시 아무 생각 없이 입에 넣고 물을 마셨다. 모든 것이 평정하였다. 생도 사도 없었다. 무로 돌아가는 초조한 향수가 있을 뿐이었다. 모든 사고에서 해방되어 거점이 무한으로 확대되는 기쁨을 느꼈다.[352]

일상적인 기준으로 봤을 때 살인 후 자살이라는 것은 인생에 있어서 극한점에 도달한 주체 자신과 타자에 대한 파괴행위다. 그러나 이 소설에서는 일상적인 관념을 뒤집어서 다쓰꼬를 구속하던 사회규범, 물론 언어나 사회적 관계 등에서 비롯된 조작된 '사고'에서 벗어나 존재의 원천이었던 무한으로 귀속되는 기쁨을 이야기한다. 라캉이 말한 상징적 관계의 구속을 떠나 원초적인 주체, 무의식이 생성되기 이전의 상태로 돌아가는 것이다. 장용학이 추구한 사차원의 세계에 이르려는 초월에 해당하는 것인 셈이다. 라캉은 그것을 불가지의 세계인 실재계의 개념으로 설명한 바 있다.

그러나 소설 「방황」에서는 '방황'이라는 제목이 알려주는 것처럼

---

352) 김성한(1956), 「극한」, p.249-50.

홍만식의 상대성에 의한 절대성 파괴과정은 결국 제3의 대안에 의해 극복되어야 할 어떤 것이다. 김성한은 소설 속에서 애꾸처녀와 홍만식의 대화를 통해 좀더 현실적인 것으로서의 제3의 방식을 제기한다.

> "우린 결국 인간이에요. 생물이니 강철이니 하고 빗나가 보아도 인간이지요. 이것은 어쩔 수 없는 운명 아니에요?"
>
> (……)
>
> "오해 마세요. 미스터 홍은 여길 떠나야 합니다. 사람마다 무대가 있잖아요? 제 무대에 올라서야 사람 구실을 한다 - 이것이 제가 이 한 달 동안 두구두구 생각한 결론이에요. 여기 그냥 있어서는 무대가 생길 가망이 없어요. 좁은 껍질을 쓰구 자신을 상대루 악을 쓰지 말구 넓은 세계를 상대해 보세요. 무대를 찾으세요. 그건 자기 자신을 찾는 것두 되겠지요. 자기의 자세두 만들구요."
>
> (……)
>
> "아니에요. 그건 자세 이전이에요. 미스터 홍은 아직 자세가 없어요. 이를테면 여기 한 개 생명 있는 육체는 있어도 홍만식은 아직 형성되지 않았어요. 건방지다구 탓하지 마세요."
>
> (……)
>
> "저는 미스터 홍을 돕는 자세에요."
>
> 만식은 십여 년 만에 처음으로 어떤 따뜻함을 느꼈다. 이북에서 단신 월남할 때 멀리 집 앞 큰 바위 밑까지 바래다주던 어머니의 눈물 고인 눈에 서렸던 그러한 따뜻함이었다.[353]

---

353) 김성한(1957), 「방황」, p.281.

이미 '인간'이기 때문에 더 이상의 자기 파괴를 그만두고 그 조건을 승복하면서 다른 무대와 다른 자세를 찾아내는 것, 그것이 바로 김성한이 제시하는 제3의 대안이다.[354] 상실한 어머니를 대신할 애꾸처녀로 인해 1950년대 현실에서 상처받은 인물은 회복의 단서를 얻는다. 정신분석학적 상담치료를 받는 것처럼, 1950년대의 현실을 살아내는 인물들은 절대세계의 부인과 상대성에 대한 이중적 부정을 통해 다른 가능성에 도달하는 것이다.[355]

김성한이 본 1950년대의 현실은, 부인되어야 할 절대성과 통제해야 할 상대성의 폭주 사이에서 이미 무대에 선 배우로서 어쩔 수 없

---

354) 김상선(1964), "김성한의 비평적 풍자", 「신세대 작가론」, (서울: 일신사).
355) 인간 주체의 소외된 영역, 무의식을 그 주체의 본령이자 핵심으로 간주한다. 그러므로 데카르트적인 주체는 이제 이렇게 뒤집혀져야 한다. "나는 존재하지 않는 곳에서 생각한다. 그러므로 나는 내가 생각하지 않는 곳에서 존재한다." 라캉이 제기한 이 명제에 의해서 인간 주체는, 언어에 의해 사유하는 의식의 주체와 무의식에 존재하는 주체가 분리된 것이다. 이상적이고 통합적이었던 과거의 과학적 주체는 이제 분열된 주체로서 재정립된다. 라캉의 정신분석학은 더 나아가 무의식이 존재의 근원이기 때문에 코기토적인 주체의 폐기를 주장한다. 자율적인 상징계와 언어구조 아래에서 코기토적 주체는 주체의 전부를 보여줄 수 없기 때문이며, 또한 기표로서의 인간이라면 주체가 모든 의미의 핵심이 되는 역할을 수행할 수도 없기 때문이다. 인간존재로서의 주체에 대한 라캉의 고찰은 사회문화사적인 인간존재, 그리고 타자의식과 인간의 본질을 이루는 무의식과 언어의 상관관계를 고찰함으로써 인간존재의 본질에 대해 중요한 시사점을 던져주는 것이 아닐 수 없다. 그것은 바로 주체 자신에 대한 통찰이며, 자신을 이루고 있는 제 요소들을 자각함으로써 자아의 상처를 치료하고 자아를 새롭게 구성하는 것이 그 종착점이 된다.
박찬부, "주체와 시니피앙", 『현대비평과 이론』 4. 1992, 가을·겨울, pp.309-315.

이 스스로를 위장해야 살아갈 수 있는 인간존재들의 영역이다.[356] 그는 현실과 인간존재론을 인물과 상황에 대한 우화나 알레고리, 풍자의 서사구조를 통한 이중적 지시물로서 드러냈으며, 서사적 모형을 통해 대안을 제시하고자 노력한 것이다. 그러나 그 대안을 장용학이 막연히 언어관의 혁신을 통한 사차원의 세계로의 초월이라 했다면, 손창섭은 행동에 의한 사회화를, 김성한은 의식의 조작을 벗어나 '자기 자세'를 확립할 것을 이야기했다고 볼 수 있을 것이다.

---

356) 주체가 타자의 개입이나 타자의 담론에 관여할 때 비로소 주체로 성립될 수 있으며, 주체가 그 자체로 근원적 존재가 아니라 기표의 결과로서 구성된 주체라는 것에 대한 지각이다. 주체와 타자와의 상호주관성, 상호 인정, 금지와 허용을 담은 문화적 규칙, 무의식, 상징적 질서가 바로 주체에 대한 타자임을 깨달아야 지각이 가능해진다. 강영안(1997), "주체", 『현대비평과 이론』 14. 1997. 가을·겨울 한신문화사.

VI. 결 론

소설은 언제나 인간과 세계의 상호관계에 주목하고 있으며, 그것을 문학적으로 형상화하면서 소설 속에 서사적 형태로 담아 왔다. 특히 우리의 소설문학사를 돌아볼 때 동족 간의 이데올로기 다툼에서 빚어진 전쟁의 한계 상황을 체험한 1950년대는 우리 문학에 큰 충격을 준 시기였다. 그래서 이 시대에 산출된 소설 속에는, 이전부터 지속적으로 창작을 해 온 구세대 작가들 외에 새로 등단하여 소설을 쓰기 시작한 작가들이 시대로부터 받은 충격과 시대성에 대한 담론이 소설 속에 구체화되어 있다. 특히 일제시대에 교육을 받고 전쟁과 거의 동시에 소설 창작이라는 문학적 출발점에 섰던, 전중파 작가인 장용학, 손창섭, 김성한 같은 소설가는 우리 문학사에서 의미를 지닐 수 있다. 당시의 소설가들에게는 사회의 비극과 그 사이에서 파괴되는 개인성에 대한 탐구가 중요한 과제였는데, 이 세 작가는 그것을 각자 개성적인 서사적 모형에 담아서 구체화시켰다. 1950년대의 한국 상황이라는 특유의 역사적 공간에서 생산된 세 작가의 소설들은 기존 가치관의 붕괴 속에서 그것을 대신할 새로운 세계관을 소설 속에서 제시하려고 했다.

그동안 한국의 전후문학은 실존주의나 허무주의 등 서구의 전후문학에 영향을 받은 것으로 생각되어 왔으며, 서구 전후문학과의 관계를 따져보는 연장선상에서 대부분 고려되어 왔다. 그러나 세계 각국의 전후문학은 각 나라마다의 역사적 상황과 문화적 배경, 전통에 따라 다 다르다. 우리보다 약 5년 빨리 전후문학의 시기를 맞은 유럽과 한국의 전후문학 시기는 분명히 서로 다른 시대와 공간에 속해 있기 때문이다. 문학이 배태된 역사적 공간의 특수성은 곧 하위 문학 장르에서의 특수성을 의미하는 것이기도 하다. 따라서 1950년대 현실성에서 생산된 소설들을 이해하기 위해서는 1930년대와 1940년대를 거쳐 1960년대에 이르는 흐름을 함께 검토하는 절차도 필요하다. 우리의 전후문학은 1930년대의 모더니즘 문학과 1940년대의 전통 복고적인 문학과도 연계된다. 시대와 현실에 대한 강한 비판의식이나 불연속적 세계관이 이들의 공통분모라고 할 수 있다. 1950년대 소설들은 1930년대 모더니즘적 세계관을 계승하여 특유의 서사적 모델로 작품에 형상화시켰으며, 모더니즘의 한계가 시대적 한계와 맞부딪친 1940년대에는 서구 모더니즘을 촉발시키는 동기가 되었던 동양의 전통적 예술세계로 침잠하였다. 그러나 그 후 1950년대 소설들은 모더니즘의 이름 대신 실존주의나 휴머니즘, 때로는 허무주의 등의 수입된 이름으로 포장되었다. 이 시대에는 다양한 진폭을 가진 작가들이 공존했지만, 기존 세계의 파괴 위에 새 세계의 문학적 형상화를 주장하는 신세대 작가들이 시대의 지배적인 담론을 주도했다. 1950년대를 지배한 담론은 실존주의라는 이름을 붙인 채 때로는 휴머니즘으로, 모더니즘적 미학의 형식으로 변형되어 나타났다. 필요와 상황에 따라 때로는 서로 모순적인 것까지도 한 깃발 아래 줄 세워

졌지만, 이를 통해 그들이 말하고 싶었던 것은 인간존재의 본질과 사회적, 역사적 관계의 불가피함이었다.

특히 신세대 작가들 중에서도 장용학, 손창섭, 김성한 세 작가는 1950년대의 현실 속에서 인간과 세계의 관계에 대해 진지한 문제의식으로 접근하였으며, 각각 다른 방식으로 1950년대의 현실을 문학 속에 형상화시켰다. 그들은 서사적 모델을 구축하면서 세계의 변혁을 꿈꾸고 현 세계를 대체할 제3의 대안을 제시하려고 했다. 세 작가는 각각 현실을 변혁시킬 수 있는 이상적 개념으로 언어, 행위, 의식의 세 가지를 각각 선택하였다. 1950년대의 시대성이 요구한 성격에 맞추어서, 이들은 인간조건에 대한 회의, 기존 가치관에 대한 부정, 혼란스러운 당대 상황에 대한 비판 제기, 새 세계 구축을 위한 담론에 이 요소들을 사용하였다.

본고는 1950년대 소설들의 서사적 모형을 분석하기 위해, 먼저 서술구조와 서사구조, 그리고 알레고리의 사용과 이상적인 관념으로 제시한 내용에 주목하였다. 서술구조에서는 누가 말하는가, 그리고 누가 누구에게 초점을 맞추고 있는가에 주목하여, 소설의 화자와 초점대상이 내부에 있는지, 외부에 있는지, 어떤 거리로 조절되고 있는지를 먼저 구별하였다. 그리고 화자가 변화하고 있다면 어떻게 변화하고 있는지, 어떤 태도로 말하고 있는지, 그리고 변화의 징후는 서술구조에 어떻게 나타나고 있는지를 검토하였다. 서사구조의 차원에서는 플롯 구성상 어떤 형태로 조직화되고 있는지, 인물의 유형과 성격화는 어떤지, 알레고리와 풍자와 아이러니를 사용한다면 어떤 형태로 각각 사용하고 있는지에 주목하였다. 그래서 알레고리를 사용한다는 공통점의 수위를 이름과 제목짓기의 명명법에서 찾고, 그것을 기초로 작가에 따른 다른 형태들을 추적하였다. 그 결과 각 작가들이 현실을 소설 속에 드러내는 방식을 살펴보고, 그들이 비판의 대상으로 삼고 있는 것과 대안으로 제시하고자 하였던 것을 서로 대비할 수 있었다.

장용학의 경우는 신화나 우화, 전설 등의 삽화적인 외부 이야기를 소설 내부 이야기와 결부시키는 서사구조를 주로 사용하였다. 그의 소설 「원형의 전설」, 「요한시집」, 「비인탄생」, 「상립신화」, 「현대의 야」 등이 모두 같은 범주이다. 그래서 그에게는 외부 이야기와 내부 이야기의 복합적인 형태가 가장 특징적이다. 두 이야기 사이의 관계는 주로 알레고리적인 풍자의 관계로 이루어졌으며, 두 이야기의 연결고리 부분은 화자의 교체로 성립된다. 특히 외부 이야기의 이야기꾼 화자와 내부 이야기의 전지적 화자, 혹은 인물 화자의 세 화자가 서로 교체될 때는 서술구조에서 표시가 된다. 「원형의 전설」이 대표적인데, “-습니다”라는 식의 존댓말이 외부 이야기의 이야기꾼 화자의 특징이며, 내부 이야기의 전지적 화자는 “-다”라는 평어체가 주류를 이룬다. 내부의 인물 화자로 전환될 때는 다시 “-습니다”로 돌아가지만, 이때는 거리의 문제에서 외부의 이야기꾼 화자와 구별될 수 있다. 서술구조와 서사구조가 이렇게 화자의 교체를 통해 서로 얽혀짐이 장용학 소설의 특징이며, 그것은 또한 관념적인 사변의 진지한 전개를 하기에 무리가 없을 화자를 소설 안에 배치하는 것을 가능하게 만든다.

장용학은 현 세계의 허위성을 꿰뚫어 본 작가였으며, 그 허위성을 인간과 세계, 언어와 인간 주체성 사이의 상호관계에 대한 새 개념을 설파함으로써 발견할 수 있었다. 그가 제시한 새 개념들은 실존주의적 개념을 뒤따라간 것이라기보다는 라캉의 정신분석학에서 도출된 개념들과 유사하다는 점에서 오히려 시대를 앞서고 있다. 그는 아버지의 부재를 인식함으로써 사생아 의식을 가지고 현 세계가 지닌 폭력적 권위를 부정하였으며, 죽음이나 근친상간을 통한 정면 돌파로서 현 세계를 무너뜨리고 새로운 차원의 세계를 구축하기를 희망하였다. 그러나 그가 '사차원의 세계'라고 명명한 그 세계는 구체적으로 형상화될 수 없는 세계라는 점에서 역시 한계를 가지고 있다.

손창섭은 불구적 유형의 등장인물들로 인해 등단할 당시부터 평론가들로부터 많은 주목을 받은 작가이다. 그러나 「비오는 날」, 「사연기」, 「생활적」, 「혈서」, 「미해결의 장」, 「유실몽」, 「포말의 의 지」, 「잉여인간」, 「낙서족」, 「신의 희작」 등의 소설이 형상화가 잘되었다고 평가받는 이유는 등장인물의 불구성에서만 비롯된 것은 아니다. 손창섭 소설의 서사구조는 인물의 유형을 네 가지로 나누고, 거기에 대한 작가 자신의 가치판단이 거리를 조절해 가면서 이중적으로 오락가락한다는 것이 특징적이다. 또한 이런 특성 때문에 그의 서술구조는 화자의 태도도 이중적이고, 서술되는 문장들도 "-는 -것은 -는 것이었다", "-다는 것은 -다는 것이었다"와 같은 복합화된 동사구 문장과 간접화법의 복합형을 통해 판단 내리기를 주저하거나 거꾸로 지나치게 단정적으로 말하기도 하는 이중적인 화자의 태도를 드러낸다. "-지 않은 것이 아니라"와 같은 중복되는 이중 부정의 문장들도 마찬가지이다. 또 이런 문장들은 길게 늘어지면서도 쉼표와 연결어미의 조절을 통해 탄력적으로 운용되어 독자들에게 읽는 즐거움을 제공하기도 한다.

이런 인물 유형의 특성과 특유의 문장은 인물이 지니고 있는 관념과 현실을 이어 줄 행위 사이에 팽팽한 긴장관계를 유발한다. 그래서 손창섭 소설에 나오는 인물들은 항상 관념과 행위 사이에서 갈등한다. 적극적으로 행동할 것인가, 소극적인 행동에 그칠 것인가가 인물 유형의 기준이 되기도 한다. 관념의 과잉은 행동을 위축시키거나 행동 과잉은 관념의 부재를 불러오기도 한다. 또 손창섭 소설의 인물들은 신체의 표지나 그들이 거주하고 칩거하고 있는 공간의 상징성으로도 구축된다. 일시적 피난처인 이 공간들은 현실에 대한 알레고리적 공간이라는 점에서 손창섭 소설 특유의 알레고리성을 드러낸다. 현실에 대한 그의 인식은 또 현실을 보는 방법이나 말하기를 통해서도 드러난다. 그의 소설에 나타난 인물들은 구멍으로 엿보거나 투시하듯이 들여다볼 때 이 세계의 허위성을 발견할 수 있고, 그들은 거기서 얻은 깨달음을 말하기 행동을 통해 소설 속에 적극적으로 폭로한다. 「신의 희작」이 알려주듯이 손창섭 자신의 경우에도, 이 인물들처럼 관념과 행동 사이의 긴장은 서사적 모형을 구축하는 소설 쓰기라는 안전핀을 통해 해소될 수 있었다. 손창섭은 누구보다도 사회의 아웃사이더로서 출발한 작가였고, 그의 소설 쓰기는 어머니와 아버지의 부재로 사회화에 어려움을 겪었던 그의 분노의 표현이기도 했다. 따라서 그는 소설 쓰기를 통해 사회에 편입되기를 적극적으로 꿈꾸었던 작가라고 할 수 있을 것이다.

김성한의 소설들은 지적인 풍자소설로서 잘 알려져 왔다. 그러나 그의 풍자성의 근거에는 속물적인 기회주의자적 등장인물들에 대한 일방적인 희화화만으로는 설명되지 않는 것이 있다. 풍자하는 데 필요한 엄격한 도덕적 기준의 잣대를 그들에게 들이대는 것 같지만, 사실은 스스로가 그 잣대의 절대적 권위에 대해 회의하고 있다. 그런 점들은 초기 소설부터 잘 나타난다. 「선인장의 분노」, 「무명로」, 「풍파」, 「매체」, 「자유인」, 「창세기」, 「개구리」, 「오분간」, 「암야행」, 「바비도」, 「개마고지의 전설」, 「광화문」, 「이」, 「박쥐」 같은 그의 소설들은 서로 다르면서도 상통하는 부분들이 있다. 그는 동물우화를 알레고리로서 본격적으로 차용하든, 역사 소재를 빌려와 역사적 소설을 쓰든, 당대 현실의 속물적인 인간형을 대놓고 폭로하든 간에 그가 사용하는 풍자는 공통적이다. 그것은 풍자의 대상과 자신이 가지고 있는 풍자의 기준 두 가지가 다 공격 대상이 되는 이중적인 풍자라는 점에서 김성한 특유의 풍자가 된다. 이런 이중적 풍자의 서사구조들은 전지적 작가와 소설 내부의 화자 사이에서 거리감을 조절하는 서술구조에 의해 효과적으로 이루어진다. 또한 그 과정에서 자신이 가지고 있던 전통적인 가치관의 절대성을 현실의 상대성과 맞부딪치게 함으로써 둘 다를 부정한다. 그는 그것이 절대적으로 존재하는 실재가 아니라 다 '의식의 조작'에 의해 만들어진 것에 불과하다는 것을 근거로 내세운다. 따라서 이런 허위성을 떨쳐버리고 각자 인간답게 살기 위해 새로운 '자세의 확립'이 필요하다고 주장하는 것이다. 그러나 그가 의미한 새로운 '자세의 확립'이 그의 소설 속에서 추후에 구체적으로 제시되지 못하고 있다는 것이 아쉽다.

지금까지 살펴본 것처럼 일제시대의 체험을 거쳐 50년대 초 전쟁의 시작과 함께 창작 활동을 시작한 이 세 작가들은 서사적 모형의 채택에서 공통점과 차이점을 가지고 있다. 주요 교육을 일제시대에다 마쳤기 때문에 한국어의 구사에서 자유롭지 못했다는 한계를 안고도 이들은 비교적 풍부한 문장을 구사하여 소설을 창작했다는 점이 전중파 작가로서의 공통점이다. 또한 현실에 대한 강한 비판의식을 알레고리적 기법을 통해 소설 속에 담았다는 점과, 새로운 차원의 개념을 제시함으로써 돌파구를 찾으려 했다는 점도 그들의 공통점이 될 것이다. 1950년대 전후작가로서 이들이 보여준 소설의 세 가지 서사적 모형은 바로 이 시대와 소설에 대한 세 가지 시야로 귀결되는 것이었다. 비록 그 개념 자체는 구체적이지 못했지만, 그러나 그 개념에 도달하는 소설적 과정은 상당히 시대를 앞서가는 탁월함도 지니고 있었다. 관념적인 사변을 전개하기에 적절했던 장용학의 서사적 모형과 인물의 유형화에 적합했던 손창섭의 서사적 모형, 그리고 지적인 풍자에 적합했던 김성한의 서사적 모형들은 모두 서술구조와 서사구조, 알레고리의 사용법, 새 개념의 제시 방법이 잘 조화되어 이루어진 것이라고 할 수 있을 것이다.

이 세 명의 작가 이후에 50년대 후반부터 60년대를 전후하여 많은 신인 작가들이 나타났다. 그러나 이 세 작가만큼 큰 획을 그은 소설가들은 그리 많지 않았으며, 소수의 작품만을 발표한 채 사라져 버리는 경우가 더 많았다. 그 후 60년대에 들어서면, 전쟁의 체험이 보다 내면적으로 갈무리되고 정리되면서 리얼리즘적인 기법이 서사적 모형의 주류로 부상하는 등 보다 다양한 소설 형태들이 나타난다. 또 전쟁이 인간조건에 미친 영향에 대한 관심도 그만큼 줄어들어서 소재상으로도 전쟁 체험과 무관하게 폭이 넓어졌다. 그리고 분단시대가 고착화됨에 따라 소설가들의 역사의식에도 변화가 온다. 이들은 보다 간접적으로 다양한 세계를 탐색함으로써 우리 소설의 폭을 넓혀주었는데, 이런 후반 작가군에 속하는 작가 중에 대표적인 작가로는 서기원, 선우휘, 오상원, 오유권, 송병수, 이호철, 곽학송, 강신재, 김문수, 강용준 등이 있다.

한국의 현대 소설사에서 1950년대는 이렇게 새 시대의 출발점을 마련해 주는 시기였으며, 그 출발점의 선두에 서서 일제시대의 체험과 50년대의 전쟁 체험을 소설 속에 서사적 모형으로 개성 있게 형상화했다는 점에서 장용학, 손창섭, 김성한은 중요한 의의를 지닌 작가라고 할 수 있을 것이다.

▌참고문헌 ▌

1. 장용학 참고문헌

1) 장용학 텍스트

장용학(1962), 「원형의 전설」, 삼중당, 1977.

______(1953), 「요한시집」, 『신한국문학전집45』, 어문각, 1977.

______(1956), 「비인탄생」, 『신한국문학전집45』, 어문각, 1977.

______(1960), 「현대의 야」, 『신한국문학전집45』, 어문각, 1977.

______(1964), 「상립신화」, 『신한국문학전집45』, 어문각, 1977.

장용학, "나의 작가 수업", 『현대문학』, 1956. 1.

장용학, "나는 왜 소설에 한자를 쓰는가", 『세대』, 1963. 9.

2) 장용학 신문 잡지

김교선, "심리적 지적 사색과 소설적 형식", 『현대문학』, 1964. 5.

김윤식, "우화성과 이데올로기 비판", 『문예중앙』, 1981. 봄.

이준재, "존재의 고뇌와 자유의 의미", 『세내』, 1963. 12.

이철범, "장용학론", 『문학춘추』, 1965. 2.

임헌영, "장용학론 – 아나키스트의 환가", 『현대문학』, 1966. 11.

천이두, "안티오스의 자유", 『현대문학』, 1960. 11.

3) 장용학 연구논문

김미영, "장용학의 「비인탄생」, 「역성서설」", 『한양어문연구』 13집, 1995.

문흥술, "양식파괴의 소설사적 의의 – 장용학론", 『관악어문연구』 19집,
     서울대 국문과, 1994.

박배식, "장용학 소설의 모더니티 연구", 『한국언어문학』 38집, 한국언어문학회, 1997.

방민호, "전후 알레고리 소설에 관한 연구-장용학, 김성한, 유주현 소설을 중심으로", 『외국문학』 39, 1994. 여름.

서수생, "사르트르와 장용학의 비교연구", 「경북대 논문집」 제16집, 1972.

서영채, "알레고리의 내적 형식과 그 의미-장용학의 「원형의 전설」론", 『민족문학사 연구』 3호, 창작과 비평사, 1993.

서종택, "「원형의 전설」의 동굴 모티프-우리 문학의 동굴 모티프", 『문학과 비평』, 1987. 9.

우미영, "「요한시집」의 서술거리와 무의식의 원리", 『한양어문연구』 13집, 1995.

이인섭, "「요한시집」의 문체-작가의 언어심리와 문장의식", 『한양어문연구』 13집, 1995.

이재전, "「요한시집」과 실존사상", 『수련어문논집』 9집, 부산여대 국어교육과, 1982.

장혜경, "「원형의 전설」에 나타난 원형적 심상과 그 비극적 세계관", 『국어국문학』 16집, 부산대 국문과, 1979.

조정래, "「원형의 전설」연구", 『국제어문』 제16집, 국제어문학 연구회, 서경대 출판부.

최혜실, "분단문학으로서 「원형의 전설」", 『국어국문학』 116. 국어국문학회, 1996.

홍성암, "장용학의 소설연구-시간구조를 중심으로", 『한양어문연구』 13집, 1995.

황순재, "장용학의 「원형의 전설」 연구", 『국어국문학』 제29집 부산대 국어국문과.

4) 장용학 학위논문

강신경, "장용학의 실존주의 수용양상에 관한 연구", 중앙대 석사논문, 1990.

김건우, "장용학 소설 연구", 서울대 논문, 1995.

김미리, "장용학 소설론", 전남대 석사논문, 1986.

김양호, "전후 실존주의 소설 연구", 단국대 박사논문, 1992.

김영주, "장용학 소설의 실존의식 연구", 고대 교대 석사논문, 1993.

김옥수, "장용학 소설 연구", 제주대 석사논문, 1993.

김완신, "1950년대 한국소설 연구 - 손창섭, 장용학을 중심으로", 연세대 석사논문, 1985.

김정주, "장용학의 문체연구", 전북대 석사논문, 1991.

김형중, "장용학 소설의 낙원의식 연구", 전남대 석사논문, 1995.

문승준, "장용학 소설 연구 - 신화적 구조와 원형 상징을 중심으로", 성균관대 석사논문, 1987.

박은희, "장용학 소설 연구", 영남대 석사논문, 1991.

박창원, "장용학 소설 연구", 세종대 박사논문, 1995.

방민호, "전후소설에 나타난 알레고리 연구 - 장용학, 김성한 소설을 중심으로", 서울대석사논문, 1993.

배정은, "아웃사이더적 의식에 비추어 본 이상, 손창섭, 장용학", 이내 석사논문, 1987.

변화영, "장용학 소설연구", 전북대 석사논문, 1991.

오경운, "장용학 연구", 세종대학교 석사논문, 1983.

이미향, "장용학 소설 연구", 숙대 석사논문.

이숙경, "장용학 소설에 나타난 신화적 원형고", 서울대 석사논문, 1981.

이재전, "「요한시집」의 사상성 고찰", 동아대 석사논문, 1978.

임신영, "1950년대 신세대 작가의 소설연구 - 내면화 경향을 중심으로", 연세대 석사논문, 1992.

조병기, "장용학 소설의 서사구조 연구", 부산대 석사논문, 1994.
최재봉, "알레고리적 해석과 유토피아의 변증법", 경희대 석사논문, 1987.

5) 장용학 단행본

김성렬, "완벽한 주체의 추구, 그 시대적 성격 – 장용학론", 「1950년대의
　　　소설가들」, 송하춘, 이남호 편, 나남출판사.
김용구, "장용학 소설에 나타난 저항의 문제", 「한국현대소설사연구」,
　　　전광용 외, 민음사.
김은전, "'원형'의 탐구와 소설미학의 혁명 – 장용학의 「원형의 전설」", 「
　　　한국현대장편소설연구」, 구인환 외, 삼지원, 1995.
김치수, "인간의 실존적 탐구", 「원형의 전설」, 삼중당.
김　현, "에피메니드의 역설", 「현대한국문학전집 4 – 장용학」, 신구문화
　　　사, 1967.
염무웅, "실존과 자유", 「현대한국문학전집 4 – 장용학」, 신구문화사, 1967.
이정숙, "코페르니쿠스적 전회와 관념의 소설화 – 장용학론", 「한국 전후
　　　문학연구」, 구인환 외, 삼지원.
이철범, "소외된 인간의 비극", 「현대한국문학전집 4 – 장용학」, 신구문
　　　화사, 1967.
전상기, "새로운 인간형의 모색과 그 귀결 – 장용학론", 「1950년대 문학
　　　의 이해」, 성대출판부, 1996.

2. 손창섭 참고문헌

1) 손창섭 텍스트

손창섭, 「손창섭 대표작 전집」, 예문관, 1970.
손창섭, "작가의 대원과 소원 – 당선소감", 「사상계」, 1959. 10.

손창섭, "아마추어 작가의 변", 『사상계』, 1965. 7.

______, "당선소감", 『문예』, 1953. 6.

2) 손창섭 신문 잡지

김동리, "1959년의 소설", 『사상계』, 1960. 1.

김동리, 백철, 안수길 ,최정희, 황순원, "제4회 동인문학상 수상작품선
　　　고", 『사상계』, 1959. 10.

김동리, 백철, 안수길, 유종호, 장용학, 여석기, "좌담회-소설50년의 반
　　　성과　전망-한국현대소설　50년이　남긴　제　문제", 『사상계』,
　　　1962. 9.

김병익, "손창섭 작품 해설", 『한국대표문학전집10-박경리, 이호철,오유
　　　권, 손창섭』, 삼중당, 1970.

김상일, "손창섭 또는 비정의 문학", 『현대』, 1961. 7.

김우종, "동인상 수상 작품론", 『사상계』, 1960. 2.

______ "야유의 인생, 야유의 문학", 『사상계』, 1959. 4.

김팔봉, 백철, "대담-1955년의 한국문단", 『사상계』, 1956. 1.

백　　철, 유종호, 이어령, 김동리, "낙서족을 읽고", 『사상계』,
　　　1959. 4.

백　　철, "상반기 신구의 창작계-월간지의 작품을 중심", 『사상계』,
　　　1957.7.

______, "한국문단 10년-하나의 서론적인 글", 『사상계』, 1960. 2.

송기숙, "창작과정을 통해 본 손창섭", 『현대문학』, 1964. 9.

안수길, "9월의 창작평-구성에 중점을 두고", 『사상계』 1958. 10.

유종호, "고백이라는 것", 『현대문학』, 1961. 12.

______ "모멸과 연민-손창섭론(상,하)", 『현대문학』, 1959. 9. 10. 『비
　　　순수의 선언』, 민음사, 1995, pp.74-96.

______, "인간모멸의 백서", 『사상계』, 1959. 4.

______, "침체성의 지양-1961년의 소설", 『사상계』, 1961. 12.

윤병로, "혈서의 내용", 『현대문학』, 1 958. 12.

이광훈, "패배한 지하실적 인간상", 『문학춘추』, 1964. 5.

이선영, "아웃사이더의 반항-손창섭과 장용학을 중심으로", 『현대문학』, 1956. 9.

이어령, "1957년의 작가들", 『사상계』, 1958. 1.

______, "1958년의 소설 총평", 『사상계』, 1958. 12.

이유식, "리얼리즘의 확대-주제면에서 본 한국의 현대소설", 『현대문학』, 1964. 8.

정창범, "손창섭론-자기 모멸의 신화", 『문학춘추』, 1965. 2.

조연현, "병자의 노래", 『현대문학』, 1955. 4.

하정일, "전쟁세대의 자화상", 작가연구-손창섭, 『새미』, 1996, 창간호.

3) 손창섭 연구논문

김윤정, "손창섭의 소설-나르시시즘과 죽음의 문제", 『한양어문연구』 13집, 한양대 한양어문 연구회, 1995.

김해연, "이야기-변형된 욕망의 한 모습-손창섭의 「신의 희작」을 중심으로", 『경남어문논집』 5, 1992.

김해옥, "손창섭의 「공휴일」에 나타난 소외의식과 문학적 언어의 표현론적 기능에 관한 연구", 『연세어문학』, 1986.

손종업, "손창섭 후기 소설의 〈여성성〉-전후적 글쓰기의 한 유형", 『어문논집』 23집, 중대 국문과, 1994.

이기인, "손창섭 소설의 미적 구조", 『어문논집』 27집, 고대국어국문학연구회, 1987.

정문권, "손창섭 소설의 휴머니즘 연구-현실의 비정성에 대한 극복의 지", 『한남 어문학』 20집, 한남대 국어국문학회, 1995.

조기원, "손창섭의 문체론적 고찰", 『선청어문』 1집, 서울대 사대 국어

교육과, 1970.

한상규, "손창섭 초기 소설에 나타난 등장인물의 유형화", 「관악어문연구」, 1993.

______, "손창섭 초기 소설에 나타난 아이러니의 미적 기능", 「외국문학」 36, 1933. 가을.

황도경, "주인공의 공간적 위상을 통해 본 손창섭의 작가의식", 「이화어문논집」 11집, 1990.

4) 손창섭 학위논문

배개화, "손창섭 소설의 욕망구조 연구", 서울대 석논, 1975.

이강현, "손창섭 소설 연구 ─ 작가의식을 중심으로", 세종대 박논, 1994.

정춘수, "1950년대 소설의 문체적 특징과 화자 양상: 손창섭과 추설의 작품을 중심으로", 성대 석논, 1993.

최종민, "손창섭 소설에 나타난 인간형 연구", 서울대 석사, 1992.

5) 손창섭 단행본

김상욱, "전후소설의 교육적 해석방법론 ─ 손창섭의 「비오는 날」을 중심으로", 「한국 전후문학연구」, 구인환 외, 삼지원, 1995.

김윤식, "6·25와 소설의 내적형식", 「우리소설과의 만남」, 민음사, 1986.

김종회, "손창섭론 ─ 체험소설의 발화법, 그 특성과 한계", 권영민(편), 「한국현대작가연구 ─ 황순원에서 임철우까지」, 문학사상사, 1991.

김 현, "두 개의 실존적 정신분석 ─ 사르트르의 비평방법", 「말들의 풍경 ─ 김현 평론집」, 문학과 지성사, 1991.

문영진, "전쟁과 1950년대 소설", 「한국 전후문학연구」, 구인환 외(공저), 삼지원, 1995.

서준섭, "정지된 세계의 소설", 「감각의 뒤편」, 문학과 지성사, 1995.

유종호, "주변성의 탐구", 「동시대의 시와 진실」, 민음사, 1995.

______, "한국 근대사회와 작가-손창섭의 경우", 김종회 편, 「문학과 사회」, 집문당, 1997.

이기인, "손창섭론-개인의 생존과 인간다운 삶에의 집념", 「1950년대의 소설가들」, 송하춘, 이남호(편), 도서출판 나남, 1994.

이태동, "손창섭-비극적 유우머와 욕망과 현실 사이", 「한국현대소설의 위상」, 문예출판사, 1985.

임경순, "혈서의 세계와 욕망의 좌절-손창섭론", 「1950년대 문학의 이해」, 성대출판부, 1996.

정창범, "손창섭의 심층-자기모멸의 신화", 「작중인물의 심층 분석-한국작가의 원형」, 평민사, 1978.

조남현, "손창섭의 소설세계", 「한국현대소설의 해부」, 문예출판사, 1993.

조현일, "허무주의의 심연과 극복의 노력", 「한국 전후문학연구」, 구인환 외(공저), 삼지원, 1995.

3. 김성한 참고문헌

1) 김성한 텍스트

김성한, 「김성한 소설집」, 책세상, 1988.

______, 「한국소설 문학 대계 32-김성한, 류주현」, 동아출판사, 1995.

2) 김성한 신문 잡지

김우종, "동인문학상 수상 작품론", 『사상계』, 1960. 2.

김팔봉, 전영택, 백철, 계용묵, 이무영, 이헌구, 최정희, 주요섭, 정비석, "김동인문학상 수상작품선후평", 『사상계』, 1956. 5.

이유식, "평민적 인물-김성한론", 『현대문학』, 1964. 6.

백낙청, "역사소설과 역사의식", 『창작과 비평』, 1967. 봄.
_____, "소설 「이성계」에 대하여", 『창작과 비평』, 1967. 가을.

3) 김성한 연구논문

김경원, "김성한 소설의 풍자성 연구", 「관악어문연구」 19집, 서울대 국
    문과, 1994
김상선, "신세대론", 「국어국문학」 123, 1961.

4) 김성한 학위논문

이상운, "김성한 단편소설 연구", 연세대 석사학위 청구논문, 1986.

5) 김성한 단행본

권영민, "김성한의 바비도 – 역사적 상상력의 문제", 「한국현대소설 작품
    론」, 문장, 1984.
권오룡, "시대와 도덕적 인간형", 「김성한 중단편 전집」, 책세상, 1996.
김상선, "김성한의 비평적 풍자", 「신세대 작가론」, 일신사, 1964.
김영택, "김성한 소설에서 인간됨의 조건 – 김성한론", 「한국 전후문학연
    구」, 구인환 외, 삼지원, 1995.
김 현, "신념과 체념의 인간상 – 김성한", 「사회와 윤리 – 김현 소설론집」,
    일지사, 1974.
남송우, "인간됨의 가치 회복을 위한 모색 – 김성한론", 동아출판사,
    1995.
박유희, "관념적 비판의식과 다양한 기법의 채택 – 김성한론", 「1950년대
    의 소설가들」, 송하춘, 이남호 편, 나남출판사, 1994.
백승철, "김성한 작품 해설", 「김성한 외」, 한국대표문학전집12, 삼중당,
    1970.

신경득, "프로메테우스의 독신과 풍자", 「한국 전후소설연구」, 일지사, 1983.

이인복, "1950년대 소설에 나타난 죽음", 「한국문학에 나타난 죽음의식의 사적 연구」, 열화당, 1979.

정영곤, "진리추구의 자기 지향성-「바비도」", 「현대소설의 인물정체성」, 세종출판사, 1995.

조건상, "풍유와 증언의 세계-김성한론", 「1950년대 문학의 이해」, 성대출판부, 1996.

천이두, "관념과 소설-한국소설과 사회참여", 「한국현대소설론」, 형설출판사, 1983.

4. 1950년대 문학론 참고문헌

1) 1950년대 문학론 신문 잡지

김동리, "1959년의 소설", 『사상계』, 1960. 1.

김동리, 백철, 안수길, 유종호, 장용학, "좌담회-소설 50년의 반성과 전망-한국현대소설 50년이 남긴 제 문제", 『사상계』, 1962. 9.

김동리, 백철, 안수길, 최정희, 황순원, "제4회 동인문학상 수상 작품 선고", 『사상계』, 1959. 10.

김우종, "동인상 수상 작품론", 『사상계』, 1960. 2.

김팔봉, 백철, "대담-1955년의 한국문단", 『사상계』, 1956. 1.

김팔봉, 백철, 손우성, 이무영, 주요섭, "좌담회-한국문학의 현재와 장래", 『사상계』, 1955. 2.

백 철, "상반기 신구의 창작계-월간지의 작품을 중심", 『사상계』, 1957. 7.

＿＿＿, "한국문단 10년-하나의 서론적인 글", 『사상계』, 1960. 2.

안병욱, "실존주의", 『사상계』, 1956. 3.

______, "실존주의의 사상적 계보", 『사상계』, 1958. 8.

안병욱, "현대사상 강좌-(1) 서론 (2) 휴머니즘 (3) 생의 철학 (4) 프라그마티즘 (5) 허무주의 (6) 실존주의 (7) 현대적 세계", 『사상계』, 1955. 10.-1956. 5.

오현우, "전후 불란서 문학사조의 주류", 『사상계』, 1956. 2.

유종호, "침체성의 지양-1961년의 소설", 『사상계』, 1961. 12.

이어령, "문제성을 찾아서", 『전후 문제 작품집』, 신구문화사, 1964.

이어령, "1957년의 작가들", 『사상계』 1958. 1.

______, "1958년의 소설 총평", 『사상계』, 1958. 12.

이종우, "현대와 휴머니즘", 『사상계』, 1956. 12.

계간사상 편집위원회, "전쟁과 혁명 특집을 내면서", 『계간사상』, 1990. 봄.

장 폴 사르트르, "실존주의는 휴머니즘이다", 『사상계』, 1954. 8.

2) 1950년대 문학론 연구논문

고명수, "선시(禪詩)와 쉬르레알리슴", 『동국대 국어국문학 논문요지』 5집, 동국대 대학원 국문과 학생회, 1989. 4.

고명수, "한국에 있어서의 초현실주의 문학 고찰", 『동악어문논집』 22집, 동악어문학회, 1987. 10.

______, "한국 초현실주의 문학의 전개 양상", 『동국대학교 국어국문학 논문요지집』 4집, 동국대 대학원 국어국문과 학생회, 1987. 5.

김갑수, "신·구세대의 6·25 소설 비교", 『동악어문논집』 제20집. 동악어문학회, 1986. 10.

김건우, "한국 전후 세대 텍스트에 대한 서론적 고찰-해석 공동체, 지식, 권력의 문제를 중심으로", 『외국문학』 49호, 1996.겨울.

______, "한국 전후 세대 텍스트에 대한 서론적 고찰-해석 공동체, 지식, 권력의 문제를 중심으로", 『외국문학』 49, 1996, 겨울.

김경복, "1950년대 한국 모더니즘 시론 연구", 『한국문학논총』 13집, 부산대 국문과 한국문학회, 1992. 10.

박신헌, “한국 전시소설의 현실의식 연구”, 『문학과 언어』 13집, 문학과 언어 연구회, 1992.

방민호, “전후 알레고리 소설에 관한 연구―장용학, 김성한, 유주현 소설을 중심으로”, 『외국문학』 39, 1994, 여름.

오생근, “초현실주의적 반항과 혁명에 대한 소고”, 『불어불문학연구』, 한국불어불문학회.

원당희, “현대소설의 시간현상: 토마스 만의 『마의 산』에서 이중적 시간구조”, 『독일문학』 55집, 한국독어독문학회, 1995.

유임하, “동서문학에서의 상상력의 특성과 원리”, 『동악어문논집』 26집, 동악어문학회, 1991. 1.

이재진, “브레히트 이전에 나타나는 소외기법”, 『독일문학』 45, 한국독어독문학회, 1990.

임호일, “‘폐쇄형식’의 이데올로기에 대한 부정으로서의 ‘개방형식’”, 『독일문학』 49집, 한국독어독문학회, 1992.

장백일, “3·8선 시대의 인간파괴와 이데올로기”, 『국어국문학 연구』 13집, 원광대 국어 국문과, 1990. 10.

조동숙, “분단소설문학에 나타난 한국전쟁의 이데올로기 체험 연구―1950년대 소설을 중심으로”, 『한국문학논총』 13집, 부산대 국문과 한국문학회, 1992. 10.

진상범, “괴테와 되블린의 동양수용과 그 문학적 의미―중국 수용의 전제조건, 수용 내용 및 문학적 의미를 중심으로”, 『독일문학』 53집, 한국독어독문학회, 1994.

최영환, “A. Malraux의 예술사상의 기원과 동양 예술사상과의 관계”, 『불어불문학 연구』 20집, 한국불어불문학회, 1985.

황종연, “『문장』파, 고답의 세계, 개인주의”, 『동국대학교 국어국문학 논문 요지집』 4, 동국대 대학원 국어국문과 학생회, 1987. 5.

황 진, "독일문학에 있어서의 동양 아시아의 사상 및 종교의 수용과 이의 효과-하나의 예로 되블린(Alfred Döblin)의 작품「왕륜의 3도약」(Diedrei Sprünge des Wang-lun)에서", 『독일문학』 36. 한국독어독문학회, 1986.

황혜옥, "독일문학에 있어서 불교와 중국-주로 괴테의 경우를 중심으로", 『독일문학』 31집, 한국 독어독문학회, 1984.

3) 1950년대 문학론 및 기타 학위논문

김덕환, "1950년대 한국 장편소설 연구", 서울대 석사논문, 1993.

김순희, "아이러니의 화행 분석", 대구 효성 가톨릭 대학교 석사논문, 1997.

나은진, "박태원 소설의 기호론적 의미구조론", 이화여대 석사논문, 1992.

유광우, "한국 전후소설연구", 성균관대 석사논문, 1983.

유학영, "1950년대 한국소설연구", 성균관대 박사학위논문, 1987.

이기윤, "1950년대 한국소설의 전쟁체험 연구", 인하대 박사논문, 1989.

이부순, "한국 전후소설 연구-전도적 상상력을 중심으로", 서강대 국문과 박사논문, 1995.

이시영, "현대소설에 나타난 한국전쟁의 수용양상-1950에서 70년대 중·장편 소설을 중심으로", 경북대 국문과 석사논문, 1984.

정희모, "한국 전후장편소설 연구", 연세대 박사논문, 1994.

천소화, "한국 쉬르레알리즘 문학연구", 성심여대 석사논문, 1982.

하정일, "1950년대 단편소설 연구", 연세대 석사논문, 1986.

4) 1950년대 문학론 단행본 저서

강태근, 「한국현대소설의 풍자」, 삼지원, 1992.

고 은, "실존주의 시대", 「1950년대」『고은 전집』 10, 청하, 1989.

구인환, 「한국근대소설 연구」, 삼영사, 1977.

구인환 외, 「한국현대장편소설연구」, 삼지원, 1987.

______ 외 공저, 「한국 전후문학연구」, 삼지원, 1995.

김붕구, 박은수, 오현우, 김치수 (공저),(1983), 「새로운 프랑스 문학사」, 일조각, 1995.

김상선, 「신세대 작가론」, 일신사, 1964.

김우종, 「현대소설의 이해」, 이우출판사, 1975.

______, 「한국현대소설사」, 성문각, 1982.

김치수, 「한국소설의 공간」, 열화당, 1986.

김화영, 「프랑스문학 산책」, 세계사, 1994.

김 현, 「사회와 윤리 – 김현 소설론집」, 일지사, 1974.

나영균, 「전후 영미 소설의 이해」, 이대출판부, 1993.

문학사와 비평연구회 편, 「1950년대 문학연구」, 예하, 1991.

문학사와 비평연구회(편), 「1960년대의 문학연구」, 예하, 1993.

민용태, 「서양문학 속의 동양」, 고려원, 1987.

박동규, 「현대한국소설의 성격 연구」, 문학세계사, 1981.

______, 「전후한국소설의 연구」, 서울대 출판부, 1996.

박신헌, 「한국전쟁 전후기 소설연구」, 형설출판사, 1993.

박 철, 「스페인문학사」, 삼영서관, 1989.

서준섭, 「한국 모더니즘문학 연구」, 일지사, 1988.

송하춘, 이남호(편), 「1950년대의 소설가들」, 도서출판 나남, 1994.

송현호, 「한국현대소설의 이해」, 민지사, 1992.

신경득, 「한국 전후소설연구」, 일지사, 1983.

엄해영, 「한국 전후 세대소설 연구」, 국학자료원, 1994.

윤병로, 「한국현대소설의 탐구」, 범우사, 1985.

______, 「소설의 이해」, 성균관대 출판부, 1982.

______, 「한국 근·현대 작가·작품론」, 성균관대학교 출판부, 1993.

이강은, 이병훈, 「러시아문학사 개설 - 러시아문학의 민중성과 당파성」, 한길사, 1989.

이남호, 「1950년대의 소설가들」, 도서출판 나남, 1994.

이유식, 「한국소설의 위상」, 이우출판사, 1982.

이인복, 「한국문학에 나타난 죽음의식의 사적 연구」, 열화당, 1979.

이재선, 「한국 단편소설연구」, 일조각, 1986.

이주형 · 임영환 · 조남현 · 민현기 외, 「한국 현대 작가론」, 민음사, 1989.

이철, 이종진, 장실 (공저), 「러시아문학사」, 도서출판 벽호, 1994.

이태동, 「한국현대소설의 위상」, 문예출판사.

임헌영, 「한국근대소설의 탐구 - 이론, 감상, 작법」, 범우사, 1974.

전광용 외, 「한국현대소설사연구」, 민음사.

정명환, 「한국 작가와 지성 - 정명환 평론집」, 문학과 지성사, 1978.

정병조, 「영문학사 Ⅲ - 영국소설사」, 을유문화사, 1987.

정영곤, 「현대소설의 인물 정체성」, 세종출판사, 1995.

정창범, 「작중인물의 심층 분석 - 한국작가의 원형」, 평민사, 1978.

정한숙, 「현대한국소설론」, 고대출판부, 1977.

조건상 (편저), 「1950년대 문학의 이해」, 성균관대 출판부, 1996.

조남현, 「우리 소설의 판과 틀」, 서울대 출판부, 1991.

______, 「한국현대소설의 해부」, 문예출판사, 1993.

천이두, 「한국현대 소설론」, 형설출판사, 1983.

천이두, 「한국소설의 관점 - 천이두 평론집」, 문학과 지성사, 1980.

최혜실, "실존주의 문학론", 「한국 전후문학연구」, 구인환 외(공저), 삼지원, 1995.

한승옥, 「한국현대장편소설 연구」, 민음사, 1989.

김 한, 「중국 현대 소설사 1949-1989」, 김정호(역), 전형준(감수), 문학과 지성사, 1996.

G. 랑송, P. 튀프로 (공저), 「랑송 불문학사 下」, 정기수(역), 을유문화

사, 1993.

로트만, 유리.(1970), 「예술텍스트의 구조」, 유재천(역), 고려원, 1991.

마르티니, 프리츠 「독일문학사 下」, 황현수(역)(1989), 을유문화사, 1994.

호쇼 마사오, 소네 히로요시, 가와니시 마사아키, 스즈키 사다미..구리쓰보 요시키(공저), 「일본 현대 문학사 上下」, 고재석(역), 문학과 지성사, 1998.

스톨테, 하인츠 「쉽게 쓴 도이치문학의 역사」, 안인길(역), 신구문화사, 1994.

슬로님, 마르크 「소련현대문학사」, 임정석, 백용식(역), 열린 책들, 1989.

흄, T.E., 「휴머니즘과 예술철학」, 박상규(역), 삼성미술문화재단, 1984.

5. 연구 방법론 참고문헌

1) 소설 연구 방법론 연구 논문

고영석, "19세기 독일 역사소설의 서술구조", 『독일문학』 32집, 한국독어독문학회, 1984.

구수경, "황순원 소설의 담화양상 연구", 충남대 석사논문, 1987.

김상태, 「문체의 이론과 분석」, 새문사, 1984.

______, "문학적 리얼리티의 해명", 『국어문학』 24집, 전북대 국어국문학회, 1984.

김욱동, 「대화적 상상력 – 바흐찐의 문학이론」, 문학과 지성사, 1988.

문창식, "서사이론에 있어서의 시점고찰", 「한국언어문학」 28집, 한국언어문학회.

민경환, "소외의 심리학적 개념화", 『한국심리학회지: 사회』, 1993. Vol.7. No.1.

송 욱, "소설 창작의 논리 – 소설미학 연구", 『불어불문학 연구』 16집,

한국불어불문학회, 1981.

신광현, "알레고리-용어해설", 『현대비평과 이론』7, 1994, 봄·여름.

유제호, "화법 전환에 따르는 의미상의 제약과 언표행위", 『불어불문학 연구』14집, 한국불어불문학회, 1984, pp.351-67.

______, "화용론의 문학이론적 성과", 『현대비평과 이론』7, 1994. 봄·여름.

유종영, "문학에서 그로테스크-문학작품 분석방법으로서의 그 개념", 『독일문학』35집, 한국독어독문학회, 1985.

이기현, "사회과학 방법론으로서 담론 이론과 담론 분석-특집, 언어이론과 담론 분석", 『현대 비평과 이론』7, 1994. 봄·여름.

이봉지, "제라르 쥬네트의 서사학과 초점이론", 『불어불문학 연구』28집, 한국불어불문학회.

______, "독자중심 비평과 피화자", 『외국문학』22호, 1990. 봄.

이상신, "소설문체의 다성성과 이야기 구조의 다원논리", 『외국문학』22, 1990. 봄.

이어령, "문학공간의 기호론적 연구: 청마의 시를 모형으로 한 이론과 분석", 단국대 박사논문, 1986.

이재선, 『한국 단편소설연구』, 일조각, 1975.

이지은, "서술자의 탈인성화와 후기 구조주의적 서술자 이해", 『독일문학』56집, 한국독어 독문학회, 1996.

정옥상, "서술학 이론에 관한 고찰", 『불어불문학 연구』26집, 한국불어불문학회, 1991.

정정호, "담론-용어해설", 『현대비평과 이론』6, 1993. 가을·겨울.

주경복, "언어과학의 거시적 관점에서 제기되는 '구조'개념의 문제론", 『불어불문학 연구』31집, 한국불어불문학회, 1995.

채진홍, "소설에 있어서의 메터퍼 연구", 『한국언어문학』21집, 한국언어문학회, 1982.

허　탁, "탈휴머니즘(Humanism)론-문예사조의 이해를 위한 전제", 『국어국문학』 25집, 부산대 국어국문과, 1988. 3.

Abrams　M.　H(1981), 「문학비평용어사전」, 최상규(역), 대방출판사, 1985.

Chatman, Seymour(1978), 「영화와 소설의 서사구조」, 김경수(역), 민음사, 1990.

Dubois, Jaques 외(外)(1970), 「일반수사학」, 용경식 역), 한길사, 1989.

Ducrot, Oswald & Todorov, Tzvetan(1972), 「기호학사전」, 이화여대 기호학연구소(역), 우석출판사, 1990.

Faulkner, Peter(1972), 「모더니즘」, 황동규(역), 서울대 출판부, 1985.

Fokkema, D. W. & Kunne-Ibsch, Elrud(공저) 「현대문학이론의 조류」, 윤지관(역), 학민사, 1983.

Genette, Gérard, *Figures Ⅲ*, Seuil, 1972. Vol.5: 2.

Girard, René(1969), 「소설의 이론」, 김윤식(역), 삼영사, 1986.

Greimas & Courtes(1982), 「기호학 용어사전」, 천기석, 김두한(역), 민성사, 1988.

Humphrey, Robert(1953), 「현대소설과 의식의 흐름」, 이우건, 유기룡(공역), 형설출판사, 1989.

Kuhn, Thomas S.(1970), 「과학혁명의 이론」, 김명자(역), 정음사, 1984.

Lancer, S. S.(1981), *The Narrative Act: Point of View Prose Fiction*, Princeton Univ. Press.

Leech, G. N. & Short, M. H.(1981), *Style in Fiction*, New York, Longman Group.

Lotman, Jirij M.(1970), *The Structure of the Artistic Text*, 「시 텍스트의 분석: 시의 구조」, 유재천(역), 가나, 1987.

MacQueen, John(1976), 「알레고리」, 송낙헌(역), 서울대학교 출판부, 1983.

부우드, 웨인, 「소설의 수사학」, 최상규(역), 새문사, 1985.

러보크, 퍼시 「소설기술론」, 송욱(역), 일조각, 1960.

폴라드, 아더 「풍자」, 서울대 출판부, 1979.

폴슨, 로널드 「풍자문학론」, 지평, 1992.

프리드먼, 노만, "소설의 시점", 「현대소설의 이론」, 최상규(역), 대방출 판사, 1984.

Stanzel, F. K(1979), 「소설의 이론」, 김정신(역), 문학과 비평사, 1990.

Todorov, Tzvetan(1973), 「구조시학」, 곽광수(역), 문학과 지성사, 1987.

Zoran, Gabriel, "Toward a Theory of Space in Narrative", *Poetics Today*, 1984.

김영배, 신현숙(공저), 「현대 한국어 문법 – 통사현상과 그 규칙」, 한신 문화사, 1987.

김진수, 「국어 접속조사와 어미연구」, 탑출판사, 1987.

최재희, 「국어의 접속문 구성 연구」, 탑출판사, 1991.

2) 정신분석학 연구서

셀던, 레이먼, "자크 라캉: 언어와 무의식", 「현대문학이론」, 현대문학이 론연구회 역, 문학과 지성사, 1987.

사럽, 마단 외, "프로이드와 라깡", 「데리다와 푸꼬, 그리고 포스트 모더 니즘 – 입문적 안내」, 임헌규 편역, 인간사랑, 1992.

사럽, 마단, 「알기 쉬운 자크 라깡」, 김해수 역, 도서출판 백의, 1994.

르메르, 아니카, 「자크 라캉」, 이미선 역, 문예출판사, 1994.

라캉, 자크, 「욕망 이론」, 민승기, 이미선, 권택영 역, 문예출판사, 1994.

이미선, "자끄 라깡: 문학과 정신분석", 경희대 영문과 석사학위 청구논 문, 1987.

권택영, "정신분석 문학비평", 「후기 구조주의 문학이론-포스트모던 시대의 논쟁들」, 민음사.

김형효, "라깡과 무의식의 언어학", 「구조주의의 사유체계와 사상 -레비-스트로쓰, 라깡, 푸꼬, 알뛰세르에 관한 연구」, 도서출판 인간사랑.

박찬부, 「현대정신분석비평」, 민음사, 1996.

강영안, "주체", 『현대비평과 이론』 14. 1997. 가을·겨울, 한신문화사.

______, "언어와 욕망", 「포스트모더니즘과 포스트구조주의」, 현암사, 김욱동 편, 1991.

고 원, "사이의 시학-정신분석문학 비평의 보유적 비교 또는 「새의 선물」의 오독", 『현대비평과 이론』 12, 1996, 가을·겨울.

권택영, "대중문화를 통해 라깡을 이해하기", 『현대시사상』, 1994, 여름.

김광남, "제네바 학파의 문학비평연구(1)-마르셀 레이몽의 도둑 콤플렉스에 대하여", 『불어불문학 연구』 21집, 한국불어불문학회, 1986.

김숙희, "주체화 과정과 언어의 위기-트리스타 볼프의 「카싼드라」를 중심으로", 『독일문학』 54집, 한국독어독문학회, 1994.

김연권, "기의의 정신분석이냐? 기표의 정신분석이냐?", 『현대비평의 이론』 12, 1996 가을·겨울.

김종주, "라깡과 정신분석", 『현대시사상』, 1994. 여름.

김형효, "라깡의 이해를 위한 통속적 엮음", 『현대시사상』, 1994. 여름.

민승기, "자끄 라깡이라는 이름의 유령을 애도하기", 『현대시사상』, 1994. 여름.

박혜영, "라깡의 이론을 통해서 본 주체형성에 있어서 언어의 역할과 은유, 환유의 기능", 『불어불문학 연구』 26집, 한국불어불문학회, 1991.

박찬부, "주체와 시니피앙", 『현대비평과 이론』 4. 1992, 가을·겨울.

______, "문학과 정신분석학", 「외국문학」 32, 1992. 가을.

______, "정신분석학 이론의 문학 비평적 수용", 「현대비평과 이론」 6, 1993 가을·겨울.

______, "해석학과 에너지론 사이 – 프로이트의 무의식론", 「현대비평과 이론」 12, 1996 가을·겨울.

서동욱, "들뢰즈의 주체 개념 – 눈(目) 對 기관없는 신체 – 특집 주체의 죽음과 그 이후", 『현대비평의 이론』 14, 1997 가을·겨울.

송기정, "정신분석학적 비평과 발자크 소설 연구", 『불어불문학 연구』 26집, 한국불어불문학회, 1991.

오생근, "옌센의 「그라디바」와 프로이트의 정신분석 비평", 『현대비평과 이론』 12, 1996 가을·겨울.

이용주, "M. Tournier 소설 속의 타자부재의 결과 또는 타자의 대체물", 『불어불문학 연구』 26집, 한국불어불문학회, 1991.

임진수, "은유와 환유 – 라캉의 이론을 중심으로", 『현대비평과 이론』 11. 1996. 봄·여름.

신명아, "라깡과 페미니즘", 『현대시사상』, 1994 .여름.

홍윤기, "주체 개념 해체의 한 양상 – 알뛰세르 역설과 철학하는 영혼", 『현대비평의 이론』 14, 1997. 가을·겨울.

홍준기, "라깡의 주체 개념", 『현대비평의 이론』 14, 1997, 가을·겨울.

라깡, 자크, "〈도둑맞은 편지〉에 대한 세미나", 안지현 역, 『현대시사상』, 1993. 여름.

데리다, 자크, "진리의 집배원", 윤호병 역, 『현대시사상』, 1993. 여름.

존슨, 바바라, "포우, 라깡, 데리다의 상호 텍스트적 구조", 이득재 역, 『현대시 사상』, 1993. 여름.

카워드, 로잘린드, 엘리스, 존, "라깡과 주체의 문제", 『현대시사상』, 1994. 여름.

┃색 인┃

·저자·

나은진   **·약 력·**
이화여대 국문과 대학원, 문학박사
이화여대 인문과학대학 국문과 전임강사
이화여대 사범대 국어교육과 조교수

·주요논저·
「박태원 소설의 기호학적 연구」
「제목의 힘-문학과 영화의 수사학적 상상력과 상호텍스트성」
「장보고 소재 서사 텍스트의 양식과 담론」
「소설가 소설과 '구보형 소설'의 계보」
『한국현대작가연구』, 김상태 외 공저
『박태원과 모더니즘』, 김상태 외 공저
외 다수

1950년대
우리 소설의 세 시야

김동리·손창섭·김성한의 서사적 모형

• 초판 인쇄	2008년 6월 27일
• 초판 발행	2008년 6월 27일
• 지 은 이	나은진
• 펴 낸 이	채종준
• 펴 낸 곳	한국학술정보㈜
	경기도 파주시 교하읍 문발리 513-5
	파주출판문화정보산업단지
	전화 031) 908-3181(대표)·팩스 031) 908-3189
	홈페이지 http://www.kstudy.com
	e-mail(출판사업부) publish@kstudy.com
• 등 록	
• 가 격	29,000원

ISBN   978-89-534-5980-9 93810 (Paper Book)
           978-89-534-5981-6 98810 (e-Book)